华语网络文学研究❽

浙江省作家协会 浙江省网络作家协会 编

浙江文艺出版社
Zhejiang Literature & Art Publishing House

图书在版编目(CIP)数据

华语网络文学研究.⑧/浙江省作家协会,浙
江省网络作家协会编.—杭州:浙江文艺出版社,
2023.10
　ISBN 978-7-5339-7223-3

　Ⅰ.①华…　Ⅱ.①浙…　②浙…　Ⅲ.①华文文学—文
学研究—世界　Ⅳ.①I106

　中国国家版本馆CIP数据核字（2023）第065764号

责任编辑　徐　旼
责任校对　唐　娇
装帧设计　吕翡翠
责任印制　张丽敏

华语网络文学研究⑧

浙江省作家协会　浙江省网络作家协会 编

出版　浙江文艺出版社
地址　杭州市体育场路347号
邮编　310006
电话　0571-85176953（总编办）
　　　0571-85152727（市场部）
制版　浙江新华图文制作有限公司
印刷　杭州丰源印刷有限公司
开本　710毫米×1000毫米　1/16
字数　214千字
印张　14.5
插页　1
版次　2023年10月第1版
印次　2023年10月第1次印刷
书号　ISBN 978-7-5339-7223-3
定价　70.00元

主编

晋 杜 娟

执行主编

夏 烈

编委（按姓氏笔画排序）

马 季　王 祥　毛晓青　庄 庸

许苗苗　肖惊鸿　吴长青　陈定家

邵燕君　欧阳友权　周志雄　周 敏

段廷军　夏 烈　黄鸣奋　曹启文

目 录

中国网络文学名家论丛·书评特辑

"中国网络文学研究名家论丛"是由位于杭州的中国作协网络文学研究院重点支持的学术性项目，旨在概括和推出20余年来在中国网络文学理论评论现场涌现的代表性研究者，基本以一人一部专著或评论集的形式编定。

该论丛第一辑9种计划于2022—2023年间陆续出版，日前已有白烨《新世纪文坛与新媒体文学》、黄鸣奋《人工智能与网络文艺》、王祥《人类神话：网络文学神话学研究》、周志雄《直面网络文学现场》4种付梓。我们因此特别邀请了4位青年学人就该4种作品给予评介，特设专辑，以飨读者。

以传统文学为方法，跨进网络文学
——评白烨《新世纪文坛与新媒体文学》

周敏

尽管中国网络文学在最近二三十年间取得了惊人的发展成绩，但无论是网络文学在中国文学中合法性的建立还是网络文学批评与研究在中国文学批评与研究中合法性的建立，都并非自然而然发生的，其中包含了不少颇为艰巨的努力与争取。即便到现在，与网络文学有关的研究成果，要想在等级较高的期刊上发表，相对而言还是会更困难一些。还记得一个令人尊敬的师长曾语重心长地和笔者说，要想以后在学术上有更好的积累，最好还是不要把主要精力放在网络文学研究上。

网络文学获得承认之难，一方面缘于其自身乃新鲜事物，以超强的传播力与巨大的体量给文坛带来了巨大的冲击，同时在质量上又泥沙俱下；另一方面也可从中看出文学雅俗等级与分野的根深蒂固。因此之故，尽管网络文学赢得了大量的读者，尤其是青少年群体，但被学界所关注则明显要滞后不少，而且一开始，也以否定的意见为主。随着网络文学进一步发展壮大，以

"大他者"的身份"倒逼"文坛与学界，上述这种情况逐渐有所改善。不过只要简单考察一下研究队伍的身份就可以发现，虽如夏烈所说"长幼有序、渐成学统规模"①，但"50后""60后"研究者是相对偏少的。尽管其中有不少令人尊敬的名家，但总体上在这个年龄段的研究者中介入到网络文学研究与批评的比例偏少，不像后来的"70后""80后"乃至"90后"研究者，基数越来越大，其中有些人脱颖而出，成长为"名家"，多数则出于对网络文学的兴趣从事学术生产工作。总体而言，更年轻的研究者基数大，但"声量"还不够大，而老一辈学人则权威性强，影响力大，在为网络文学及其研究"正名"上，拥有得天独厚的条件，但整体人数偏少。因此，在某种程度上，更进一步凸显了老一辈学人进入新兴领域更新知识系统，调整思考方式的可贵。

也正是在这个意义上，"50后"学人白烨先生几乎与网络文学的产生相同步地参与其中，实在是令人敬佩。他对网络文学及其研究的推动工作，不仅揭示了网络文学自身的规律、意义以及在当今中国文坛的定位、与传统文学的关系等等，而且也打开了网络文学的讨论空间，并在实践上为后辈学人的继续研究扫清了一些障碍、铺平了一些道路。可以说，白烨的研究之于网络文学，有筚路蓝缕之功绩。

这本收入《中国网络文学研究名家论丛》的《新世纪文坛与新媒体文学》集中展示了白烨关于网络文学与新媒体文学几乎所有的文字与思考，分"态势扫描""现象观察""作品评说"三个部分，共三十四篇文字（包括两篇访谈），由远及近地对网络文学进行了多层面、多角度的透析，不仅深具学理价值，而且兼有史料价值。阅读这些文字，一再让我们体会到前辈学人的胸襟、视野、识见以及自我更新的勇气与良苦用心。

作为在当代文学史、当代文学批评领域浸淫多年的权威性学者，白烨对网络文学的观察始终是立足于传统文学的，在后者中生成的价值观念与审美

---

① 夏烈.集结与开放 [M] //白烨.新世纪文坛与新媒体文学.宁波：宁波出版社，2022: VII.

趣味无疑从整体上影响了他对网络文学的判断。综观本书中的文字，他始终是从传统文学与网络文学的关系与比较中来思考网络文学的。从传统文学看网络文学，在某种意义上相当于从精英（高雅）视角看大众与通俗，甚至是从精细看粗放。用所谓的"文学性"的尺子去衡量网络文学，免不了会产生一些负面的看法。而白烨最令人敬佩的地方之一在于他并不抱定一个看法不放，并不因最初的负面印象而试图相对省事地用既有的观点裁剪文学事实，而是能做到思想向生动的文学实践开放，并不断根据事实调整自己的观点，从而保持了思想的活力。尽管在一开始，他也认为网络文学等大众文学"非文学的因素很大"①，但也并没有像一些其他的学者那样，急于将其全盘否定，而是一直坚持平心静气论网络文学，辩证地看待"写作的'自我'，发表的'自由'"这一网络文学的"长处与短处"，并能客观公允地评价网络文学作品的好与坏。此后，白烨一直活跃在网络文学现场，他几乎参与了所有的网络文学大事件，如榕树下网站举办的首届网络原创文学大奖评选等。而随着对网络文学观察的深入，在影响网络文学发展的同时，丰富的网络文学实践又反过来修订着他的看法，使其对网络文学的评价越发正面与全面，此时的白烨已经认识到"网络文学与网络文化在努力形成自己的语言与语系、自己的文脉与文法的迹象也在不断地显露"②。在本书的后记中，白烨总结说"我对于网络文学的观感与认识，经历了一个从犹疑到宽容，再到重视的过程"，正是对这种转变的夫子自道。这也体现了一个文学史家不坚持论从史出、不断拓展文学视野与文学观念的专业素养。

要做到这一点，实际上并不容易。新时期以来所形成的文学观念与审美趣味在当今文坛已经形成了一种普遍共识，甚至构成了对文学的"认知装置"与研究范式的"路径依赖"，浸淫越久，就越难"跳出来"。白烨自己就曾发现，"有的批评家的思想与情绪还停留在二十世纪八十年代，没有完全

---

①白烨.新世纪文坛与新媒体文学［M］.宁波：宁波出版社，2022：61.

②同①，第92页。

走出'新时期'的情结,这使得他们在看待现状和表述问题时,都有一定的滞后性,明显地与当下现实相错位或相脱节。还有不少活跃于当下文坛的批评家,在知识结构与理论准备等方面几十年'一贯制',少有新的吸纳和大的变化①。并且,这其中还存在代际沟壑的问题,老一辈总想着要"点醒"年轻一辈,让他们更成器,因此常常苦口婆心。在笔者看来,网络类型小说刚刚"出圈"的那几年所遭受的一些批评(如"装神弄鬼"等),多少包含了这样的"代沟"。

白烨之所以能够向网络文学开放,第一,是学术旨趣使然,他一向关注文坛的新变化,从1999年由中国社会科学出版社调至社科院文学研究所开始,就参与主持《中国文学研究年鉴》《中国文坛纪事》和《中国文情报告》等项目的编撰工作,与与时俱进的文坛保持着密切的联系。他也是最早观察与思考"80后"作家作品的重要批评家。第二,白烨不仅是当代文学的研究者与评论者,而且还作为重要的文学出版人,深度参与文学现场,活跃在文坛第一线。在二十世纪九十年代,他就策划过铁凝的《大浴女》、皮皮的《比如女人》、卫慧的《上海宝贝》等知名作品。很多文学史现象,包括网络文学诞生以后的一些大事件,都有白烨的身影。

此外,还与白烨对文学批评作用的高度重视有关,他多次强调"批评家需要增强社会责任心,增强历史使命感,并以知识分子的良知、审美高端的感知,观察现状,洞悉走势,仗义执言,激浊扬清"②。这里面包含着两重背景,一是新世纪的文学批评主要围绕着传统的精英文学——也即白烨所说的"以文学期刊为主导的传统文学"——开展,甚至把自己封闭于其中。这也与批评家的年龄结构有关系,活跃于文坛的年龄大多偏大,阅读传统文学也是一种喜好和习惯,并大致遵循"输者为赢"的文学场规则,对商业性的大众文学有出于本能的抵触。二是文坛已经分化成了"文摊",各种"文学"

①白烨.新世纪文坛与新媒体文学[M].宁波:宁波出版社,2022:10.
②同①,第2、29页。

层出不穷，传统精英文学不再一家独大，商业的、通俗的、大众的文学形态（包括网络文学等新媒体文学）又逐渐势大，而这些又和更年轻一代作者的成长相关联。这两种情况带来的一个后果是，批评跟不上"文摊化"了的文坛，彼此"游离"。而在白烨看来，"文摊"又急需文学批评的引导。"文摊"的存在是发展使然，有其合理性，但其纷繁芜杂、泥沙俱下的现状又不能坐视不理，而只有文学批评才能激浊扬清，肯定应肯定的，否定应否定的，发扬该发扬的，其他的手段或主体，如行政命令、媒体等，都不如文学批评来得恰当与正当。这就意味着，文学批评要开放自身去迎接新的挑战，从而真正发挥出应有的作用。

对于白烨自己而言，"坐在传统文学的位置上看待网络文学"①是其调整与开放文学批评的主要方式与策略。在此前提下，他的主要研究成果基本上围绕着新媒体文学与传统文学的关系做文章，其中最有影响力的是思考前者作为新的文学板块对于整体文学的撞击。这里所说的就是他的名文《"三分天下"：当代文坛的结构性变化》，这篇发表于2010年的文章凝聚了他对当今文坛新格局的宏观把握以及对新媒体文学定位的思考，甚至构成他观察新媒体文学的基础。文章认为，以文学期刊为主导的传统型文学、以商业出版为依托的市场化文学、以网络媒介为平台的新媒体文学构成了当今文坛"三分天下"的新结构，以作者为主的传统文学虽然仍是当下文学的主体构成部分，但影响力已不如从前，正在遭受以读者为主的市场化文学以及以写作上"自我"、发表上"自由"、内容上"博眼球"为特征的新媒体文学的巨大冲击。并指出："我们需要做的，或者我们应该关心的，不是这样一个格局该不该有和好与不好的问题，而是必须面对这样一种已经存在的情形，在走进它和认识它的过程中，就其如何良性生长和健康发展做出我们实事求是的预见和力所能及的努力。"②这种对研究对象的宽容与了解之同情以及对文学批

---

① 白烨.新世纪文坛与新媒体文学［M］.宁波：宁波出版社，2022：206.
② 同①，第6页。

评边界与功能的清醒把握，是非常难得的，充分显示了一名长者与学者的智慧。当然，严格来说，这里的三分也有一些交叉的地方，标准不是特别统一，如新媒体文学在很大程度上就是一种市场化文学。但正如王晓明在《六分天下：今天的中国文学》中所说，三分也好，六分也好，也"都只是比喻"①，类似佛家所说的"方便法门"，有了这个"方便法门"，就可以找到锚定点与合适的观察距离，在宏观上把握当今文学版图的发展衍化。

这种"冲击"，影响了整体的文学版图，但在白烨看来，并非各自为政，也不应该各自为政。文坛即使分化成"文摊"，作为创作主体与批评主体，也应该努力寻找彼此观照、补充、吸收、转化乃至交融之道："网络文学的兴起，像一面反射镜，不断照射出传统型文学的问题与局限来，让人们惊醒、警策，这实际上既是自身生存的一种冲击与压力，也是自身发展的一种比照与动力。同样，因为有传统型文学这样老成的文学板块存在，网络文学有了观照自身的一面镜子，并在这种比照与对话之中，找到自己的问题与不足。"②这虽是"坐在传统文学的位置上"，但已经有了互为主体的倾向。其背后，实际上是在为构建健全的文坛做努力，这与白烨对文学批评功能的认识与态度相一致，也与这一代学人在新时期文学氛围中所养成的责任感、使命感以及全局意识相联系。当然，还反映了白烨本人文学观念的宽容与开放。

"坐在传统文学的位置上"，是白烨的自觉，只不过他把这种"位置"当作"众有之本"与"万象之根"，总在尝试用传统文学的价值观念与审美趣味去碰撞与悦纳网络文学，在白烨对网络文学作品，如蒋胜男《芈月传》、杨蓥莹《凝暮颜》、鱼人二代《很纯很暧昧》等的具体评论中，这样的尝试与努力俯拾皆是，以传统文学标准肯定其价值，也指出其不足。当然，这也不是全部，白烨也能跳出这个标准，从网络文学自身的特点（这些特点往往

①王晓明.六分天下：今天的中国文学［J］.文学评论，2011（5）：80.

②白烨.新世纪文坛与新媒体文学［M］.宁波：宁波出版社，2022：90-91.

是通过与传统文学进行比较得出）出发对其做出评价。无论怎样，白烨的宽容以及从宽容中获得的洞见都是一以贯之的。例如，在对《很纯很暧昧》人物塑造的评论里，对人性弱点——如虚荣、好色等——与优点杂陈的特点能持一种肯定的态度，认为这样的人物"不只是接地气，而且也有人气"①，而并不急于道德说教或者道德批判，甚至从社会生活形态与个人情感世界出发来分析"暧昧"的时代意义。

毋庸讳言，从本书的全部文字以及上述分析中，我们也能感受到白烨在网络文学研究上的过渡性。但在网络文学批评与研究的发展意义上，我们都应毫无条件地欢迎这样的过渡性，没有这种过渡，网络文学的批评与研究不仅无法打开局面，更无法向前推进。白烨在本书中多次提到与新媒体文学（或网络文学）的迅速崛起相比，研究与批评工作还显得缺乏与相对滞后，经过这些年的努力，这样的状况已发生了明显的改善，网络文学批评与研究的队伍越来越壮大，并且名家辈出，所以才会有这套《中国网络文学研究名家论丛》。这种新的局面，在很大程度上应归功于白烨以及如白烨这样的学者长期不懈的努力。

作者单位：杭州师范大学文化创意与传媒学院

---

① 白烨.新世纪文坛与新媒体文学［M］.宁波：宁波出版社，2022：161.

后人类语境下的网络文艺理论话语建构与探索
——评黄鸣奋《人工智能与网络文艺》

鲍远福

黄鸣奋教授的新著《人工智能与网络文艺》2022年由宁波出版社和杭州出版社联合出版，入选了杭州师范大学文化创意与传媒学院夏烈教授主编的《中国网络文学研究名家论丛》，是新时代中国网络文艺理论研究的重要成果，也是"后人类转向"理论背景下，网络文艺学话语范式体系建构的一次崭新尝试。此外，黄鸣奋教授自二十世纪九十年代中后期就开始涉足网络文艺理论研究这个新的论域，至今已经辛勤耕耘二十余载，因此，我们也可以将

《人工智能与网络文艺》视为他在"后人文主义转型"的历史语境下对网络文艺实践及其话语体系建构的最新理论研究成果。

意大利当代学者罗西·布拉伊多蒂在《后人类》一书中指出："后人类境况作为我们历史发展的一个关键阶段，既有趣而令人神往，也令人担忧，因为存在可能偏差、权力滥用以及某些基本前提的可持续性问题。之所以有趣，是因为我认为具有批判精神的理论家应该关注当下世界，也就是说，充

分表现我们此时栖身的历史定位。这本身是一个谦卑的制图目标，与生产社会性知识的理想紧密结合，进而成为更宏伟、抽象的命题，即理论本身的地位与价值问题。"①新媒体和人工智能技术的飞速发展，构建了一种典型的"后人类境况"，它不仅为新文艺实践提供了广阔的意义展示空间，也在现实层面向世人表明其与传统文艺相互区分的审美价值。技术和媒介作为载体，为文艺范式革新实践提供重要平台，作为表现内容则为新文艺理论话语体系的扩充提供丰富的阐述资源，作为传播手段则为新文艺类型提供形式多样的意义生成方式。综合来看，人工智能以及相关新技术的爆炸式发展推动了文艺创作环境、内容载体、作品形态、评价体系和传受机制的先锋性、智能化和丰富性，极大地促进了当代新文艺类型的多元化发展。

当前人类的审美实践活动已经全面进入到"后人类境况"的理论阐释语境中，而人工智能技术的飞速发展，不仅加剧了文艺实践的新变化，也成为当代新文艺类型（特别是积极思考人与科学、技术以及媒介关系的新媒体文艺）所关注的重要议题。黄鸣奋教授常年浸淫于新媒体艺术理论与网络文艺理论阐发研究领域，正因为如此，他对依托于新媒体文化、人工智能技术、现代工业体系和沉浸互动式传受语境所支撑的网络文艺这种"科艺融合"的新艺术形式有着深入、系统的研究，本书的精彩论证即为典型体现。总的来说，《人工智能与网络文艺》以人工智能技术飞速发展的"后人类情境"与"后人文主义"为背景，立足于当代文艺理论话语建构的崭新学科背景，在后人类语境（包括人工智能技术、媒介、产品与产业等要素）下对网络艺术、网络文学与网络文艺三种新型审美文化形态进行深度阐释与讨论。因此，本书具体围绕当代新媒体文艺（包括文学、艺术及其周边"泛文艺形态"）创作、传播与再生产实践中涉及的后人类理论话语建构这一核心议题，将二十世纪下半叶以来以计算机和互联网技术为标志的"第五次信息革命"所推动而发展起来的网络文学、网络音乐、网络美术、网络影视、网络

---

① 罗西·布拉伊多蒂.后人类 [M].宋根成，译.开封：河南大学出版社，2016：5.

游戏以及周边网络"泛文艺形态"作为研究对象，以此寻找理论支点，设计研究框架并展开深度论述。黄鸣奋教授从他所构建的"传播九要素"理论框架出发，围绕网络文艺创作与传播的社会层面、产品层面与运营层面展开论述，深度追踪新媒体文艺创作传播的现状，揭示理论话语体系建设的历史脉络，阐发其批评理论体系建构的可能路径。

从结构框架上看，除去绪论和余论部分，《人工智能与网络文艺》全书总共划分为三个相互联系的内容阐发板块，主体部分包含六章，每章三节，分别从网络文艺实践的社会背景、产品类型和传播运营三个角度展开论证。其中第一、二章主论"网络艺术"，第三、四章主论"网络文学"，第五、六章主论"网络文艺"。而从论述内容层面来看，该书的绪论部分主要阐述了网络文艺实践及其所面临的价值悖论，同时从人工智能技术的角度，揭示了新媒体文艺话语范式创新的可能性，也向读者交代了本书的结构框架与主要内容。在此基础上，作者特别梳理了"人工智能"之所以可以同"网络文艺"在逻辑上嫁接起来的缘由，并从观念层面为读者理解本书的论述依据廓清了认知的阈限。

第一章和第二章从网络艺术创作社会背景的角度谈人工智能对于新媒体文艺创作的意义与价值。在第一章中，作者分别以"震波""刷脸"和"旅行"为关键词，指出信息时代的到来及其所促成的科技与艺术的互动是如何在艺术创新、传播与运营过程中推动新的艺术边界重塑和艺术观念更新的。在第二章中，作者重点阐述了新媒体时代艺术创作、艺术形态与艺术批评实践的新开拓，揭示了新媒体艺术观念、范式与边界深度拓展的内在诱因，作者对新媒体艺术文体类型和观念创新的辨析，借用中国清代郑板桥画论关于"眼中之竹""胸中之竹"和"手中之竹"的阐释标准，别具一格地将主题思想、表现手法和题材类型都非常"新"的新媒体艺术同传统艺术观念思维有机地嫁接起来，"究天人之际，通古今之变"，产生了独特的理论阐释效果。

第三章和第四章从网络文学实践的角度探索新媒体、新技术、新观念对于艺术创新的价值。第三章从历史和现实两个维度重新探寻网络文学的本体内涵，同时借助作者独创的"位置叙事学"理论角度，系统地追问"在人工智能时代，网络文学何为"的问题，并借此尝试从科学理性思维的角度回答网络文学的历史演变趋势。作者特别强调了网络文学的大众化、精品化和民族化，并提出在审美实践中建构网络文学创作中国学派的路径和对策。在第四章中，作者将他在论题中抛出的问题，即"人工智能与网络文艺"的关系纳入理论阐释的维度，主要探讨人工智能对网络文学创作的渗透与对接，以网络科幻小说创作方式与观念的变奏为例，揭示了人工智能技术对网络文学想象的价值和意义。作者特别指出，人工智能技术的发展对于网络文学的意义不仅在于它提供了更加便捷智能的平台和手段，创造出更加丰富新奇的网络文学文本形态和审美范式，而且还在于它为网络文学创作构思提供了取之不尽用之不竭的想象力资源。

第五章重点阐述了网络文艺的批评与评价。从网络文艺评论的起源、定位与核心内涵出发，揭示网络文艺评论（批评）话语体系建构同网络文艺创作实践之间的联动，为新时代的文艺评论话语体系的"破局"提供了崭新的视角和有效的路径。作者特别提到网络文艺评论是一种人机交互性、全媒体在线式与网际互联性的信息传受行为，这一具有复杂面向和视角维度的符号交流活动不仅拓展了传统文艺评论的广度和深度，而且还向接受者展示了全媒体范围内的文本生产、传播、反馈与再生产诸要素多元联动的潜能。作者还对新媒体时代的网络文艺评论者"提高文化素养、加强理论建设"①提出了殷切期待。第六章从社会功能和文化属性的角度剖析了网络文艺的历史沿革及其艺术特征，结合"交互性娱乐""泛智能氛围""高质量发展"三个重要维度勾勒出网络文艺的创新轨迹、意义生成与运营模式，借以从社会层面、产品层面和运营层面全面把握和展望网络文艺的发展前景。余论部分是作者站在编制"网络文艺编年史"这一宏观诗学的角度对人工智能新媒介、新技术催生网络文艺创作、传播、批评和理论建设"未来愿景"的憧憬和展

①黄鸣奋.人工智能与网络文艺［M］.宁波：宁波出版社，2022：309.

望。作者相信，网络媒体、虚拟现实、人工智能、大数据、云计算、元宇宙以及逐渐揭开神秘面纱的Web3.0等新技术的更新换代，必将催生一代又一代网络文艺大发展大繁荣的美好前景。作为网络文艺理论研究者，需要有百倍的勇气千倍的信心屹立于潮头，在即将成为现实的"后人类时代"勇于接受机遇与挑战并存的新艺术实践的洗礼，书写出新时代网络文艺理论话语范式建构的新篇章。

综上所述，《人工智能与网络文艺》立足于新媒体、新技术与人工智能时代的传播语境，深深"扎根网络文学场域，从网络文学的文本、现象、特点出发讲话"[①]，将网络文学放到多维话语范式的思想场域之中，以在激烈的思想碰撞和细腻的文本阐释过程中产生出别具一格的思想火花。它以不断更新换代的网络（新媒体）文艺审美边界辨析、科（学）艺（术）互动模式、网络文学本体、人工智能与文艺创造、网络文学评价体系建构和网络文艺溯源与展望六大主题为理论建构的着力点和出发点，通过大量新媒体文艺案例的深度剖析与透视，深入浅出地为新媒体文艺创作者、爱好者和理论研究者揭示了新技术、新媒介与新审美范式共同作用下的当代新文艺的生产、传播、接受与评价体系的新特征、新动态与新形式，也通过理性思维与感性思维的碰撞为我们揭示了新文艺发展"泛智能化""泛媒介化""泛娱乐化"与"泛产业化"的美好愿景。黄鸣奋教授在这本为新时代网络文艺理论话语体系建构提供参考的力作中，力图通过精细的类型划分和深入的论证分析建构一种区别于传统文论话语的新文艺理论话语范式系统，借以剖析和揭示当代新媒体文艺实践形态和类型的文化背景、艺术伦理与思辨维度，为"新文科"建设背景下中国新时代文艺理论建设更加丰富与完善阐释理论话语范式系统提供了有益的参照与借鉴。

作者单位：贵州民族大学传媒学院

---

① 夏烈.集结与开放［M］//黄鸣奋.人工智能与网络文艺.宁波：宁波出版社，2022：Ⅶ.

流审于文学世相的诸神系谱

——读王祥《人类神话：网络文学神话学研究》

张学谦

日趋成为中国当代文学"显学"的网络文学研究着实可谓"百花齐放"。由于中国网络文学强大的综合性，从媒介研究、文化研究到更多具有交叉性质的不同研究都不同程度参与到网络文学研究之中，堪称"众声喧哗"。不过，大多数的研究似乎都有一个潜在的共识：大概除了具有现实主义性质的网络文学创作之外，绝大多数属于类型文学，网络文学作为"文学"本身的价值似乎远远不及其网络的媒介性与流行文化的综合性。即便是对作为"文学"的网络文学文本本体的研究，诸如叙事与情节等，大都不可避免地与当代网络世界的一切发生联系。

当代的中国网络文学诞生与发展本身是一个文学流变的历史过程，因此网络文学无论是作为一个概念，还是作为某种文学范式，其存在也当然具有历史性。王祥的《人类神话：网络文学神话学研究》正是通过网络文学的叙事层面敏锐地把握到网络文学的这一状态。中国网络文学，尤其是那些具有中国本土特质的玄幻、修真等文学作品，其与中国文学史、文化史之间复杂的关联性是应当被重视的。这不但是理解中国网络文学"中华性"①的重要途径，更是理解构成当代人生活世界的世相百态中所蕴藏的精神结构的重要途径之一。

一、诸神窨行的当代文学

"神话"并不是一个令人陌生的概念，但是在不同的人那里却总是有着不同的表达，诸如："实用"的故事（马林诺夫斯基）、"创造出来"的故事（伊利亚德）、"超强结构"的故事（列维-施特劳斯）等。对于二十世纪诞生的神话学的主要理论来说，神话的范畴毋庸置疑是一种局限于古代乃至上古时代的人类的原始故事。因为他们确定这种古代的原始故事是关于人类起源的故事，能够"为人类提供存在和本体意义上的定向功能"②。而在中国学者的神话研究中，最广为人知的可能就是袁珂提出的广义神话的概念。与二十世纪的西方神话学的理论不同，由于中国历史的特殊性，古代神话大都散佚，因此，袁珂将中国民间传说亦划入中国神话的范畴。③而传说大多数情况下是民俗学的重要材料，在柳田国男那里，昔话与物语的核心是"常民"；在周作人那里，民俗传说的核心则是作为人的"平民"。因此，不论袁珂的本意如何，当神话与传说共同构成了中国神话的概念之时，神话就与中国人的世相之间构成联系。古代的神话与作为民俗的传说结合之后，其结果或许更像柳田国男执着于往昔的传说一般，"无论何时何地，我都只能活在当下"④。当渊源与世相生活的恒常结合在一起，神话就开始于人的生活世界

---

① 夏烈.是时候提出网络文学的"中华性"了 [N].光明日报，2017-09-21 (2).

② 斯特伦斯基.二十世纪的四种神话理论：卡西尔、伊利亚德、列维-施特劳斯与马林诺夫斯基 [M].李创同，张经纬，译.北京：生活·读书·新知三联书店，2012：111.

③ 袁珂.中国神话传说 [M].北京：北京联合出版公司，2016：33.

④ 柳田国男.明治维新生活史 [M].潘越，吴垠，译.长春：时代文艺出版社，2016：330.

发生了，就不再是一种过去的文化遗痕，而转变为一种可以烛照当下的存在。

王祥在广义神话的基础之上，进一步将神话视为一种"拥有超自然力的神灵的故事，是描述神灵角色追求愿望达成的行动过程与结果的叙事作品"①。不得不说，这是一种非常具有学术胆识的创见。二十世纪神话学背后的反历史主义倾向在这里被颠倒或纠正过来，神话成为一种文学体裁创作的历史过程，可以说，"所有成体系的古代神话的创作都是一个历史性、进行性的过程"②。这种颠倒将神话作为一种人类起源性或具有存在意义的非历史性的叙事转变为一种人类知识的历史创造的过程，神话脱离了理论中的结构性意义，转而成为一种人类的"知识谱系"，而这个"知识谱系"本身又是一个随着人类社会自身变化而不断变化的动态系谱。因此，神话就不再是一种过去的叙事形式，而是一种动态的历史造物，链接人类的古代与现代，成为"人类文明精神平衡能力的体现"③。

作为历史造物的动态系谱，神话自然就成为各个时代的文学中那些关于神祇的故事总集，理所当然，当代的关于神祇的超自然故事也得以进入神话的"知识谱系"之中。原始的诸神在并没有随着历史而消亡，而是不断地变换着形态甯行于人类的历史进程之中，成为一种隐喻："神明是梦想，是希望，是女人，是讽刺家，是父亲，是城市，是有很多房间的房子，是将自己珍贵的精密计时器遗失在沙漠中的钟表匠，是爱你的某人，甚至是（尽管所有证据显示并非如此）某种高高在上的存在，其唯一关注的就是让你的球队、军队、生意或者婚姻，都能战胜所有对手，获得成功与胜利、兴旺与发达。"④可以说，在当代，不论是网络之上，还是网络之下，有关于神话的创

①王祥.人类神话：网络文学神话学研究［M］.宁波：宁波出版社，2022：12.

②同①，第23页。

③同①，第35页。

④尼尔·盖曼.美国众神：十周年作者修订版［M］.戚林，译.北京：北京联合出版公司，2017：491.

作从未停止过，网络文学更是一个现代诸神存在的场域。在这样的场域之中，网络文学就成为文学创作的历史，成为链接中国古代与现代之历史的文本。

二、谱系结构与文学世相

与很多网络文学叙事研究的认知不同，在《人类神话：网络文学神话学研究》中并没有把网络文学中建构世界的叙事偏好理解为来自CRPG（电脑角色扮演游戏）的影响，而是将其放置在神话的谱系结构之中。在北欧神话、希腊神话、埃及神话、印加神话等完全不同的神话系统之中，王祥注意到了它们与当代网络小说具有一种源自人类情感的潜在共识。这些共识在神话与网络小说之中具象化为以超自然观念来解释世界，其中包含了万物有灵论、超自然职业的存在以及诸神之战等等不同内容。可以说，古代人与当代人思维之中的潜在共识是"有意识地建构超现实世界和超现实故事，用以满足人类愿望情感需要，建构精神世界的秩序"①。由于神话本身是动态的历史造物，因此当人类的情感需要发生变化之时，神话本身也将随之发生变化。网络文学之中大量的超自然叙事，典型如玄幻小说、修真小说等，与神话就形成了一种同质性作用，以小说文本作为中介，实现了古代神话与仪式的作用，产生了"运用灵魂流通和变形思维，探索人类想象与情感体验的无穷可能性"②。

基于网络文学与神话之间的情感性共识，网络文学在创作中同样产生了系谱的形态，并最终融汇了历史中神话的不同谱系。毋庸置疑，身处现代社会的人类，其情感认知与过去相比发生了相当大的变化，情感需求变得更加

①王祥.人类神话：网络文学神话学研究［M］.宁波：宁波出版社，2022：121.
②同①，第136页。

复杂。尽管历史中的单一性的神话谱系的确具有能够满足人类情感的潜在作用，但是作为历史之造物的古代神话显然已经不能完全承担起这一作用。因此，过去的神话谱系在网络文学之中以更加异想天开的形式发生了谱系间的融合。表面上看去，这似乎背离神话谱系内部的同一性要求，不过当代社会，文化与情感的交互已经远远超过了历史的其他时候，因此，作为满足人类情感思维的叙事文本也势必会随着文化交互的过程实现谱系之间的重构。事实上，网络小说的创作，多元的神话谱系之间早已能够在更加广阔的视域中，比如从大宇宙的体系出发等，形成当代神话的系谱结构。可以说，极具想象力与情感性的网络文学正是"人类大合唱"的文本呈现，亦是世界大众文艺前进方向的呈现。

既然网络文学是当代神话，那么堪称集成古今的网络文学则必然会进入当代人的生活世相，通过文学文本直接或间接地影响人类之精神。身处晚期现代社会中的人，所需要面对的既非古代人对于基本生存的迫切需求，也非中古时代对于人性解放的渴求，而是某种情感性的"稳定剂"。当代人的悲剧在于：困囿于由自身创造的符号系统而诞生的世界系统之中，不断地远离生活世界，在"正确性、正当性和真诚性"逐渐被视为不同评估标准的对象过程之中，日趋成为一个"彻底物化社会"①。对个体的人而言，经典现代的身份在晚期现代的"加速"状态之中日趋动摇。

"日常生活里的为承认而斗争的情况会变得非常严峻。除了承认斗争的逻辑从'地位'竞争转变为'表现'竞争之外，它还持续用永恒的不确定性、高度变迁速率，以及日渐增加的徒劳感，威胁着主体。落后的结果，就是遭受蔑视，于是，在人们一生当中似乎没有什么比'落于人后'更恐怖的了。从一生下来开始，父母就开始偏执地害怕孩子'输在起跑线上'。"②

罗萨精准地描绘了晚期现代社会中人的生存处境，焦虑与孤独成为人生

---

① 芭芭拉·福尔特纳.哈贝马斯：关键概念 [M].赵超，译.重庆：重庆大学出版社，2016: 99, 101.
② 哈特穆特·罗萨.新异化的诞生 [M].郑作彧，译.上海：上海人民出版社，2018: 82-83.

活之日常。本雅明预见了现代社会中人类经验的贬值，然后晚期现代社会生活之中，文化知识与经验一同变得越来越没有价值。对于晚期现代的"病症"，阿多诺的解药是"模仿"，波德里亚的方法是恢复"象征"，罗萨则看到了文化系统中的宗教和艺术。这两者的结合或许可以让人找到"合理或吸引人的故事，述说着仁慈的神或梦幻且'深层'的天性"①，最终实现一种"共鸣"，从而使人能够在晚期现代的生活世相之中确立下来。网络文学作为当代人的神话创作，无论是在知识结构的谱系之上，还是在叙事要素的系统之中，都内含人类从古至今对于宗教与艺术的想象性创作，从而实现了一定程度上的宗教与艺术之结合，由此，网络文学能够产生对晚期现代的生活世相的影响。网络文学叙事中的超自然的情节想象，"追求故事的行动性、冲突性，营造故事情境、角色外观和行为的独特性"②，不仅是一种感官的满足，更是对生活在晚期现代之人的精神建构。其具有使人在极端的情境之中，优化自我情绪，转变情绪反应模式的作用，可以说，"让我们因为胸有成竹而葆有自信"③。进一步说，在情绪与情感的干涉作用下，或许网络文学能够实现在前现代社会中神话所具有的抚慰人类灵魂的作用，"人的灵魂因此变得圆融，可以同化一切异己的观念"④。

三、被置于历史之中的网络文学

将网络文学放置到神话研究的领域中，创造性地建构了基于历史系谱的网络文学神话学研究范式，是《人类神话：网络文学神话学研究》对网络文

---

①哈特穆特·罗萨.新异化的诞生 [M].郑作彧，译.上海：上海人民出版社，2018：150.

②王祥.人类神话：网络文学神话学研究 [M].宁波：宁波出版社，2022：192.

③同②，第194页。

④同②，第222页。

学研究的一次拓展。无论网络文学与媒介的相关性有多强，其本质，至少至今而言，都是文学。因此，网络文学本身就必然地处于文化史与文学史的脉络之中，纯然的媒介理论无法更多地揭示网络文学在历史中的复杂属性，同时也有意无意地将网络文学塑造为一种与数字技术相关的"天降之物"，从而遮蔽网络文学的历史性与其作为文学的本性。

重新回到历史的脉络，从文学史、社会史以及文化史的层面理解网络文学，是揭示其内在的历史逻辑的重要理路。正如王祥自己所写："自一万多年前人类开始创作神话，直至今天创作现代文学艺术，真正的驱动力是人的精神需求……通过文学艺术这个窗口可以看见人类这个最终的造物主容貌，看人类是如何兴致勃勃地造神与渎神，看他们是如何通过造神来构造自身。"[1]正是注意到了网络文学于神话谱系之中的历史位置，将网络文学以神话创作的形式放置于历史之中，人便浮现于网络文学的研究之中，在这一点上，网络文学被还原为文学，回归于文学史的构成物。

作者单位：苏州大学文学院

---

[1]王祥.人类神话：网络文学神话学研究［M］.宁波：宁波出版社，2022：6.

在实践中探索中国特色的网络文学评价体系

——评周志雄《直面网络文学现场》

许潇菲

在二十一世纪，无论是共时性的社会生活层面，还是历时性的文学史层面，网络文学都占有十分重要的地位。它的数量遮天蔽日，它的题材种类繁多，它的媒介形式千变万化，它是"房间里的大象"，横跨时代，庞大而又醒目，不容许人们有丝毫的忽视。但就目前而言，纵然不断有新生学术批评力量加入，但在每年有近两百万部网络作品登记的现状下，网络文学的批评与创作之间仍然极不平衡，更不提是否具有一套行之有效的、完整的评价体系。

这不仅是因为网络文学发端于二十世纪末，而其文学批评的起步则较之更晚。最主要的是，网络文学本身的文学兼商品的多重特质，这决定其难以被任何单一的批评方式所概括。与传统文学创作相比，网络文学的场域构成极其复杂，这也使其批评工作难度陡增。我国目前对网络文学的批评研究，主要集中于理论层面的阐释，大多借用包括后现代主义文论在内的西方文论。韦勒克的文学内部研究和外部研究可为之提供宏观层面的研究思路，麦克卢汉的媒介传播学亦可构成研究网络文学的底层逻辑。弗洛伊德的精神分析法、马尔库塞的爱欲解放论、布尔迪厄的文学场法则、福柯的权力话语体系等等，都可以用来对网络文学及其附加属性进行不同程度的阐释。

这些西方舶来的文论有着成熟的体系框架，在我国当今的经济社会中有着高度实用性，是研究网络文学的重要工具。但我国的文学环境毕竟迥异于西方世界，早至夏商周时期，中国就从原始的大巫社会，踏上了"由巫到礼，释礼归仁"的千年文明之路。现代社会的技术更迭，更让中国社会呈现出"苟日新，日日新，又日新"的精神面貌。网络文学诞生于我国现代社会经济转型的世纪之交，承载着草根阶层的精神狂欢和隐秘宣泄，如今在数字技术的加持下，有着广阔的发展前景，网络文学迫切需要有着当代中国特色的文学评价体系。

目光收回国内，早有眼光卓越的学者，将网络文学的文脉溯源至小说这一文体流变。可惜我国向来视小说为与"大达"相对立的"小言"。"五四"后，小说内部又分裂为相互对立的"雅文学"和"通俗文学"，后者上不得台面，遑论在其研究工作上耗费功夫。在中西方传统文学理论均与网络文学存在着距离的情况下，网络文学的批评从何谈起？独具中国特色的网络文学批评体系又该如何构建？《直面网络文学现场》一书正是着眼于此，为后继研究者打开了思路。

周志雄教授在治学期间，大体的研究思路可以概括为三点：一曰构建多元决定结构的网络文学多维批评体系，二曰注重挖掘网络文学对中华优秀传统文化的传承和接续，三曰对网络文学的批评不能脱离作家写作现场。本书正是围绕着这三点核心思想，分为"网络文学观潮""网络文学的传承""对话网络作家"三个篇章，摘取精华文章，厘清逻辑，编撰成集。

观潮者，"涛来势转雄，猎猎驾长风"。改革开放后，时代更迭的波涛裹挟着历史的长卷汹涌向前，遍布全球的互联网神经敏感而锐利。在这种语境下诞生的网络文学，伴随着个体在飞跃式社会变迁中成长的心灵阵痛，在市场经济、传统文学，以及主流意识形态搭建的各个场域中穿梭，艰难地探索着自己的位置。网络文学场内，各大网站的榜单、月票当头，作家之间相互博弈，类型题材彼此争锋；场外，主流意识形态绝对主导，资本和文学性在合作中对立，作家、读者、学者三足鼎立。"网络文学观潮"正是在承认这种复杂现状的基础之上，通过对人民文艺、现实性、IP改编等中国社会的时代热点和学术重点的点明和阐释，援引出"构建中国网络文学评价体系"的重要任务。

《网络文学是新型的人民文艺》一文，列举了网络小说中主流化作品的赫赫实绩，肯定了中国网络文学与美国好莱坞大片、日本动漫、韩国影视剧之间的正向互动和积极借鉴，总结出网络文学豪迈、乐观、昂扬的总体风格。重申"网络文学响应国家号召，书写宏大的时代命题，弘扬社会主义核心价值观，积极承担社会责任，这是与网络文学的特点相适应的"[①]，对网络文学创作的瓶颈突破有着莫大的现实效用和积极赋能。《网络文学的现实主义形态》将范围缩小到现实主义题材，聚焦类型小说的具体写作实践。肯定了网络文学以玄幻、穿越等不同形态反映现实，以人性的真实隐喻现实的真实，鼓励"原形文化"与"伪形文化"共存，指出网络文学对古典小说的超越性，为网络文学的现实主义创作指明出路。《构建中国网络文学评价体系》作为上篇"网络文学观潮"的压轴之作，总结全篇，提出网络维度、审美维度、商业维度、理论维度四个层面的标准，鼓励兼纳古今中外的文学理论作为研究方法，拒绝以单一的量化数据指标作为衡量网络文学的标准。

值得注意的是，对于网络文学中出现的热点现象和主流引导，作者并非鼓掌叫好式的盲目夸赞，而是带有思辨气质的学理审问。在《网络文学的现实主义形态》一文中，作者就一针见血地指出网络文学在选择现实主义题材时的局限，"作品对现实的反映难免是浮光掠影的，对现实矛盾的处理也多是糖醋现实主义的"[②]。《网络文学IP热的思考》既肯定了IP改编对中国文化

---

① 周志雄，王婉波.网络文学的主流化倾向 [J].江海学刊，2020 (3)：213.
② 周志雄.直面网络文学现场 [M].宁波：宁波出版社，2022：38.

海外输出以及提高国人认知水平的重要作用，但也表达了对部分IP片质量不过关，变成"挨批片"的忧虑。但毫无疑问，对待这些新现象、新问题，作者更多的是从宏观视角出发，着眼大局，拨开"乱花渐欲迷人眼"，致力于"柳暗花明又一村"的理论阐释。从《网络言情小说的文化意蕴》一文对言情小说若干缺陷的批评，就可以看出周教授的基本态度："在对网络都市言情小说的研究中，我们也不应过分苛责其缺陷，而应给予更多包容，发掘其在表达现实、表达大众话语方面的功能，为该类型小说的发展提供更大的空间。"①

传承者，"积学以储宝，酌理以富才"。中国网络小说传承的不仅是通俗小说的叙事脉络，宣扬"劝善惩恶"的基本朴素价值观，更是将千年古国的渊博文化熔炼到字句章节、起承转合中的知识型写作。如果说"观潮"是搭建网络文学评价体系的社会语境，那么"传承"就是通过对网络文学的叙事特征进行散点透视和归纳总结，为学术批评扎下传统之根。文化溯源，道阻且长。在这一部分，论文以层层递进的结构排列。从金庸小说延伸至武侠玄幻小说，从通俗文学的文化嬗变到中华文化的文脉传承。承认中国网络小说在对艺术创作根本革新上的乏力，但同时也点明它对讲故事传统的复活。肯定其中所呈现的新媒介叙事特征和写作形式创新，以及优秀传统文化在新时代所焕发的生机和活力。

以"金古梁温黄"为代表的港台武侠小说，从二十世纪末就开始在大陆广泛流行。这批武侠小说承载着先秦两汉乃至魏晋志怪所打下的文化基础，接续着唐传奇的武侠萌芽，发扬继承了还珠楼主引领的民国武侠派的荒诞怪异。金庸的新派武侠小说，对诞生于世纪之交的网络小说，尤其是武侠玄幻题材的类型小说而言，无论是在题材还是叙事方面都有着直接的影响和推动。《网络小说与金庸小说》就从人物角色设置，到故事剧情的建构，再到

---

①周志雄，孙敏.文化视野中的网络都市言情小说［J］.山西大学学报（哲学社会科学版），2018，41（4）：32.

蕴藏的儒佛道的人格理想，梳理了长篇网络小说对金庸小说的部分继承和超越，直接指出"网络小说传承了金庸，也发展了金庸"。《兴盛的网络武侠玄幻小说》将研究视野升级，通过发掘武侠与玄幻题材之间存在着的共同的核心，串起大的类型文评价体系。重点仍在于网络武侠玄幻小说开发了哪些写作模式和创意，如何通过虚构的写作手法对当下现实进行反映和思考。《通俗文学版图中的网络小说》更是采用宏观视野，总结网络小说的"挖坑法""升级法""爽点"与"系统写作"几种写作手法。选取猫腻《将夜》和托尔金《魔戒》作为对比，展示在类型相近的情况下，中国玄幻小说与西方奇幻小说在故事主题、精神追问以及价值观等方面有何种不同。

《网络小说与中华文化传承》和《网络叙事与文化建构》是总结性的两篇文章，在前面的基础上，对网络小说在叙事上的传统继承进行学理性的归纳升级。在叙事形式上，网络小说对传统小说有所借鉴，它们对接的是中国古代文学"说部"的传统，在现代成为民众感性觉醒和抒发的宣泄口。在叙事内容上，网络小说从中华民族悠久的历史中汲取养分，灵活运用各种独具特色的传统文化元素，拓展了想象空间。在精神内核上，中华灿烂的文人文化，也滋养了网络小说的古典风韵。与此同时，网络叙事又在媒介的加持下打破了传统叙事的束缚，展示了新的文体的可能性。写手与读者之间的交流互动，又呈现民间蕴藏的无穷创造力。

中华传统文化的美感类型多种多样，纤丽秀婉、雄奇壮阔，翡翠兰苕、鲸鱼碧海，搭建出兼容并包、外放开朗的中华美学世界。可以说，传统文化的旅程也正是美的历程。网络小说以此为起点，进一步扩大美的现代精神内涵，将其发展为日常生活经验的审美化。从全书逻辑结构来看，"传承"一章更是与下面的"现场"相互呼应，从若干名气写手的访谈中见微知著，发掘这些写手在"打榜""月票"之外的文学追求，以及在具体创作中对中华优秀文化传统自觉或不自觉地传承和呈现。

对话者，"缀文者情动而辞发，观文者披文以入情"，这一章节也是本书的亮眼之处。由于网络小说大多体量庞大，动辄数百万字，在阅读时极为考验人的耐心和细心，这也导致在做网络文学的研究时容易出现不通文本，仅谈理论的学术弊端。文学理论固然重要，但失去以细读文本作为评价基底的理论只是水中捞月、空中楼阁，对现实中写作实践的指导收效甚微。脱离作品和作品的生产者进行空谈，导致创作和理论的脱节和割裂，也是网络文学评价工作中的一大弊病。须知，文学批评其实是用自己的价值和审美与作家作品对话。理论是固定的灰色阈值，而访谈作为实况记载却是流动的，作为日后文学研究的观点佐证，它的价值更是永久的。

在治学期间，周教授一直强调与网络作家进行交流互动的重要性，在充分考虑阅读难度的情况下，采取团队分散阅读的合作机制，整合问题形成采访大纲，继而邀请知名写手莅临学校现场，并身体力行带着学生共同采访。即便是疫情期间不方便现场来往，也会在线上举办访谈或讲座。周教授及其团队多年来持之以恒的努力，为网络文学文本研究提供了珍贵的一手资料，也为网络文学批评体系的构建打下了扎实的根基。那些早期访谈集中汇总为《大神的肖像》，于2015年出版，时间之早，可谓是第一批意识到网络文学写作现场重要性的学者著作。

在本部分，由于篇幅限制，主要摘取极具代表性的几位作家的访谈录，涵盖奇幻、玄幻、盗墓、悬疑、言情这几个热门网文题材，兼顾男频写手与女频写手。访谈内容非常翔实，问题也颇犀利，旁敲侧击。提问基本涵盖写作动机、创作想法、日常爱好、生活现状、如何与读者互动等内容，事无巨细，通常还会根据现场实际情况灵活调整提问大纲。通过对这些作家的日常访谈，一些有关网络文学发展的学术理论问题也借此得以被挖掘。

首先，网络文学写作对一些作家而言，是实现人生价值、抒发文学情怀的重要方式。我国传统的纸媒文学期刊中，编辑一直处于相对主导的地位，与作家之间形成矛盾对立的脆弱平衡。这个二元对立的场既无法解决矛盾，也无法被轻易摧毁，只能处于封闭的意识形态中。直到网络媒体的出现，并对此造成巨大冲击。一些被纸媒以各种各样原因拒绝的作家，转而投向文学网站的怀抱。在《"读者的趣味就是我的写作方向"》中，悬疑作家蜘蛛坦言他在向纸媒刊物投稿之初，被编辑批为"变态"并退稿。后来通过网上写作，随着《罪全书》和《十宗罪》系列的发表一炮而红。虽然由于题材特殊，一度处于备受争议的风口浪尖，但网络的包容性也体现于此。玄幻大神风凌天下的访谈录《网络文学大神是怎样炼成的》，详细记录了从一个险些被逼到日本当劳务工的破产工人，到爆款等身的网文大神的逆袭之路。网文写作不仅让风凌天下得以渡过生活的难关，也让曾经处于社会弱势群体的他获得人生成就感。最重要的，是让被生活压力所压抑的文学情怀得到真正的抒发宣泄。女作家阿彩的作品叫好又叫座，她的小说就是"写给女性读者看的"。阿彩书中的人物和思想随着自己的成长而一同成长，有着亲切自然的文学性，她的作品同时也是对自己成长轨迹的记录。

其次，在普遍认为网络小说格调不高、网络作家投机取巧的现状下，正是通过面对面访谈让我们认识到，新型的媒介形式并没有侵吞网络文学的精神核心，仍有网络作家保有高雅的传统文化修养以及高度自觉的文化责任意识。仙侠题材作家管平潮的访谈录《网络文学需要降速、减量、提质》中提到，管平潮有着相当深厚的古典文化修养，致力于打造有"情怀"的仙侠世界。他的作品神思浩渺，语言古典雅致。在《网络作家的情怀与风骨》中，飞天直言自己热爱中国武侠小说，立志要继承倪匡先生的文体风格，致力于让"倪派小说"在华语文学宝库中永远占有一席之地。

可以发现，无论是管平潮、飞天，还是风凌天下，虽然他们所擅长的题材领域各不相同，人生经历也大相径庭，但他们在创作原则上都秉持着一个共同点，那就是网络文学作品首先要注重它的社会价值。作为通俗小说的文脉继承，贯穿网络小说写作精神始终的，应该是中国传承千年的忠义礼智信。而无论是传统文学、网络文学，最终都是要引人"向上、向善"的。

近年来，意识到网络文学作家创作现场重要性的学者不在少数，北大邵燕君教授就以"学者粉丝"的身份，带领团队亲自入场访谈猫腻、Priest（刘垚）等知名网络作家。将学者的批评视角与读者的鉴赏视角相结合，坚定不移地站在粉丝部落这边，近距离感知作家的创作精神。这些主动缩短审美距离的举措不仅为网络文学的文本分析提供第一手资料，也让网络文学研究以实践的姿态进行探索，所提出的批评理论也可以直接作用于创作实践，呈现云蒸霞蔚、蔚然可喜之象。

周志雄教授曾指出，"研究网络文学的难度比研究传统文学要大，对研究者主体素质提出的要求要高"[1]，"批判的武器不能代替武器的批判，这些方法的运用最终要落实到网络文学创作本身"[2]。多维度的批评视角、有温度的评价语言，所有的这些都让我们看到《直面网络文学现场》所秉持的学术原则和人文情怀。

钱潮汹涌，书斋寂寞，在浩瀚的学海中用一以贯之的毅力钻研，更是艰苦而又寂寥的。唯有从惨淡经营的成果中，方能看出学者领先时代的敏锐嗅觉和宽容博大的学术胸怀。《直面网络文学现场》拒绝精英象牙塔里的理论空谈和"学术狂欢"，拒绝"躲进小楼成一统，管他冬夏与春秋"式的闭门造车。而是紧跟中国网络作家的创作实践，厘清中华传统文化的精神脉络，从时代深处走向理论高处，从文学现场走向批评主场。以务实的态度走进网络文学，更以热切的目光期待网络文学由俗到雅的转向。

作者单位：安徽大学文学院

①周志雄.网络文学的发展与评判［M］.北京：人民出版社，2015：329.

②周志雄.中国网络文学评价体系的维度及构建路径［J］.中国文艺评论，2017（1）：64.

网络文学与影视学

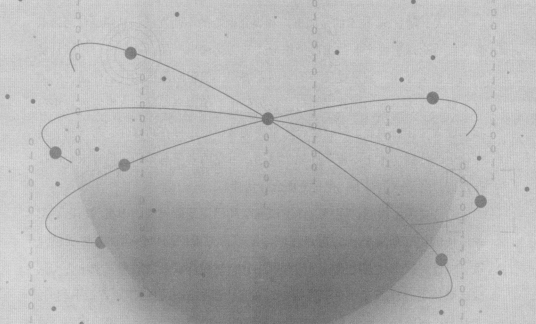

媒介融合视阈下中美悬疑网络电影
"主悬念、高潮、结局"结构考据[①]

张阳

今天，随着5G技术的全面推广和媒介融合的不断发展，悬疑题材网络电影已成为全球影视产业的重要创作形式和文化输出产品。近年来，中国悬疑网络电影虽处在"减量提质"的全面发展期，但粗制滥造的快消作品仍然屡见不鲜，良莠不齐的创作局面仍然较为严重。美国悬疑网络电影发展势头迅猛，成为文化、商业、科技融合的重要场域，但也存在跨媒介、跨国别、跨文化生产传播"水土不服"的现实境遇。可见两者虽有差距，但并未全面拉开距离，既是竞争对手，也是全面合作伙伴。

结合中美悬疑题材网络电影发展现状和研究基础发现，中美网络电影宏观层面的比较研究已成为重点领域，能够为中美网络电影全面发展提供政策、经济、技术、文化等层面的有效指导，然而却缺乏微观审视视角，尤其缺乏对特定题材的专项对比分析，这对于中国网络电影创作而言是不利的。尤其是，网络媒介影响并改变了悬疑网络电影的叙事题材、风格、内容、策略、元素等，形成了全新的叙事形态和叙事规则。但目前对于中美悬疑网络电影叙事形态融合、变化、发展研究的滞后性和薄弱性使之缺乏理论框架和

---

①本文系中国博士后科学基金第69批面上资助项目"中美悬疑网络电影叙事比较研究"（项目号2021M690441）阶段性成果之一。

研究方法，最终对中美悬疑网络电影向前发展形成掣肘，而这小小的一步停滞对于中国整体电影格局构建、打造院网融合模式联合发展将是巨大的阻碍。

因此，本文旨在对中美悬疑题材网络电影"主悬念、高潮、结局"结构考据，这既是对两者叙事方面的一种横向比较，也是对两者艺术创作方面的纵向分析，有助于更进一步思考彼此叙事结构方面的异同，最终借"他山之石"促进国产悬疑网络电影向前发展。

一、关于"主悬念、高潮、结局"的叙事意义

"主悬念、高潮、结局"一般发生在故事第三幕，每一个都有其独特的叙事意义。主悬念，某些剧作书也称之为危机，主要指人物在最大困境前做出的最后一次重要抉择，将对故事结局产生重大意义。随着叙事发展，观众跟随人物走完一段历程后，对人物性格有一个大概认识，接下来需要一个最大的"两难之境"进行考验，逼迫人物做出动作，揭示人物真相，完成人物性格弧光，这就是主悬念。

麦基认为："这一两难之境摆在主人公面前，当他与他生活中最强大、最集中的对抗力量进行面对面的斗争时，他必须作（做）出一个决定，要么采取此一行动，要么采取彼一行动，为赢得自己的欲望对象做出最后的努力。"①

细数国内外经典悬疑电影，主悬念通常构成一个强有力的叙事情境。

《肖申克的救赎》（*The Shawshank Redemption*，1994）主悬念是安迪抱着洗白罪名的希望与典狱长达成"自救协议"，典狱长出尔反尔杀掉"汤姆"，破灭安迪出狱希望。生死困境面前，安迪最终采取"雨夜越狱"的戏剧动作

①罗伯特·麦基.故事：材质、结构、风格和银幕剧作的原理 [M].周铁东，译.北京：中国电影出版社，2001：356.

获得新生。《烈日灼心》(2015) 主悬念是辛小丰拽住即将从高空跌落的尹谷春的手。此时,辛小丰的两难之境是:"放手"即可彻底脱罪,"不放手"意味着自首,前面三兄弟的努力前功尽弃。最终,他选择了后者。《雪国列车》(2013) 主悬念是反叛军首领到达永动机前知道一切真相,他面临两难抉择:接替领导者继续残酷的游戏,或是炸开车厢寻找希望。最终,他选择牺牲,换回希望。

当人物在主悬念做出最为艰难的抉择后,戏剧动作随即将故事推向高潮并走向结局。《肖申克的救赎》是安迪成功越狱,瑞德重获生活希望。《烈日灼心》是辛小丰兄弟三人受到应有惩罚,但人物内心得到救赎。《雪国列车》是反叛军首领救出孩子,炸掉列车,创造出未来希望。

表1 "主悬念、高潮、结局"在电影中的示意

电影	主悬念	高潮	结局
《肖申克的救赎》	"自救"还是"他救"	越狱成功	身心得到救赎
《烈日灼心》	"生存"还是"毁灭"	自首执行	心理得到救赎
《雪国列车》	"放弃"还是"坚持"	炸停列车	重获新生

由表1可见,结局是伴随着高潮后带给观众的一个满意结束,结局并不一定圆满,但需满足观众的心理需求。

应该说,"主悬念、高潮、结局"作为叙事结构中的重要元素,彼此独立又紧密相连,具有联动特征。换言之,叙事结构经过前两幕对于故事世界的建构,对于人物性格的塑造,以及对于故事主线的铺陈是否成立,是否能够让观众移情,很重要的一点就是影片尾部对于故事高潮的推进,这要求主悬念足够深刻,看似不可逆转,只有通过人物采取行动后,才能将故事推向最终高潮。

随之而来的问题是,中美悬疑题材网络电影相较于经典悬疑电影在"主悬念、高潮、结局"叙事设置上有何差异,三者时间节点如何安排,叙事困境如何设置,主人公面对困境采取何种行动,这些问题将进一步对中美悬疑网络电影叙事结构进行肌理式的比较分析。

二、从"情境论"反观中美悬疑网络电影的主悬念设置

主悬念比较涉及中美悬疑网络电影情境创作问题,"情境乃是人的生命活动的规定形式与实现形式"①,戏剧的本体构成形式是情境。某种程度上,主悬念就是一部电影中最为重要的情境。谭霈生认为:"欲使人物能够通过丰富有力的动作以实现人格的自满自足,必须为人物提供具有足够张力的情境,使每一动作都能在'情境—动机—动作'的因果逻辑中显现出合情理性。"②针对情境,参见公式如下图:

图1 情境论公式

一个情境(无论正负价值)将对人物产生影响,人物秉持的欲望和价值会受到冲击,针对特定动机,人物将会采取特殊行动。按照情境论创作思路,中美悬疑题材网络电影主悬念可从情境设置、人物心理、戏剧动作三个方面进行比较分析。

国产悬疑网络电影《暴裂寻凶》(2019)和美国悬疑网络电影《心理医生》(*Clinical*,2017)在主悬念设置上具有可比性,各有其特点,也有相应问题。

《暴裂寻凶》讲述的是十年前老乔的女儿意外失踪,生活窘迫和众叛亲离没能阻止他寻找女儿的行为。随着事件深入,众人发现"女儿被拐"实际是老乔因十年前自己的不小心导致女儿离世,受到精神打击后臆想出的最坏结果。

---

①谭霈生.谭霈生文集.戏剧本体论 [M].北京:中国戏剧出版社,2005:313.

②杨健. 拉片子2:结构主义编剧法讲义 [M]. 北京:作家出版社,2019:6.

叙事结构中第一幕展现老乔寻女的人物主线，第二幕展现老乔寻女遇到的各种阻碍，第三幕主悬念是老乔被一伙臆想出的偷拐分子关押在铁皮屋中，面对被拐儿童，决定殊死一搏。

从情境设置来看，老乔面临的困境来自外部环境和内在心理两方面。外部环境是一个封闭的铁皮屋，老乔被反绑着双手，旁边是一个被拘禁的被拐儿童。此时，老乔的心理活动是一定要逃出去找到拐卖女儿的嫌疑人。最终，老乔挣脱束缚，带着孩子逃出铁皮屋，与歹徒殊死搏斗。

这个情境在影片当中成立，但无法构成主悬念的叙事意义，更无法将故事推向高潮。

首先，主悬念对于主人公来说一定是两难之境，会对人物一直以来秉持的价值观和欲望产生重大影响。回到电影，老乔被关在铁皮屋中的情境虽然构成生命威胁，但并不影响老乔寻找女儿的动作主线。换言之，这个情境不但没有给老乔设置困境，反倒是解决了老乔一直以来苦苦寻找无果的破案线索，也就是创作层面常说的"写顺拐了"。从人物心理分析，老乔此刻主要任务有两点：1.逃生；2.寻找女儿的下落。所以这个情境根本无法构成"两难之境"，一旦逃出去，两个任务都将圆满解决。从戏剧动作来说，影片设置的障碍过于简单，老乔轻松挣脱束缚，并将嫌疑人绳之以法。

那么，这一幕的主悬念应该如何设置，人物动作如何推进叙事高潮，笔者认为有以下几点可以改进。

从情境来看，前文铺垫老乔寻女未果，每一次都离真相更近一步，那么主悬念场景就应该是老乔故意被抓，实则是深入虎穴。情境中的两难之境可以设置为：1.抓到嫌疑人，全身而退；2.救出被困孩子，失去找到女儿的唯一线索。这样的困境才能凸显老乔的人物性格，如果正负价值对于人物叙事压力不足，还可以在情境中加入好莱坞经典叙事模式"最后一分钟营救"。如此一来，老乔很快便会采取行动，选择先救被拐儿童，随之将故事推向高潮。

结合《暴裂寻凶》主悬念，我们可以联想到故事题材相近似的《刺杀小说家》主悬念设置。最后一幕中，关宁并没有选择杀掉路空文换回女儿的线索，而是相信自己一定能找到女儿。凭借着善良、正义、温情的人物特质，关宁化身红甲武士，手持加特林，在二次元空间与红发鬼决一死战，将故事推向高潮。应该说，《刺杀小说家》的"主悬念、高潮、结局"值得借鉴，不但给人物提出了两难之境，展现人物内心活动与外在动作，而且在人物动作上展现出跨次元与东方美学的有机结合，最终实现剧作层面的高潮和结局，并在视听表达上实现了中国电影工业美学的全面提升。

对比分析美国悬疑题材网络电影《心理医生》，可以发现"主悬念、高潮、结局"设置也并不严谨。

影片以女主人公心理医生马修斯为叙事主线，展现她治愈病人和自身不断身陷精神疾病的困境，结局反转，一切命案实际上都与她有关。

叙事主悬念是马修斯逃出关押她的精神病院，随后被自己的病人艾利克斯抓到家中拷问，最终她反杀艾利克斯，实现自救。整部影片叙事视点都在现实情境和马修斯的臆想中来回切换，故事并未清晰交代人物目的和人物行动主线，导致叙事出现逻辑漏洞，即主悬念情境到底对人物会产生何种影响。

从影片建构的情境来看，马修斯面临的困境只有外部因素，即被病人艾利克斯挟持，生命受到威胁，而并没有刻画内部原因，即人物精神疾病才是一切罪恶之源。因此，这里并不构成两难之境，也不会对主人公实现欲望产生重大影响，按照叙事逻辑发展，马修斯一旦从屋内逃出，主悬念就被解决。但是，影片铺垫的人物心理疾病却没有得到根除，真正的杀人凶手也没有得到交代，导致故事悬念没有彻底揭开。

《心理医生》在叙事主悬念出现的问题是缺乏对情境的深入思考。首先，人物此刻所处状况如何，经过前两幕叙事铺垫，此刻距离实现欲望还差多少。其次，人物秉持的价值观和态度有没有发生转变，是否需要主悬念进行考验。最后，主悬念是否足够深刻强大，逼迫人物做出看似不可完成的动作，这些问题都需要考量。

对比《心理医生》，马丁·麦克唐纳的《三块广告牌》（*Three Billboards Outside Ebbing，Missouri*，2017）主悬念设置极为精彩。女主人公为寻找杀害女儿的凶手，想尽一切办法寻找真相，最终以火烧警署的方式宣泄内心愤怒。"火烧警署"就是全片主悬念，对于女主人公而言，两难之境是：1.向反对力量投降，放弃寻找女儿被害的线索；2.以暴制暴，用最为强势的动作宣誓态度。这里，女主人公选择了后者，她要继续寻找女儿，不惜一切代价。就在火烧警署的过程中，另一个警探在火海中抢救出命案卷宗，一个戏剧动作，化解了两人的恩怨，也让两人所背负的初始欲望发生转变。最终，两人携手踏上寻凶旅程，故事圆满结局。

《暴裂寻凶》和《心理医生》在"主悬念、高潮、结局"出现的问题是大部分中美悬疑题材网络电影的通病。直观来看，中美悬疑题材网络电影出现头重脚轻的问题，注重开场悬念设计，轻视结尾时的悬念高潮。

导致这些问题出现的原因有几方面。

第一，叙事结构混乱，幕与幕之间悬念设置缺乏递进关系。按照戏剧性结构，从第一幕向第三幕发展，人物面临困境挑战应呈递增趋势，直至最后主悬念达到故事高潮。目前所见悬疑网络电影基本上在第一幕做到了悬念设计，但随着叙事发展，事件真相逐渐表露出来，某些影片甚至在故事中段就已暴露悬疑真相。

第二，主人公实现欲望动机不强，情境设置缺乏内外维度。主人公为实现目标不断克服困境的过程就是故事主线，然而，若是无法给主人公安排合适的"情境"，则无法揭示人物真相。《暴裂寻凶》《心理医生》等悬疑网络电影虽构建主悬念情境，但仅有外部环境障碍，缺乏对人物内心挣扎的考验。就此，大卫·霍华德认为："主角被置身一种外在的、与他人的冲突之中。但是在许多电影中，主角也要和自己对抗，主要冲突存在于主角身上，在人物的两种不同诉求和欲望之间展开。……故事最基本的对抗都是核心人物内心的挣扎。"[1]

---

①大卫·霍华德，爱德华·马布利. 基本剧作法 [M]. 钟大丰，张正，译. 北京：北京联合出版公司，2016：30-31.

第三，主悬念情境设置缺乏深度，与其余情境差别不大。主悬念是主人公实现人物目标前最后一个重大情境，对于人物秉持的价值观、能力、情感均应提出挑战。应该说，主悬念情境是影片若干情境的"重音"，承担表现人物性格的重要任务。如果主悬念情境不够深刻，将会使叙事失去方向，不能彰显主题价值。

"主悬念、高潮、结局"作为影片尾声，需要给观众足够的心理体验和观影感受，这就要求高潮和结局提供影片叙事的最终答案。

三、叙事层面的"高潮"与"结局"缺一不可

前文论述中美悬疑题材网络电影主悬念缺少情境设置，缺乏真正的两难之境，随之导致故事矛盾不够集中，无法带来应有的高潮和结局，这是中美悬疑网络电影共有的显性问题，如何解决这个问题，既是学术思考，更是创作反思。

究竟什么是电影的高潮和结局？大卫·霍华德认为："高潮是电影剧本最高或最低的点，所有的事都是朝着这里发展的。结局是观众能松口气的那个点，不管发生的是他们希望的还是担心的事，不管是否令人满意，终归有个结局了。"[1]更进一步说，高潮和结局的作用是给观众带来所需的情感满足。

那么，悬疑题材网络电影如何给观众带来情感满足，很重要的一点是给观众带来卡塔西斯（katharsis）。

卡塔西斯是戏剧理论的一个重要概念，最早源于亚里士多德在《诗学》第六章对悲剧提出的论述："悲剧是对于一个严肃、完整、有一定长度的行动的摹（模）仿；它的媒介是语言，具有各种悦耳之音，分别在剧的各个部

---

① 大卫·霍华德，爱德华·马布利. 基本剧作法 [M]. 钟大丰，张正，译. 北京：北京联合出版公司，2016：61.

分使用；摹（模）仿方式是借人物的动作来表达，而不是采用叙述法；借以引起怜悯与恐惧来使这种情感得到卡塔西斯。"[1]后来卡塔西斯被翻译成"宣泄"和"净化"等，主要指观看悲剧后对人性精神的净化启迪。

悬疑网络电影如何对观众精神进行净化启迪？通过叙事情节、叙事主题、叙事结构、叙事人物的有机铺陈，让高潮得以实现，让观众跟随剧中人物在一次次悬疑情境中出生入死，一次次生死考验前勇敢抉择，最终以人物实现目标为终点，以获得情感为满足，在高潮结局中感受卡塔西斯。

可见，"高潮、结局"是悬疑网络电影缺一不可的叙事部分。那么，如何实现高潮，除去主悬念叙事情境之外，还需在叙事过程中强化主人公从正面到负面，或从负面到正面的价值转换，也就是用人物性格弧光打动观众。

总体来说，这一点中美悬疑题材网络电影处理得并不好，多数影片人物缺少性格，更无法展现从正面到负面，或从负面到正面的价值观转换。其中，个别影片值得参考借鉴。

美国悬疑网络电影《杰罗德游戏》（Gerald's Game，2017）建构了女主人公杰西的性格主线，以"孤岛"式的空间背景，交代杰西童年创伤、中年家庭危机、现实生命危机，以及实现自救的全部过程。参照剧作图如下：

图2　《杰罗德游戏》女主人公的叙事主线和性格弧光

影片叙事我们看到杰西被手铐反铐在床头，面对死去的丈夫和野狗的啃食，杰西从最初的惊恐、慌乱中逐渐冷静下来，开始反思境遇为何至此。当她意识到一切根源始于童年时父亲（男人）留下的精神创伤后，她开始自救。故事自此开始往高潮推进，当她最后挣脱手铐束缚，驾车逃离时，影片

_____
[1]罗锦鳞. 戏剧艺术的"卡塔西斯"浅析［N］. 中国文化报，2017-07-17（3）.

到达高潮并走向结局。自此，观众跟随杰西一起，看到人物命运从束缚到自救，人物性格从懦弱到坚强的完整过程，获得精神层面的净化（卡塔西斯）。

国产悬疑网络电影《猎谎者》（2020）以罗生门式的多视点结构讲述了一桩悬疑命案。其中，男主人公林超凡的形象在三段案件回述中不断反转，深入人心。

第一次讲述，林超凡是一个被生活挤压的中年男人形象，公司债务危机、家庭情感破裂，人物性格唯唯诺诺。第二次讲述，林超凡是一个心狠手辣的杀人犯，一方面转移公司财产，另一方面杀人灭口栽赃嫁祸。第三次讲述，林超凡一方面受困于家族企业困境，另一方面受困于妻子误杀人后的纠结。三条线索刻画了一个真实、细腻的人物形象，观众从人物内心矛盾感受到人物性格弧光的建立，从油滑市侩到心狠手辣，直至最后的善良包容。所以，当主悬念发生后，林超凡在左右为难的情境下说出第二版"真相"，逼迫向晴自残并终止调查，随即将故事推向高潮。

综上所述，近年中美悬疑题材网络电影叙事结构的"主悬念、高潮、结局"设置并不完善，各大平台生产制作的悬疑电影或多或少出现头重脚轻和烂尾的创作问题。一方面是因为创作者欠缺对影片的整体结构、人物塑造细节和情节安排铺陈的把握，另一方面是网络电影独特的观影模式导致创作者需要将大部分精力放在影片开端和第一幕，导致叙事结构出现问题。这些问题需引起重视，否则将阻碍中国悬疑题材网络电影长远发展。与此同时，选择将美国悬疑网络电影作为他山之石，能够对我国悬疑网络电影起到竞争、补短、借鉴的推动作用。

作者单位：中国戏曲学院导演系

"网感"：网文IP①成功影视化的重要因素

——以网文IP《开端》的影视化为例

罗瑾瑜

在有关网络文学受欢迎的创新因素到底在哪里的访谈中，晋江文学城创始人、总裁黄艳明概括为两个字，即"网感"②。可以说，"网感"不仅是网络文学的必备要素，也日益成为网络电视剧的标配。③作为一种商品，网络文学与网络电视剧都是消费主导型的生产，在社会经济意义上具有一致性。因此，从网文到网络电视剧，对"网感"这一要素的处理就变得尤为重要。

目前对"网感"一词的定义各有不同。比较主流的观点认为，影视作品呈现出网络文化具有的审美文化、价值取向和流行思潮的特点，强调用户的参与性和体验感，包括"具有碎片化、感官化、青春化的内容气质，有一定的情节爆点和情感痛点"④。北京师范大学艺术与传媒学院教授张智华直截了当地指出，"网感"就是网民的一种感觉，是"网生代"生活方式的集中表现。它是网络影视内容构建的"指导思维"，构成了网络影视的一种风格

---

① IP：知识产权（Intellectual Property）的简称。本文所讨论的网文IP，指的是具有一定粉丝基础，可以进行二次或者多次开发的网络文学作品版权。

② 樊文.IP时代网络文学的"网感"很重要 [N].国际出版周报，2017-09-04（11）.

③ 杨文杰.2017电视剧新趋势："网感"将成标配 [N].北京青年报，2016-11-19（A13）.

④ 杨洪涛.影视创作的"网感"之惑 [N].光明日报，2017-02-15（12）.

特质。①中国电视剧制作产业协会秘书长王鹏举认为，"网感"是对市场、对年轻人的思维和欣赏习惯的敏锐跟踪和适应。②

总的来说，"网感"是从受众角度对根植于网络文化、生长于网络空间的文化产品的特点概括，而这一受众主要是"网生代"，泛指在互联网的陪伴与影响下成长起来的互联网用户群，尤指"90后""00后"，他们是电视剧，尤其是网络电视剧消费的主流群体。

"现象级"网络剧③《开端》是改编自网络写手祈祷君同名网络小说的剧作，由正午阳光团队和原作者共同打造，于2022年开年在腾讯视频网络平台上线。在上线第三天时问鼎当日舆情热度冠军，随后连续七天获得舆情热度日冠，其历史最高热度甚至超过了《甄嬛传》。④不论是播放量还是口碑，《开端》都可以称得上是我国网文IP改编电视剧中的模范生。

而根据猫眼数据报告，讨论《开端》的舆情用户年龄分布情况为：观看人群的年龄以18到24岁为主，占比42.62%，TGI⑤为122，为所有年龄层中TGI最高的群体。这一数据说明，《开端》符合的正是"网生代"的审美追求和价值

①周云倩，常嘉轩.网感：网剧的核心要素及其特性 [J] .江西社会科学，2018 (3)：233–239.

②黄启哲."网感"正悄悄改变中国电视编剧 [N] .上海文汇报，2016-06-10 (4) .

③网络剧：中国内地各大主流网站独立出品或者联合出品的、以网站为重要播出平台的、虚拟情景展现的剧集。莫智菲.新媒介环境下中国网络自制剧的叙事特征 [D] .北京：中国艺术研究院，2013：5.

④该数据参考自百度数据、骨朵数据、猫眼数据等多个平台对电视剧《开端》的数据报告。

⑤TGI：目标群体指数（Target Group Index）的简称。规范数100，标值越大，目标群体的倾向和喜好越强。

取向，它将"网感"恰如其分地融进了剧作之中。

不论是期刊论文的分析，还是各类媒体平台的反馈，对《开端》成功原因进行分析的论文较少，且多就电视剧论电视剧，并未将IP的成功转换与小说改编联动考察，也没有关注到网文IP影视化与互联网以及网络文化之间的关联性。实际上，网络剧《开端》的成功，是同样都繁殖于网络文化中的网文与网络电视剧在跨界转换上的成功。本文将以"网感"为切入口，考察网络剧《开端》在对原网络小说的改编过程中，如何进行"网感"的提炼、移植与再生，并使其焕发出新的生命力。

一、"网感"的挪用：《开端》的轻语态[①]与类型创新

网络剧《开端》中"网感"的成功呈现，首先得益于对原网络小说语言模式与类型包装两个方面的挪用。具体表现在借轻松幽默、带有明显网络文化特色的话语表达进行叙事，呼应"网生代"群体个性化、娱乐化的生活方式。同时，通过多种元素的叠加与融合，进行类型创新，给观众带来新的体验，满足年轻一代求新求变的文化消费倾向。

网络文学在语言表达模式上大多是限制性代码、广播代码，这类代码比起传统代码（详制性代码、窄播代码）更简单、更口语化，冗余度高，更倾向于确定社会关系，依赖的是非语言代码具体的、特定的、此刻的信息和文化经历。[②]

网络小说《开端》在语言上也呈现出相似的特征，用词浅白日常、口语化明显，时常出现大段与小说主要情节无关的表述，夹杂大量网民才能理解

---

① 轻语态：由轻松的话语、轻快的节奏、轻新的风格共同构成，是"网感"叙事的重要特性。
韩岳.从"网感"看电视剧的类型创新与话语转向［J］.电影文学，2021（12）：63.
② 王小英.网络文学符号学研究［M］.北京：中国社会科学出版社，2016：23-24.

的限制性代码。在表达上也是轻松幽默，尤其是在男女主的对话上，经常以开玩笑打趣的方式分析案件，就算在讨论有关生死性命的话题或严肃的社会话题时，也多为嘲讽式表达。

网络剧《开端》虽然是一部展现社会问题的现实题材剧，但在改编过程中并没有完全去除这些网络文学的语言特征，同时还新增了许多限制性代码，如一些直播用语，二次元梗等。这些表达不仅带给观众放松感，同时也针对性地唤醒了特定受众群体，尤其是在网络流行文化下成长起来的年轻人，他们会及时以弹幕的形式表达兴奋情绪。

相比一些在语言表达上沉重、老练、文学化的现实题材剧，网剧《开端》对语言模式的移植收获了不一样的效果。这种"轻语态"的语言模式能激发网民的表达欲望，加强与特定群体的联系，提高他们的参与感。而如果想在合适的情节上通过语言制造爆点，不仅要制造娱乐感，还需要能以幽默的方式点出击中人心的社会问题，对受众的生活环境和生活困境进行个性化表达和特殊呈现。

另一方面，通过对畅销类型的准确把握，引入新的类型进行题材包装，将多元类型与时尚元素混搭杂糅，类型创新的垂直深耕，也能为作品带来不同的反响。网络小说《开端》融合了不同的创作门类，即通过注入悬疑题材，引入"时间循环"的结构类型，对现实题材的剧作进行包装。网络剧保留了这些特点，并使得他们更好地服务于现实主题的表达。

《开端》保留了原剧突出的悬疑要素和"时间循环"的叙事结构，主角团通过一次次时间循环获取新线索，每一次循环都能不断出现新的转机和改变，发展成与之前全然不同的事态，最后，主角团寻找到公交车爆炸案的真正凶手，制止爆炸，循环也随之结束。

"时间循环"的叙事结构十分适合影视化表达。在影视剧中，将"时间循环"空间化后，时间这一核心概念反而被具象化出来，空间位置的定点，人物的走位，事态发展的程度等因素成为时间的标志，当一切又恢复原状时，观众意识到时间再一次循环。时间的循环延展固定的空间，承载更丰富的社会现象，与现实题材的呈现也是相辅相成的。实际上，"时间循环"题材在国外的电影作品中已经受到了相当大的关注，作品种类繁多，而《开端》作为国产网络剧，对这一题材的引入和本土化的呈现也十分成功。

对比传统的小说文本，网络小说自带更强烈的"网感"，《开端》网络剧改编对网络文学语言模式保留，不仅仅在于对受众娱乐需求的满足，还呈现出年轻一代的生活态度。而恰当地利用门类融合不仅有助于打破网络剧同质化严重情况下受众的疲惫感，在保持"网感"的同时，还为"网感"在深度上的耕植提供空间。

二、"网感"的转译：《开端》中"悬疑元素"的转换呈现

悬疑短剧是目前网络剧中大热的类型剧，其短小的篇幅、紧张的叙事节奏以及自带的神秘感正暗合了处于快节奏生活中的"网生代"的需求。悬疑元素，也是作为小说文本的《开端》本身的卖点之一，网络剧的改编则在小说的基础上，将"悬疑元素"进行了创造性的转译，并让其在电视剧中获得了新的生命力。

从网络小说到网络剧的改编，是"在从一种符号系统（比如词语）到另一种符号系统（比如图像）的符际换位形式中的具体翻译"[1]。而同样的元素在不同的符号系统中，表达与呈现的方式不一样，总有一些不适用于影像，只有语言文字才特有的修辞手法和诗性表达并不具备可译性。因此，想要让携带"网感"的悬疑要素成功地从网文移植到网络剧中，影视剧改编需要制作团队把握住网络小说和网络剧两种不同的表现逻辑，进行符合网络剧表现逻辑和播映规律的转译。

网络小说《开端》为了给读者带来沉浸式推理的体验，运用了大量的心

---

[1]琳达·哈琴，西沃恩·奥弗林.改编理论［M］.任传霞，译.北京：清华大学出版社，2019：11.

理描写，并通过比喻、夸张的手法进行情绪描写，塑造人物，烘托氛围。但网络剧不同，其各类元素的呈现不仅受到镜头拍摄的影响、听觉的刺激，还与电视剧编排播放的时间、方式如何与叙事的节奏有效融合相关。

从电视剧相比小说所特有的视听优势来看，如果说原作靠大量描写女主李诗情的心理活动来烘托整个爆炸案的悬疑氛围，并制造惊悚感，那电视剧中大量的描写段落则让位于剧中外部环境的视听设置。作为爆炸暗示点铃声的音乐《D大调卡农》，在小说中只能以铃声响起一笔带过，而剧作极大地发挥了其听感层面的优势，不仅通过延长每一次铃声播放的时间来让女主更大限度地表现其痛苦和恐惧，同时也在主角团进警局提供线索、公交车司机夫妇吵架等场景中增添这一铃声，加强铃声与爆炸的关联性，让观众更沉浸地进入剧情。

另一方面，小说文本具有更强的聚焦性，当作者在着重描写某一人物的状态时，总会有其他人物被忽略掉。但影视作品聚焦某一人物时，可以同时提供作为背景板的其他人物的状态，而是否能注意到就靠观众自己。考虑到电视剧本身在视觉氛围营造上的优势，《开端》制作团队充分利用镜头特写，制造悬疑氛围，提供给观众推理判断的沉浸式体验。我们不用跟随主人公的视点观测车上的人员，而是可以提前自己观察。比如，在镜头的指引下，我们能够比主角团更早地发现"黑衣口罩男"这一角色，并给他贴上"嫌疑人"的标签。

除了考虑到作为电视剧较小说在视听方面的优势之外，还需考虑作为网络剧在线上媒体平台进行播映的独特性。与传统电视剧提前安排、定时按点定量这种较为封闭的电视台播映不同，在融媒语境下，网络剧与受众的交互性有所增强，观众选择权增大。并且由于媒体平台网络剧数量巨大，同时观看速度较快，一部网络剧如何快速抓住观众的注意力、引起观众强烈的审美期待已成为一部作品成功的关键性因素。

小说《开端》以女主李诗情觉得自己是在做梦的大段心理描写开场，借由李诗情的视角描述她"今天"的经历和感受，一共叙述了四次循环，且对于前两次爆炸的描写是平铺直叙的，节奏较为缓慢。而在网络剧《开端》中，前几次循环则被改编为插叙和倒叙，开场就是扑面而来的爆炸和翻车，再由李诗情在病房回忆前几次爆炸。仅前两集就爆炸了十次，在第八集爆炸的真凶就已浮出水面。

电视剧在本体形态上的美学特征，"更主要体现为以'间断性'为特征的叙事片段的序列"[①]。电视剧连续性的强弱是通过间断性的设置决定的，间断性是电视剧较长且具有连续性的必要条件，电视剧之所以能够长期连续下去而一直牵扯住观众的兴趣，还必须要明确考察其如何在间断处扣人心弦。因此，叙事的快节奏需要与播映形式结合，《开端》关键的前八集被一口气连放出来，此后的剧集播映则再根据高潮点慢慢放出，同时随时调整相关话题的宣传策略。这样的悬疑因素以及快节奏带给观众极大的兴趣。

可以看到，《开端》的制作团队不仅敏感地捕捉到了原著中具有"网感"的悬疑元素，还很好地结合电视剧本体美学特征，放大了这一元素。正是通过将大量心理描写让位于视听呈现、让播映方式与叙事节奏相辅相成两个方面，网络剧《开端》才实现了"网感"的成功转译。

三、"网感"的提升：《开端》的现实题材主题呈现

虽然"网感"的放大在从网络小说到网络剧的改编过程中非常重要，但现实中过度依赖"网感"，让许多影视作品受到了反噬。比如大量古装剧、都市情感剧等类型作品的扎堆创作，剧作呈现出跟风同质化、内容空洞、逻辑混乱、人物苍白、特效业余的现象。同时，一些作品也会为了博人眼球将一些低俗、色情、扭曲的价值观注入作品。这些剧作"过度迷信'网感'，

---

①张国涛.电视剧本体美学研究［M］.北京：北京大学出版社，2013：73.

单靠高颜值、网红体、重口味、欲望化的内容持续诱惑和刺激观众"①，而缺乏对现实的关注、对时代的展现。

为了过审，网络剧的制作人或制作团队往往需要以国家审核制度为参考，对网络小说进行一定修正。而国家意识形态在某种程度上仍然要以大众的主流价值取向为导向。因此，更重要的是，改编团队需要对大众的审美风向和价值取向进行判断，以目标领域观众的认可机制为参考进行改编。

费斯克在《理解大众文化》中提到，文化产品的流通不同于货币的周转，是一种意义和快感的传播，任何一种文化商品的流行必然要诉诸大众的共同之处才能传播得更广。②与主流价值观越契合的作品自然就会更容易被接受，这就需要制作团队能预判引起共鸣的热点问题，并以此为主题进行创作。因此，作为网络文化产品的网络剧，一方面需要保留住"网感"，吸引互联网民众的眼球，但更重要的是能够在后期的播放中留住观众，这就需要一部剧能在保留"网感"的同时，还要保住质量，在内容上符合主流价值观，直击社会痛点，触及观众现实生活中真正焦虑的问题。

网络小说《开端》就被作者祈祷君划为其"开开心心"现实题材剧的范围，但在晋江网上却主要是以"无限流"为标签和卖点吸引读者注意力。其改编剧中心创作团队正午阳光的总编导孙墨龙曾公开坦言要以现实主义表达为核心进行创作，《开端》改编的成功是其在现实主义题材领域进行探索的成果之一。笔者认为，其成功最首要的因素在于对社会痛点的准确把握、主题改编上群像化的呈现思路以及话题讨论的开放性设置。

祈祷君将男女主设定为两个身份十分普通的平凡人，即女大学生和男程序员，意在讲述一个"普通人拯救世界"的故事。③网络剧《开端》则对原

---

① 杨洪涛.影视创作的"网感"之惑 [N].光明日报，2017-02-15（12）.

② 约翰·费斯克.理解大众文化 [M].王晓珏，宋伟杰，译.北京：中央编译出版社，2001：33-34.

③ 马思捷.天目新闻专访祈祷君：《开端》写的是一群不完美的普通人的故事 [EB/OL]．（2022-03-12）[2022-10-23].https://tianmunews.com/news.html?id=549535.

著的主题选择进行了群像化的处理，扩展了更多次要人物的故事线，增添了一些新的次要人物，化解了人物的单一化、中心化带来的审美单一问题，同时也触及了更多社会性话题，从而辐射到了更大范围的观众群体。

小说中没有的角色或者背景故事单薄的角色，剧中都以类似单元剧的形式在每一集的开头补充了这些角色的身世经历。比如社恐二次元猫猫潮男卢笛，书中对他的描述仅仅是"口罩男"，完全没有涉及二次元文化，更没有延伸到父母对子女所热爱的当下流行文化的看法，以及其中所展现的代际冲突。新增角色抖音直播一哥和带西瓜看孩子的父亲，他们的背景故事也增补了很多描述底层生活的内容。话多但很乐观的一哥把直播45路公交车的日常见闻作为工作，那么，随时随地直播是否侵犯隐私？带西瓜看孩子的父亲在许多年前因肇事逃逸入狱，影响了家人的正常生活，因而不被家人所接受。犯过罪的人即便已经改过自新，其出狱后的生活却再也回不到从前，甚至更加悲苦，他们应该如何重新融入社会，社会又如何重新接受他们？此外，剧中还更加丰富了王兴德夫妇作案的背景以及二人在谋划爆炸的这几年里纠结而痛苦的生活，并更加明确了其女儿非正常下车的原因，由其女儿的意外事故带出了有关"网络暴力""公交车色狼"的话题讨论。

实际上，近些年一些比较成功的现实题材电视剧都具有群像化倾向且收获了一定热度。通过群像化处理，如细化人物、增加人物、补充支线等，可以使得小人物群像更加丰富，角色更加立体化，更加突出其现实关切性，引起观众真正的共鸣。比如连拍三季的《欢乐颂》以五名都市女性为主角，讲述她们的职场、婚姻和友情生活；《都挺好》则以不同家庭中的代际关系为核心，剖析养老啃老、重男轻女等一系列问题；《山海情》讲述在国家政策的号召下，宁夏西海固地区的多户移民通过"闽宁模式"互帮互扶，勤劳致富的故事。

与其他现实题材作品不同的是，网络剧《开端》中，我们可以看到剧中所设置的矛盾以及由此形成的剧情开放性。比如在前几次循环下车报案后逃到公园的情节中，电视剧比小说增加了不少男女主关于是否应该舍己救人的对话冲突，用于展开类似电车难题的功利主义与道德主义冲突的讨论。可喜的是，这些台词在电视剧中并没有沦为道德说教，而是恰当地处理成了正常人经历事故后的自然反应，这在一定程度上又能让作品具有更多可探讨的空间。这就是公交车和民事恐怖的移植过后，对于中国社会事件和文化产品的本土化融合。它既给观众带来了亲切感，又让角色更加丰满，还表达出了让中国观众能共情的社会现象。

不过，值得注意的是，群像化的设置虽然能够让剧作包含更多的话题，从而辐射更广的受众，但它们如何发展成为可供全民讨论的话题还需要进一步斟酌。在正常稳定的社会环境下，"主流"是代表人类正常发展的基本思想规律的，是能够给予作为普通人的受众以预期情感体验的。但如果以"扣大帽子"的方式，简单粗暴地对主题进行设定，那么在伤害作品本身的同时，也必将伤害受众。一部走红的电视剧，从主题改编看到的不仅是创作团队的选择，也反映了当下大众的主流价值倾向。目标域受众对改编作品的反馈能反过来验证制作团队的判断，并反映整个时代主流或某一群体的审美风向和价值取向。

现实题材剧比其他类型题材更直观地对现实生活进行模拟，展现出了创作者对社会生活的观察与思考。《开端》作为一部现实题材剧，利用其对现实真切的关怀与表达提升了"网感"的质量。由此看来，网络IP影视改编在内容主题设置上，不仅需要保住"网感"，还需要把握大众的主流价值倾向，避免直接的道德说教，利用观众的意向性结构，加强题材内容与观众之间的相关性，引起观众的情感共鸣。

四、结语

具体谈到网文IP在不同场域中的"翻译"逻辑时，国内学者王小英聚焦到处于目标领域的解释项对源符号系统在改编过程中的作用力。她认为网文

IP产品生产很大程度上要受到目标域的解释者的制约，即网络影视剧的受众作为符号意义的生产者对这一过程起到了十分关键的作用。[①]

而随着互联网的飞速发展与普及，影视剧的受众构成也发生了变化。伴随着互联网长大的"90后""00后"成为电视剧，尤其是网络剧消费的主流群体，从观影渠道到购买方式都对网络有着强烈的依赖性。互联网思维在网文IP改编网络电视剧中的表现，很大程度上与"网感"密切相关。在对网文IP进行影视化的过程中，只有坚持互联网思维中以用户需求为导向的生产模式，才能把握网文IP衍生之精髓。

将"网感"视为网文IP改编过程中所必须要被重视的一部分。首先，要能敏感地捕捉网文IP中适应年轻人的思维方式和欣赏习惯的元素。对于可以直接移植的部分，合理地进行挪用。对于不能直接挪用的部分，则要把握好不同符号系统中"网感"呈现方式的特征与二者之间的差异，进行合理地转译。其次，任何一种文化文本都不忽视受众在接受过程中所具备的生产力，这就需要从主题内容及其所呈现的价值取向上着手，对"网感"进行适当地深化，激发观众的表达欲望，引发他们的共鸣，并引导他们进行思考。

在国家政策和文化方针的加持引导下，现实题材电视剧则呈现出聚集性创作趋势，现实题材网文IP的改编持续升温。[②]但相比数量大幅下降却在播放量和关注度上频繁领跑的古装偶像剧，现实题材剧常难真正做到拔得头筹。或许以"网感"为切入口进行探索，能为打破这一困境提供一二思路。

作者单位：暨南大学文学院

---

①王小英.超级符号的建构：网络文学IP跨界生长的机制［J］.中州学刊，2020（7）：158.

②苏长虹.让主流声音引领主流舆论——以人民日报文艺副刊"聚焦现实题材电视剧创作"系列文章为例［J］.新闻战线，2022（11）：14-15.

西湖论剑

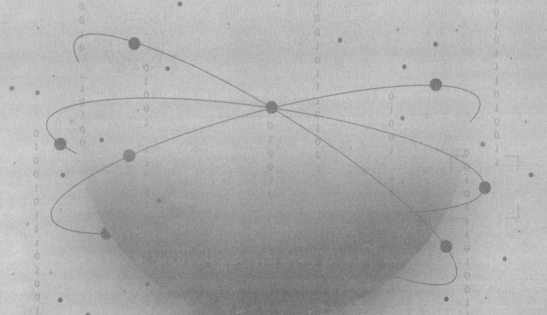

异化与解放

——中国网络文学批评理论的演进与反思①

吴长青

伴随着网络文学原创的革命性开拓，网络文学批评俨然进入学术生产的序列。纵观十多年来网络文学批评理论的生产，网络文学批评出现了所谓的"电子（数码）文学理论批评""媒介理论批评""学者粉丝批评""大众文化批评""图像与游戏批评"等理论流派，这些批评理论曾经发挥出怎样的影响力？网络文学批评理论的建构路径到底在哪里？这些问题都需要从理论上进行总结，更需要在网络批评生产实践中厘清基本常识性概念，以期消除一些不必要的歧误，更好地推动中国网络文学批评理论的不断完善。

一、流行的网络文学批评理论

（一）电子文学理论肇端论中的网络文学

与传统文学批评一样，很多人认为中国当代文学没有批评理论，一般都是照搬西方的。这话说得似乎太过绝对。一般看来，网络文学批评理论主要

①本文系2018年度国家社会科学基金重大项目"中国网络文学评价体系建构研究"（批准文号：18ZDA283）成果。

来源于西方数码理论和传统文学批评理论。还有一种观点认为，理论是可以互鉴的，本就没有一套绝对现成的理论。

张世禄先生曾经指出中国古代文艺批评的两个缺陷，他说："近今研究吾国文艺者，众矣。顾其偏弊之处有二：其一，每偏重于文艺之体制形式，所谓定言不定言，骈体与散体等，言之甚详；而于其内容之变迁如何，其受于时代思潮之影响者如何，其关于文艺本身外之事实如何，则罕有论及。此则不为统体观察之过也。其二，诸述文艺史者，大都仅罗列文学家作品与身世，以实各代史料而已；至于其相互间递嬗交替之关系，与受于时代变化之原因等等，则略而不讲。此则缺乏历史方法之过也。"[1]张先生批评两种倾向：一是只注重具体文本研究，而对社会变迁缺乏研究；二是文学史研究缺乏历史方法，对演化史缺少研究。如果我们把张世禄先生对古代文学批评的两个点抽取出来对应网络文学批评，显然网络文学批评对网络文学采取的社会学研究居多，具体来说就是对网络文学的技术性学理分析比较多，远远超出了对文本的研究。这与网络文学的载体——互联网有着重要的关系，以至于很多学者将网络文学直接等同于电子文学或数字文学。

电（数）子文学概念直接来源于互联网技术生成的所谓赛博空间、超文本、超链接等概述性描述。1994年，中国获准加入世界互联网并在同年5月完成全部联网工作。据赵小雷考证，早在1994年，钟志清就向国内介绍了"电脑文学"的"超文本"特征，而较早将其运用到中国网络文学研究中的是黄鸣奋和欧阳友权等人，他们突出"超文本"的复杂性、非线性特征，强调其"是一个文本从单一文本走向复杂文本、从静态文本走向动态文本的新形态"。后来，"超文本"成为中国网络文学研究的重要概念。[2]随着网络文学论文的大量生产，"超文本"这个概念则成为早期网络文学研究的核心关

①张世禄.中国文艺变迁论［M］.太原：山西人民出版社，2014：自序1.

②赵小雷.文学为体，网络为用——建构网络文学评价体系的两难境遇［J］.西北大学学报（哲学社会科学版），2018，48（3）：151-157.

键词。

黄鸣奋后来说，中国的"网络文学"与西方的"电子文学"虽然都是信息革命所催生出来的数码文学，但是二者的主要范畴是不同的。①那么，中国"网络文学"到底是什么？对此，学者之间争议颇大。王小英引用马季的观点并从符号学的角度认为："正因为欧美国家几乎没有等同于中国所谓的'网络文学'，中国网络文学的主流走的仍是'传统写作的老路'。欧美关于超文本、赛博文学、遍历化文本（Ergodic text）的研究也不宜被借鉴以研究解释中国的网络文学现象。"②王小英直接否定了超文本、赛博文学、遍历化文本研究移植到中国网络文学研究的可能性。

欧阳友权则从媒介形态上将网络文学的超文本链接和多媒体制作的作品分类，进而以此作为区分网络文学的依据，他说："从广义上看，网络文学是指经电子化处理后所有上网的文学作品，即凡在互联网上传播的文学都是网络文学，这种文学同传统文学仅仅只有媒介和传播方式的区别；从本义上看，网络文学是指发布于互联网上的原创文学，即用电脑创作、在互联网上首发的文学作品，这个层面的网络文学同传统文学不仅有媒介载体的不同，还有了创作方式、作者身份和文学体制上的诸多改变；还有，最能体现网络文学本性的是网络超文本链接和多媒体制作的作品，这类作品具有网络的依赖性、延伸性和网民互动性等特征，不能下载作媒介转换，一旦离开了网络就不能生存，这样的作品与传统印刷文学完全区分开来，因而是真正意义上的网络文学。"③这也是较早给网络文学下的描述性定义，具有一定的代表性。

张屹在欧阳友权的基础上强化了广义之外还存在一个狭义的网络文学："将赛博空间文学分为三类：一是上了网的传统文学，如电子版的《西游记》《红楼梦》等；二是首发在网络上的原创文学，如蔡智桓《第一次的亲密接

---

①黄鸣奋.中西数码文学异名别义［N］.中国社会科学报，2011-06-07（A10）.

②王小英.网络文学符号学研究［M］.北京：中国社会科学出版社，2016：4.

③欧阳友权.数字媒介下的文艺转型［M］.北京：中国社会科学出版社，2011：89.

触》等；三是存在于网络空间的，包含超链接（hyperlink）的超文本、超媒体文学，如迈克尔·乔伊斯《下午》（*Afternoon，a story*）等，以及人机交互生成的作品，等等。其中，上了网的传统文学，只是实现了载体的变迁，形态并没有根本改变，因此不能算是真正的赛博空间文学。二、三类作品离开计算机和网络便不能存在，它们能动地体现了赛博空间对文学存在方式的重构。"①张屹还从技术使用的角度，将处于较低层次的第二类称为广义的网络文学，第三类属于较高层次的超文本、超媒体文学，这种文学形式注重挖掘电脑和网络的潜能，则为狭义的网络文学。

另一方面，中国网络文学现实文本也受到了西方世界的关注。霍克斯在《虚拟中国文学：在线诗歌社区的比较研究》一文中指出："贝克尔认为超文本小说是非线性写作，要求创造特殊的软件支持，由特殊的经销商来销售，欣赏时要求有特殊的阅读策略，在社会学意义上是一种真正的艺术形式。印刷世界没有办法，将这些要求融合在现有的组织形式和代理商之间的合作之中。如前面提及的，在线文学的革新形式还没有在中国出现。"②在这段论述中，霍克斯从非线性写作、特殊的软件、特殊的经销商、特殊的阅读策略、排除印刷等方面论述了西方与中国大陆网络文学的迥然不同之处。

黄鸣奋曾就电子文学与网络文学的差异做过详尽的比较，他指出："我们不能简单地将网络文学视为中国的电子文学，正如不能简单地将电子文学视为西方的网络文学那样。只能说中国有自具特色的网络文学，正如说西方有自成体系的电子文学那样。二者之间存在社会文化差异，但在外延上又有交叉之处。电子文学之所以早发，原因之一是西方在数码技术领域的领先地位；电子文学之所以兴盛，原因之一是当代信息科技在西方的高度普及。网络文学之所以晚起，原因之一是汉字输入计算机的瓶颈制约；网络文学之所

①张屹.赛博空间与文学存在方式的嬗变［M］.北京：中国社会科学出版社，2018：14.

②Michel Hockx. Virtual Chinese Literature: A Comparative Case Study of Online Poetry Communities［J］. The China Quarterly, 2005, 183（3）：676.

以繁荣，原因之一是中国传统出版门槛的倒逼。相比之下，电子文学观念更多着眼于人机交互，网络文学观念更多着眼于人际交互。"①也就是说，电子文学在于机器参与创作，而网络文学则是通过互联网技术实现了作者与读者的互动。

表1　技术对艺术的全面支撑及其历史演进的系统结构

功能技术类型及 其技术要素		不同年代的技术类型与艺术类型			
		原始社会	古代社会	现代社会	后现代社会
		利用型 技术	制作型 技术	生产型 技术	整合型技术 （再利用）
		物体艺术	物象艺术	物性艺术	拟物艺术 （新媒体艺术）
艺术造型功能	形象创造技术	造型材料	人体/物体	物象材料	物性材料	拟物材料
		造型语汇	多媒语汇	单媒语汇	双媒语汇	多媒语汇
		造型方法	模仿	想象	象征	拼贴
		造型工具	无/少工具	简单器具	复杂机器	造繁用简的 智能工具
	传播载体技术形象记录技术	记录对象	无记录	无独立 材料	属性模拟 信号	属性数字信号
		记录工具	无记录	无独立 工具	独立机器 设备	造型设备上的 专设功能
		记录方法	无复制	手工复制	机械复制	数字复制
		载体材料	自物载体	专物载体	专物载体	通用载体
艺术传播功能	传播渠道技术	传播属性	人际传播	团体传播	大众传播	分众传播
		传播方式	交流式	独白式	演示式	交互式
		传播位置	真实在场	不在场	不在场	虚拟在场
		传播时空	同时异空	异时异空	同时异空 （可以）	任意时空 （可以）

　　尽管如此，一些持技术主导艺术系统结构的研究者以技术化分析研究网

---

①黄鸣奋.从电子文学、网络文学到数码诗学：理论创新的呼唤［J］.文艺理论研究，2014（1）：102.

络文学。许鹏认为："我们对于网络文学三个基本特征的分析与表1'技术对艺术的全面支撑及其历史演进的系统结构'中的结构不仅完全吻合，而且清晰地显示出这些基本特征产生的必然性以及彼此之间的关联性。这一方面印证了建立一个历史与逻辑相统一的新媒体艺术理论研究的学理结构是可行的，另一方面也说明了建立这一学理结构并以此作为基本的理论设定以期推进和深化新媒体艺术理论研究是必要和适用的。"①显然，这里所说的网络文学的"三个基本特征"依然采用的是西方电子文学的范畴。靠这样设定出来的批评理论显然不适合中国网络文学的具体实践。

如果说，早期的网络文学研究因研究对象的不确定，作为一种权宜之计，直接取材西方理论作为研究方法。那么媒介艺术理论又将是怎样的呢？

（二）媒介艺术批评理论的分歧

媒介艺术批评理论是网络文学批评的又一大理论资源，因为网络文学先天就在互联网上，无论是狭义的网络文学还是广义的网络文学，离开了网络就称不上网络文学。

邵燕君是较早提出"网络性"的学者。她同时否定了上文中"网络文学"的定义，强调在网络中生成"新文学"，既不是广义的，也不是狭义的，而是在这两者之外。她认为："从媒介革命的角度出发，'网络文学'的核心特征就是其'网络性'。严格来说，'网络文学'并不是指一切在网络发表、传播的文学，而是在网络中生产的文学。也就是说，网络不只是一个发表平台，而同时是一个生产空间。首先，'网络性'显示'网络文学'是一种'超文本'T（HYPER TEXT），这个概念是相对于'作品'（WORK）和'文本'（TEXT）提出的。出于各种原因，中国网络文学的发展没有走西方'超文本'实验的道路，而是以商业化的类型写作为主导。'超文本性'在这里表现为其'网站属性'，每个网站本身就像一个巨大的'超文本'。如果说'作品'意味着一个向往中心的向心力，'超文本'则意味着一种离心的倾

---

① 许鹏.新媒体艺术研究的理论设定与网络文学的研究视野 [J] .中国人民大学学报, 2013 (1): 43.

向。我们可以说'作品'的时代是一个作者中心、精英统治的时代，'超文本'的时代是一个读者中心、草根狂欢的时代。"①她将"超文本"的概念与"网站空间"关联起来，同时，"网络性"的合理性在于网络文学完全是在网络空间中独立生产的。这样的论断，既能兼顾到"超文本"的存在，又突出了媒介时代网络文学与传统印刷文学的差别。

当我们把目光转向组织化程度较高的文学网站的时候，绝不可忽略网站的商业支配能力。"当我们把'文学'纳入'媒介文化'的范畴进行考察时，文学就不只是一种个人的创作，而是受到市场制约的集体生产；文学不只是一种情感的表达，而且是一种大众传播，有时甚至是一种意识形态与政治话语的宣传；文学作品就不只是像纯粹意义上的艺术品那样的作品，而且也是一种可以用金钱标价的商品；文学不只是供读者欣赏，而且也供读者消费。显然，大众媒介把作家转换成了生产者，把读者转换成了消费者。'文学生产''文学传播''阅读市场'，这三个概念构成了当代文学的基本风貌，或者说，当代的'文学性'/'诗意'就播散于'生产'与'创作'、'欣赏'与'消费'的张力之间。"②研究文学网站的最终目的当然要围绕网站的媒介生态以及由此衍化出的其他特征，否则就会本末倒置，对问题避重就轻，不得要领。

同样，理论家并不会止步于此，由媒介研究生发出的数字媒介理论同时出现了。除了黄鸣奋一直致力于数字媒介与当代艺术的关系研究外，欧阳友权也是较早将数字媒介与文艺学学科结合起来的学者。他对数字媒介理论是积极乐观的。因此，对数字媒介理论的建立倾注了热情。他认为："文学与网络'联姻'，以至出现新媒体文学转型，是数字媒介深度切入文学艺术生

①邵燕君.网络文学的"网络性"与"经典性"[J].北京大学学报（哲学社会科学版），2015，52（1）：144-145.

②张邦卫.媒介诗学：传媒视野下的文学与文学理论 [M].北京：社会科学文献出版社，2006：379.

产和消费的现实吁求，而非传媒决定论的主观臆断，当'数字化生存'日渐成为人们不得不面对的生存现实和文学存在方式时，网络文学就将变成一种合理性存在，一种历史与逻辑统一的文学创构。这时候，文学理论批评的基本立场应是高扬'通变'的旗帜，回应文学实践的变化，调整对文学的理解方式，增强理论对现实的解读能力，转变乃至重塑与之相适应的文学观念，以建构互联网传媒语境下的文学理论。"①上文中张邦卫用"纳入"一词将"文学"与"媒介文化"进行重组，而欧阳友权采用文学与网络的"联姻"这一说法。前者所谓"纳入"的前提是现有的"媒介文化"，以"媒介文化"观照网络文学，而后者则直接将"文学"与"网络"合二为一，生成一个有别于往常的新的业态——网络文学，网络文学也就是一个新媒体。前者的"媒介文化"是前置的设定，而后者的"网络"是采取一种补充性的后植融合；前者是被动生成，后者是主动建构；前者是客体，后者是主体。

回过头来，我们不禁要问：研究网络文学是从媒介入手还是从网络文学本身入手？从不同的视角得出的结论当然也是不一样的。这就涉及本文开头张世禄先生所提到的"相互间递嬗交替之关系"的历史研究方法问题。

单小曦认为立足于目前中国大陆这样的文学生产现实开展的"网络文学研究"成为一种有价值的独立性理论形态是存疑的。"中国大陆大都按照传统纸媒印刷文学惯例生产、通过互联网传播的'网络文学'不过是数字文学的一个发展阶段和一种生产类型。重要的是，目前中国大陆蔚为大观的'网络文学'并不是也不应该是数字文学的典型形态，因为它们并不是充分利用数字媒介提供的技术创作出来的，因此也没能在存在方式、美学特征等方面获得不同于纸媒印刷文学的独立性。……也正是出于这样的考虑，我们应该在吸收借鉴西方数字文学以及与之相关的电子文化、数字美学、数字艺术、超文本、赛博文本等研究成果的基础上，将网络文学生产视野扩大为数字文

---

①欧阳友权.网络文艺学探析［M］.北京：中国社会科学出版社，2018：475.

学视野，将网络文学研究提升为数字文学研究。"①

　　尽管都是围绕"媒介"这一视点，但单小曦与王小英的观点恰好相左。之所以出现观点截然不同，是两者对"媒介"对象的认知偏差。与邵燕君观点相同的是，王小英将"网站"作为"媒介"的动因，网络文学的发生都与这个组织系统密不可分；而单小曦则完全忽略"网站"的实际功能，将"网络"当作一种"媒介"整体考察。

　　王小英指出："媒介成为介入网络文学的第三方重要力量：规范阅读秩序，制定写作流程，引导网络文学产业化发展。文学网站的类型选择提供的是传播代码，即词汇域。各种写作技巧传授的是句法结构，如总裁小说、高干小说。文学网站提供了符号组成传播代码的方式。对其进行研究可以有效地理解作为媒介文化实践的网络文学。"②对"网站"这个网络文学的生产"王国"的歧误，是造成两种观点相左的直接原因。因此，对"媒介"的影响力认知以及"媒介"对网络文学的实际影响需要重新评估。

（三）大众文化批评理论视野下的网络文学

　　网络文学的勃兴与二十世纪九十年代中国大陆兴起的文化产业是同步发展的，文化产业为网络文学提供了产业支撑，两者之间存在着互为因果的关系。因此，网络文学作为具有大众文化属性的特征一直是网络文学研究者力图攻克的重点。

　　周志雄认为："二十世纪九十年代网络媒介的出现为文学提供了一种新的传播方式，中国社会与西方社会在文化转向上有相似性，以网络媒体提供的技术平台促进了文学的通俗化、娱乐化、商品化和普及化。文学作品的价值观念也出现了一些新的变化：文学注重世俗的现实生活，文学的认识功能在强化。……网络通俗小说的兴起及兴盛，与整体的文化转向密不可分。"③

---

①单小曦.莱恩·考斯基马的数字文学研究——代译序［M］//莱恩·考斯基马.数字文学：从文本到超文本及其超越.桂林：广西师范大学出版社，2011：23-20.

②王小英.网络文学符号学研究［M］.北京：中国社会科学出版社，2016：21.

③周志雄.网络文学的发展与评判［M］.北京：人民出版社，2015：18.

因此，借鉴西方文化批评理论为中国网络文学把脉也成为个别网络文学研究者的一种时髦的学术选择。

李盛涛提出用发端于二十世纪中叶的美国文化人类学家J.H.斯图尔德提出的"文化生态学"来建立研究范式。此学说主张从人、自然、社会、文化的各种变量的交互作用中研究文化产生、发展的规律，用以寻求不同民族文化发展的特殊形貌和模式。据此，李盛涛认为："作为不同的话语形态，文化生态学理论和中国网络文学之间构成了一种潜在的呼应关系。文化生态学理论话语的有序性、建构性和中国网络文学的无序性、原生态性之间正好构成了一种言说与被言说、召唤与被召唤的结构关系……其次，文化生态学和中国网络文学之间的"荒野性"决定这两种话语形式之间内在的关联性。……相较而言，'灌木丛'式的中国网络文学更具有'荒野性'。因而，'荒野性'的价值内涵是关联文化生态学和中国网络文学的价值基点。"[①]

对于网络文学所谓的"荒野性"到底怎么看？如何界定"荒野性"的本质或是内涵？如果单凭主观给"网络文学"下这么一个特性定义，是否站得住脚？针对这种情况，欧阳友权一针见血地指出了其中的问题，他说："出于对网络文学的误解和误判，有研究者惯于对之作大众文化普及性研究，而不是从存在论意义上进行考量；对之作异同比较研究，而不是把它当作独立存在的文学审美现象进行研究；对之作载体形式研究，而不是作价值本体研究；对之作技术研究，而不是作人文化的艺术审美研究。"[②]在欧阳友权看来，研究网络文学不可以简单地以大众文化的特性大而化之，甚至采取"通约"式的研究方式。网络文学的存在性是"第一性"的，它是一个独立的主体，不是"形而上"的，它的意义和价值还在于互联网空间中"人"的状态，在于它因独立的"主体"而诞生出的独特的"审美性"。因此，欧阳友

---

①李盛涛.文化生态学：言说中国网络文学的有效理论话语形态 [J] .淮阴师范学院学报（哲学社会科学版），2017，39（1）：56-57.

②欧阳友权.网络文艺学探析 [M] .北京：中国社会科学出版社，2018：477.

权一直主张关注数字媒体进入文艺学之后，文艺学科面临的"理论转向"与"内涵转型"问题。显然，欧阳友权所指的媒介转向与单小曦主张独立建构的"新媒介文艺学"又不是同一个问题。

说到互联网空间"人"的状态，徐岱提出须将研究的落脚点放在"媒介人"——受众群体那里。因为，这个人群是具体的消费者。徐岱认为："如果说以往的传统文学有一种'老少皆宜'的特点（孩子们读'小人书'，成人们读经典），那么有意无意地，网络文学则更多侧重于青少年读者群。在这种意义上，网络文学的产品不属于通常意义上的'大众文化'，而是'青少年亚文化'。这也是'媒介即信息'的一种内涵。媒介的使用方式决定着使用者，具体的使用者不仅进一步决定着所使用的媒介生产的内容，同时也限制着媒介本身。由此来看，网络文学与其说是'大众化'，不如说其'特殊化'。它的受众面有着鲜明的特点，主要属于'在线一代'或'互联网族'。也因此，关于网络文学的讨论，归根结底要落实到作为主要受众的他们身上。"[1]徐岱缩小了网络文学的研究范围，同时也更具象。但是，事实果真如此吗？

《山东大学报》曾经发布一项受众调查分析数据[2]，其中按年龄划分：17—19岁22.35%，25—34岁17.33%，35—44岁8.42%，45—64岁3.81%。17—34岁合计占比为39.68%，25—64岁合计占比为29.56%。也就是说，网络文学受众25岁以上人群占到了三分之一，这还不包括由网络文学改编的各类衍生产品。而以上数据中，17—34岁占比接近40%。因此，将"青年亚文化"作为一种研究视角更为精准，这也是目前学界比较容易接受的一种观点。

---

①徐岱.作者与受众：关于网络文学现状的若干思索［M］//张邦卫等，网络时代的文学书写.北京：中国社会科学出版社，2016：4-5.

②谢锡文，陶冶，徐栩，等.关于网络文学受众的调查分析——基于阅文集团网络文学受众的调查［N］.山东大学报，2015-12-30（2）.

（四）"学者粉丝"批评研究

将"学者粉丝"引进网络文学研究的是北京大学中文系的邵燕君。当然，她引进并使用这个概念不只是仅仅作为一种研究方法，而是从批评者的身份视角出发论证批评的有效性问题。

她介绍她主编的《破壁书：网络文化关键词》一书时曾感性地表达过一番缘起。她说："2011年春季学期，我正式在北大开设网络文学研究课程。我突然发现，在这个课堂上，同学们的话和我平时听到的不一样了。课后，我请他们吃饭，特意和他们说：'不用管我，说你们自己的话。'于是，我完全听不懂了，无论是他们聊的内容，还是他们用的黑话。原来，他们平时只是在用我们听得懂的话和我们讲话，除非你懂他们的'切口'，否则，这套方言系统不会向你开放。后来，我读到北大中文系韩国留学生崔宰溶的博士论文《网络文学研究的困境与突破——网络文学的土著理论与网络性》（2011年6月通过答辩），他说，传统学者要研究网络文学，先要把自己当成一个外地人，要听懂'土著'们的话，才有资格讲话。我深以为然，更加端正了学习态度。"[1]在她的另一篇文章里，她引用提出"学术粉"这一概念的美国人亨利·詹金斯的话说，当他自称是"粉丝"的时候，并非仅仅只是某一流行文化的爱好者，而是和某一特定亚文化社群"在一起"。[2]在邵燕君看来，在传统文学体系里，批评家担任着"释经者"的角色。而当网络媒介取消了文化精英在知识、信息、发表等方面的垄断特权后，专家和业余者的界限也在模糊。她说："在网络空间，人人可以写作，人人可以评论，网文圈内有自己的评价体系，有影响力广大的'推文大V'，那么，精英批评、学院批评的位置何在？在网络空间，精英的力量不是不存在了，而是存在于精英

---

① 邵燕君."破壁者"书"次元国语"——关于《破壁书：网络文化关键词》[J].南方文坛，2017，4：33.

② 亨利·詹金斯.《文本盗猎者》二十年后——亨利·詹金斯和苏珊·斯科特的对话 [M].郑熙青，译//文本盗猎者：电视粉丝与参与式文化.北京：北京大学出版社，2016.

粉丝之中，成为'学者粉'。"①邵燕君以自己的亲身经历认定"学者粉丝"化是实现网络批评有效性的一条路径。

黎杨全从专业批评家把持的印刷期刊与网络草根占据的赛博空间秩序出发，批评了这两大群体存在着各执一词的共性问题。他强调文学批评需要一种"业余性"。"专业批评"和"草根批评"双方都要向后退一步，这样可以让出一个公共领域来，如果各方胶着把持住各自的话语阵地，真正的网络自由写作永远也不可能实现，甚至还会出现相互指责，互不买账的对立格局。所以，这样的"业余性"既包含着专业批评的"粉丝性"，也要体现网络草根的"专业化"。双方不是相互消解，而是妥协性的协商，互为借鉴，营造一个自由写作的网络新空间。"当下文坛形成森严的对立与隔绝，专业批评/传统文学在固有的印刷文化场域中继续自说自话；草根群体则在被资本统治的赛博商业文学空间中狂欢喧哗。真正需要关注的网络自由写作被忽视、遮蔽，乃至被驱逐，既无从在被专业性批评家把持的印刷期刊中获得一席之地，也无从在被商业文学占据的赛博空间中成为草根群体的关注中心。应该尽可能重建文学自由写作的网络空间，这既是改变当前严肃文学与广大读者严重隔离的可能途径，也是抗拒商业文学规训的有力手段，显然，这非一日之功，也需要多方努力，但就文学批评而言，就必须强调其'业余性'，专业批评家与草根群体都应该成为文学的'业余爱好者'——而这，正是赛博空间带来的最大可能。"②这里，黎杨全是把网络赛博空间作为主体，必须尊重这个主体，如果没有这个前提，赛博空间的独立性写作就是一句空话。

除此之外，还有人主张重视"副文本"研究。前文说到，邵燕君提出网站就是网络文学的"超文本"，网站上海量作品的"副文本"同样也是自由空间，可以从这个空间介入批评。李慧文认为："网络文学副文本具有即时

①邵燕君.从乌托邦到异托邦——网络文学"爽文学观"对精英文学观的"他者化"[J].中国现代文学研究丛刊，2016（8）：24.

②黎杨全.数字媒介与文学批评的转型[D].武汉：华中师范大学，2012：143.

性、未终结性等特点。它既是获取商品利润的手段，又是承担着作者和读者之间互动效应的桥梁。网络文学的副文本以网页和链接的方式存在，有时候，它还以文本链的形式存在。与传统副文本不同的是，网络副文本的生产者还常常是读者。"①显然，"副文本"批评当属新媒体批评，既可理解为前文所提及的专业批评家批评（学者粉丝），也可理解为原生网民批评（简称"网生批评"），"副文本"批评当属"业余性"的一种。"新媒体批评的媒介特质是对话各方的非可视、非连续性，以私人性的就事论事代替了公共性的言之有据，以口语化的简单明了代替了书面语的抑扬顿挫，但这批评的感性化带来的好处就是简单明了，'择优'因而凸显。"②读者（粉丝）是消费网络文学的"上帝"，挖掘读者（粉丝）的潜力是网站和作者、写手的本分。同时，读者（粉丝）不仅仅是作者、写手的"衣食父母"，往往还是网络文学的潜在生产者。因此，读者（粉丝）的"业余性"批评是一种生产力，也是网络文学区别于传统文学的重要特征之一。

邵燕君把这个特质也定义成"网络性"："网络文学的'网络性'是植根于消费社会'粉丝经济'的，并且正在使人类重新'部落化'。……只有在重新'部落化'或'圈子化'的意义上，我们才能真正理解'粉丝文化'那样一种'情感共同体'模式，这不但是一种文学生产模式，也是一种文学生活模式。"③网络文学"网络性"的发现是网络文学的一次飞跃，它将网络文学消费与生产高度统一起来，具有一定的理论创新价值。

（五）图像与游戏批评研究

美国视觉艺术批评家和图像理论家之一W.J.T.米歇尔的图像理论成为相当一部分年轻学者的理论批评资源。

---

①李慧文.网络文学副文本初探——以大陆网络小说副文本为例 [D].南宁：广西大学，2016：87.

②刘巍.新媒体文学批评的可能路径之一——以"腾讯文学评论专区"为例 [J].当代作家评论，2019（2）：60.

③邵燕君.网络文学的"网络性"与"经典性"[J].北京大学学报（哲学社会科学版），2015，52（1）：145.

2015年，鲍远福对网络文学研究进行了归纳，将网络文学研究分为三个派别，即技术派、艺术派、否定派，同时将网络文学基本范式划分为三种类型，即审美范式、表意范式、内容范式。其中，在表意范式中，他主张将"网络文学"定义为利用互联网和多媒体技术，综合运用数据储存、传输、接收和交互平台在用户群体（包括写作者、程序员、操作员、运营商、传播者和浏览者等）之间进行的即时性游戏事件和语言游戏互动行为。于是，网络文学由此建构了多层次的"文学空间"，并在网络媒体的虚拟空间和文学艺术的审美世界间搭建起一座相互沟通的桥梁，"网络"与"文学"的概念之间也因此而出现"交集"，该"交集"的具体形态就是各式各样的网络文学文本。①基于此，有关网络文学的"图像研究""游戏研究"成为他所关注的重要视角。

"图像理论"研究者排除了广义的网络文学，直接把网络文学理解为"超文本"和"超链接"文本形式，并以此延伸出"语图互动""语图互换"等研究范畴，甚至直接扩大为"新媒介文学"研究。于是，随着研究范围的拓展，进入其视野的则是另外一番模样。鲍远福认为："随着承载文学和文学性要素的现代传媒的不断发展与融合，文学的存在形式也发生了根本性变化，各种具有'文学性'的新媒介'影文体'大行其道，文学的创作、传播、接受和反馈也随之变为'图创''图说''图播''图读'和'图释'，并且演变成文学表意实践领域中既存的现实。这种变化在某些悲观的文学研究者看来或许是文学的灾难，但事实却并非如此。我们应该从学理的角度，以辩证的思维和发展的眼光来看待这个问题。"②这可以看成是网络文学的形式衍化谱系，并由此得出改变了我们的日常生活这样的结论。

---

①鲍远福.中文网络文学二十年：基本概念、意指特征与研究范式［J］.南京邮电大学学报（社会科学版），2015，17（2）：35-36.

②鲍远福.语图思维与新媒介"影文体"的意义传播［J］.南京邮电大学学报（社会科学版），2018，20（5）：92.

韩模永一方面肯定目前网络文学是广义的网络文学——网络上传播的纯文字文本。同时，他也指出狭义的网络文学——超文本文学文本难以在中国大陆诞生的现实，但是并不排除有第三种文本——图像文本的可能。他指出："纯文字作品的网上传播，这表现在传统的纯文字作品以电子文本的形式在网上得以广泛地传播，文学本身并未发生根本的变化，只是传播方式发生了重大质变，这是目前网络文学作品存在的主流形态。超文本文学文本是介于两者之间的一种存在状态，它往往既是图像的又是文字的，既有线性的成分又是非线性的，因此，一般而言，创作者往往会在图像或文字之间择一而居，而超文本的这种'混合'状态则因其创作本身的难度而少有人问津。"①对新诞生的"语图"关系，韩模永则以"语言文本"作为主体，指出了图像、空间转向对狭义网络文学的直接影响。他认为："网络文学场景书写的空间转向会给网络文学带来哪些具体的影响呢？一方面，文学的深度被弱化，甚至消失，文学的娱乐性增强，传统的文学'形象'被'图像'所取代，这与场景书写突出视觉建构密切相关。……当前国内网络文学所呈现的快餐化、大众化、去深度、娱乐性等特征也正与此一脉相承，传统文学形象的含蓄性、文学性等均受到减损；另一方面，文学的故事性增强，'情节'被'故事'所取代，这与网络文学非线性的空间结构也不无关联。传统文学线性叙事要求情节的完整性、逻辑性和因果关系，而非线性结构则导致故事的并列展开，对故事的逻辑关联和艺术真实并不作过高的要求，文本的碎片化色彩也更加浓厚。此时，跌宕起伏的故事取代了逻辑性的情节，故事写得"好看"与否变得至关重要。"②需要警惕的是，图像具有消解语言的功能，图像盛行有可能导致语言的倒退，这样，极易造成语言意义的弱化、消失。在文化工业时代，图像往往还会被消弭在这样的消费文化中，直至影响到我

---

① 韩模永.超文本文学研究［M］.北京：中国社会科学出版社，2013：227.
② 韩模永.增强现实与空间转向——网络文学的场景书写及其审美变革［J］.文艺理论研究，2019（4）：37.

们的全面生活。"图像渐渐退为单纯的符号，是通过广告（大肆吹嘘某一物品的质地）到大型宣传（激发对某一对象的欲望）而实现的。它伴随着优先次序的转移：在媒体的范畴，从通知到传播（或从新闻到资讯）；在政治上，从国家到公民社会，从党派到网络，从集体到个体；在经济领域，从生产型社会到服务型社会；在休闲方面，从警醒型文化（学校、书籍、报刊）过渡到娱乐型文化；而在心理领域，则从现实原则为主导到享乐原则为主导。所有这些都带来了完整协调的新秩序。"①这将意味着图像会将我们引入一个新的视域，甚至我们都不清楚这个新的领域最终是什么样子，甚至包括网络文学在内由新媒介技术所引发的美学转移也会被研究者发掘出来。除了图像之外，还有游戏等艺术样式。

麦克卢汉认为："如果把游戏看作复杂社会情景的活生生的样子，游戏就可能缺乏道德上的严肃性，这一点是必须承认的。也许正是这个原因，使高度专门化的工业文化迫切需要游戏，因为对许多头脑而言，它们是唯一可以理解的艺术形式。"②在麦克卢汉那里，游戏是对资本主义工业化生产的一种抵制，游戏精神是对资本主义生产体系的一种反抗。黎杨全认为，SoLoMo（Social，社会主义；Local，本地化；Mobile，移动）是摆脱日常生活带来困扰的途径。日常生活的危机伴随着现代性的进程而产生。启蒙运动所倡导的科学理性精神各领域专门化规范形成了现代社会的基础，并最终导致日常生活的刻板化、粗陋化与压抑性。因此，"SoLoMo 的兴起也给艺术家以美学形式反抗日常生活的同质化、权力的控制以及虚拟沉浸等提供了新的可能"。"SoLoMo 艺术或游戏预示着革新生活模式的可能，提供了对日常生活的种种突围与想象。"③这里所说的"对抗性"已经不再是通常意义上的"游戏"的

---

① 德布雷.图像的生与死［M］.黄迅余，黄建华，译.上海：华东师范大学出版社，2014：217-218.

② 麦克卢汉.理解媒介：论人的延伸［M］.何道宽，译.北京：商务印书馆，2000：299.

③ 黎杨全.SoLoMo 的兴起与日常生活审美的新变［J］.内蒙古社会科学（汉文版），2018，39（5）：155，157.

本质，它带着一种革命性的，对既定的经验世界的一种彻底的粉碎与抛弃，以此彰显个体的价值，从而使个体的价值得以"唤醒"与"伸张"。

最后，鲍远福还假设了一种"影文体"的存在，这种新文体是媒介技术与互联网技术合成的产物，抑或是数码技术影像化的产物。这种以技术为背景的艺术形态必将颠覆传统的接受模式，并同步形成新的生产关系，进而影响到"人"。他认为："以网络游戏和影文戏仿为代表的'影文体'并没有在意指过程完全排斥语言表意及对于本质实在的语义诉求。反过来，借助于语言符号的表意功能，它们已经为受众建立了一种集视觉、听觉、触觉和交感体验为一体的'新感性表征世界'。它们以现实世界为基础，并逐步超越现实世界的约束，获得了自主性和生命力，甚至直接介入我们的日常生活。"[1] 这正预示了鲍曼所认为由技术引发的文化变迁具有一种流动的"现代性"，即流动的状态体现在"重塑"而非"取代"既定秩序和旧有结构上。像液体一般流动和变形，无法建立起一套权威的秩序体系，只是在"自我超越"中不断否定。正是在这种条件下，产生了不可靠性、不确定性和不安全感的技术文化困境。[2] 黎杨全把这种经由技术带来的变迁形塑了当代人的具体的生活情境，并将游戏作为一种直接的动力直接对网络文学产生的影响归结为一种新文化特质。他认为："网络文学中的化身生活首先表现了人类（数字）技术化的后果，网络技术改变了人体，身体由生物学意义上的固定、硬性存在而具有了可塑性与变形性。这体现在网络小说中主体的分散、身心的分离以及穿越、化身交往等诸多现象。身体具有了柔软、分裂与流动的特点，主体成为分布式存在，能跨越一切介质，在不同位面、不同空间、不同化身之间随意穿越，这正是数字技术的结果。""游戏经验对中国网络文学的'世界'想象、主体认知及叙述方式产生了深刻影响，经由游戏经验的中介，网

---

① 鲍远福.语图思维与新媒介"影文体"的意义传播 [J].南京邮电大学学报（社会科学版），2018，20（5）：93.

② 齐格蒙特·鲍曼.流动的现代性 [M].欧阳景根，译.北京：中国人民大学出版社，2018.

络文学表现出了网络社会来临后一些新的文学文化特质。"①网络社会所具备的这些特征必将消融于网络社会，只是人在这其中也许将异化成另一个他者。这便是我们仍需举起文艺批评的武器解放自身的理由。

二、网络文学批评理论资源和理论热点的开掘

毋庸讳言，网络文学批评理论虽然有许多精彩的亮点，无论是立足传统文论的拟仿与传承，还是借鉴西方理论资源的"拿来"，网络文学研究者所面对的现实语境与历史情境是客观的，必须回到这个问题的原点上来。无论是对西方理论的借鉴还是立足本土的原创，都应对中国的现实负责，自觉承担起对由此分蘖出的理论分歧的追问。

诚如丁帆所说："在这个工具理性横行、技术至上的时代，我们批评则是一定需要有将文学批评拉回到充分体验文学文本后'再造形象'的文学本质的自觉意识。否则，我们的文学批评则是一种无效，也是无意义的乏味文字游戏而已。我们的文学评论和文学批评始终徜徉在林林总总的陈旧理论模式之中不能自拔，往往说出的是与批评对象的文学文本毫无关系的话语，在'鸡同鸭讲'的语境中无法形成'对话'关系。"②我们须要有这个具体的过程，既有"形而上"的超越，也要接"形而下"的地气，最怕的是"神马浮云"式的所谓"建构"。在网络文学理论批评界，这种情况依然比较盛行。我们应该有追问网络文学"前世今生"的理论勇气，也要有拿"手术刀"解剖的理论自信，更要有一种超越受当代技术思维羁绊的文化自觉意识。

张世禄先生说："文艺既为艺术之一，而以文字为工具者，则固取文字之文与材艺之艺二义合成。文学之艺术化者，即以感情想象与兴趣为主，非

---

① 黎杨全.中国网络文学与游戏经验［J］.文艺研究，2018（4）：109，112.

② 丁帆.批评家"再造形象"和"骑士精神"的能力［N］.文学报，2019-11-28（18）.

谓一切文字皆可以赅之也。文艺之不为矜饰之文者，尽其要素重在情感、想象、与兴趣等之实质；非仅整饰文字之形式，即足以厕诸文艺之林也。明乎此，乃可与纠正吾国旧观念之谬误。"①这大概也是研究文艺者常见的谬误，倚重形式的研究，常常忽视了情感、想象与兴趣等实际情形的研究。回到网络文学上来，重技术研究、形式研究、文化研究，唯独放弃了对作者、受众和文本的研究。也许有人会反驳，这样是不是一种"旧调重弹"，继续回到传统文学的"老路"上去。网络文学首先是文学，如果离开了这个基本的判断，极易陷入"无物之阵"的虚无感。而研究对象的飘忽不定，"人"势必会再次成为"形而上学"的囚徒。由于缺乏对事物本质的把握，艺术最终会落进机械反映论或"伪现实"的窠臼。

（一）重估劳动价值

马克思指出："无论有用的劳动或生产的活动怎样不同，这总归是一个生理学上的真理：它们是人类有机体的功能，并且无论每一种这样的功能有怎样的内容和形式，它在本质上总是人类脑髓、神经、肌肉、感官等等的支出。"②根据马克思的劳动价值理论，所谓劳动价值，它是一种特殊的使用价值，它是劳动力这种特殊的商品所产生的使用价值，是一种能够产生价值增值的使用价值，它既来源于使用价值：劳动者通过消费一定形式和一定数量的生活资料使用价值后，将其转化为劳动潜能（这是一种过渡的价值形式），在劳动过程中再将劳动潜能转化为劳动价值；它又服务于使用价值，目的是让使用价值产生增值。

网络文学生产是一种以基于作者版权交换作为手段的劳动价值的增值行为，由于目前网络文学版权交易缺乏价格杠杆的调控与指导，单凭市场议价形式，甚至因为交易双方的信息不对称，劳动者的劳动价值有被低估的可能。因此，基于版权交易的剥削劳动现象被研究者所忽略。另外一方面，由

---

①张世禄.中国文艺变迁论［M］.太原：山西人民出版社，2014：4.

②马克思.资本论［M］.姜晶花，张梅，译.北京：北京出版社，2007：47.

于缺乏相对公平的规则，生产者与经营者在交易过程中也存在着严重的不透明和信息不对称现象，这样势必会造成压价与掺水现象，同行之间甚至还会出现恶性竞争，这样也极易造成版权市场的混乱。

很多研究者已经意识到商业资本生产严重干扰了网络文学的生态发展，相较于反对的声音，支持者认为，如果没有付费机制，中国网络文学市场机制根本就无法建立起来。因此，以网站为单位的网络文学生产研究势必成为研究的重点领域，相较于传统期刊单一的稿酬制，网络文学的稿费模式更加多元化，研究的空间更大。

很多研究者将网络文学的质量不高，甚至无序生产现象归结为资本的"恶"，以为"斩断"资本的手就可以遏制网络文学的"荒野"和"无序"。这样的论断多少有些主观和武断。"'精神'从一开始就很倒霉，受到物质的'纠缠'，物质在这里表现为振动的空气层、声音，简言之，即语言。"①马克思从本质上揭示了意识受制于物质，物质基础决定了人类的意识这个本源问题。网络文学作为工业生产体系下的文化生产，深刻地打上了资本的文化生产的烙印。因此，须从这个现实原点出发进行文化工业范畴的理论研究，而不是还在追问"网络文学是什么"的问题上打转。党圣元认为："近乎完全的商业化、产业化、市场化、泛娱乐化是当前我国网络文学的现状，我国的网络文学在'文学性'之外还有更多其他层面的价值，仅从'文学性'入手难以发现我国网络文学的独特性，更难以对我国网络文学之商业化、市场化现实作出适当的评估。如何放下那种或固守传统或借自西方的精英立场，以一种适当的立场、态度和话语系统去评估、分析、探讨这种近乎全面商业化、产业化的网络文学现实，才是真正地面对和面向我国网络文学的实际，才能客观地评价我国网络文学的商业性、产业化倾向的文化含义，也才有助于真正实现我国网络文学研究的理论与话语创新。"②因此，在不排

---

①徐强.马克思主义经典著作选读 [M].南京：江苏人民出版社，2004：18.
②党圣元.网络文学研究的当下困境与理论突围 [J].江西社会科学，2017（6）：100-101.

斥"文学性"的基础上，需要扩大研究范围，首要的是从生产原理及运行机制上探讨网络文学的本质，这才能抓住要害，摸到所要研究的问题的本质。

就世界范围而言，目前全球还没有第二个国家的大众文学生产的规模与运行机制堪与中国相比。西方发达国家，包括亚洲的日本、韩国，其文化工业模式尽管相对完善，但因国情的差异，根本不可直接拿来套用。作为自创的文学商业模式，自始至终带着中国的基因，因此，需要花大气力，在新时代背景下，探索科学的、可持续发展的中国网络文学生产的商业机制；同时，在保护广大作者的合法权益的基础上，建立起较为完善的文化资本市场体制和文学、文化批评机制。

也有学者提出采用一种商业制衡的措施，对资本绑架文学进行限制："技术赋权下作者与读者间的紧密互动，实现了文学创作向文学生产的质变，打开了网文场域多元话语生长的空间。资本驱动下生产—消费格局的重塑，使文学成为屈从技术、迎合消费的工业化商品，限制了网文向'主流文艺阵地'的转型升级。而要提升主流价值在网络文学领域的传播与影响，必须借助承载主流价值的精英话语力量，对纯粹的商业秩序予以制衡。"①目前，这样的研究相对较少，更缺乏有效的机制进行科学、有序地引导。另外，对经由这种商业模式助推的文化形态对社会各阶层文化所产生的影响也缺乏有效的科学评估。

乔焕江指出了问题的本质，也点出了这种问题对"大研究"领域所构成的潜在的威胁。"在中国当代文化语境中，基于网络的写作非但没能将前述文学（注：新世纪文学实现自我救赎的契机和途径）写作的可能性坐实，反而日益呈现出文学可能性和人文价值的双重衰变。近年来，集中体现了这一衰变症候的，正是基于网络的类型文学现象。这一势头迅猛的文学产业化形态，不仅与学界对网络文学的本体论探讨存在较大的偏差，更超逾了既有网

---

① 余碧琳，汤雪梅.网络文学的起兴、异化与价值回归——基于三种经典传播理论的解析 [J].
出版发行研究，2018（11）：60.

络文学的自在形态，而更多地与媒介资本等社会结构性力量深度缠绕在一起。如果不及时将其与一般意义上的网络文学区分开来，及时转换阐释的理论模型，资本这一类型文学背后最为重要的推手，无疑会继续在网络文学理论生产中保持匿名的状态。而对当下关键的社会结构性力量的有意无意的忽略，必将导致对网络文学的理论探讨沦为抽象的技术论，因而难以回应网络类型文学异常繁荣的表象背后文学的可能性的衰减问题，更遮蔽了类型文学产业化对社会结构和个体认同重新书写的问题。"①乔焕江将资本——"类型文学"进行对应归类，将"类型文学"——一般网络文学进行区分，集中说明了中国网络文学研究的重点应在由资本推动形成的当代"类型文学"，须对"类型文学"背后的匿名推手"资本"给予足够的关注与研究。

回到马克思，回到无产阶级这个基本哲学问题上来。"马克思所提出的这个无产阶级，不仅不是任何一个国家的国民，而且他还具有某种特殊的精神气质：一个富有普遍性的特殊存在。"②在这里，应该将网络文学的生产者——网络写手、网络作家的研究推到前台。只有通过对网站头部作家和所谓"起点模式"的"白金作家"及他们的作品进行研究，建立起一套完整的网络生产者的研究模式，才可以触及问题的最核心处，也只有从这部分人群入手，才能触摸到网络文学生产的要害部位。"批判的武器当然不能代替武器的批判，物质力量只能用物质力量来摧毁；但是理论一经掌握群众，也会变成物质力量。"③网络文学研究不能脱离生产者和消费者，因此，受众研究与生产者研究是研究网络文学的两个关键之处，如果继续按照"超文本"和"超链接"模式研究，也只是一种进入所谓"纯粹的艺术形式"的研究，绝非是建立在以"人"为基础的社会实践活动基础上的研究。

"在文学批评领域内，我们一旦离开了大写的'人'去分析文学思潮、

①乔焕江.从网络文学到类型文学：理论的困境与范式转换 [J].文艺理论与批评，2015 (5)：128.
②夏莹.青年马克思是怎样炼成的？[M].北京：人民出版社，2018.
③中共中央马克思恩格斯列宁斯大林著作编译局.马克思恩格斯选集：第一卷 [M].北京：人民出版社，1995：9.

文学现象和文学作品，一切都成为凌空虚蹈的伪批评，预示着文学批评的堕落期的到来。如何让'批判''走上了唯一的生路'，这就是当下文学批评无可选择的有效途径，'但这条路仍然处在惊惶不安和遭受迫害的神学的非人性的控制之下'。这也仍然不是空穴来风、危言耸听的幻觉。"①因此，需要回到"人"自身上来，回到中国实际生活中来，这才具有普遍价值和普遍意义。学术研究同样遵循这样的规律，因为"文艺乃一种以文字为工具之艺术；其作用由于感情想象与兴趣，而不由理智，其要素重于内容，而不重形式；其效力乃及于一般人，而非少数人所得据为私有者也"②。网络文学研究须重新开始，回到起点，回到初心上来。

这个初心和起点就是马克思所说的本质的劳动，将劳动者的劳动作为普遍的本质。这个劳动同样也是实践的，与群众的生产实践紧紧相联系的。网络文学研究专家周志雄从2015夏天开始带领山东师范大学2013、2014级研究生对高楼大厦、最后的卫道者等二十三位网络文学大神的访谈可以说是一个很好的开端。此外，2019年12月，由浙江省作家协会新文学群体工作委员会、杭州师范大学文化创意产业研究院主办的"浙江网络作家群与网络文学浙江模式"课题研究也为未来的网络文学理论重建做出了积极的探索。

（二）跨学科背景下的"类型文学"叙事研究

如果说，商业资本文化主导的网络写作一定程度上造成中国网络文学创作实践出现"异化"的倾向，客观上也带来了网络文学的理论批评建构的难度。研究者将非本质的现象作为本质主义去推演甚至做出过度阐释，势必导致理论的"挫化"和研究质量的萎靡不振。也即党圣元所说的须立足于"总体"，而不是局部，注重"动态"研究。他说："对网络文学的研究不能从预设的立场出发泛泛而论，网络文学研究的主要对象也不应该是个别作品（或文本，或超文本），而应该是整个网络文学本身。也即是说，要克服当前网

---

① 丁帆.马克思主义批判哲学与文学批评读札［J］.华夏文化论坛，2018，1：204.

② 张世禄.中国文艺变迁论［M］.太原：山西人民出版社，2014：2.

络文学研究中研究对象过于单一，论述内容流于空泛的状况，关键在于将网络文学研究的着力点从固守'作品'分析、'文学性'探讨转移到对整个网络文学现实的分析上来，把网络文学本身视作一个动态消长的过程，通过将网络文学置于数字媒介转型的大背景下，关注网络文学发展的总体、趋势、主流和分化，分析网络媒介和数字技术对文学、文化生态所产生的影响和冲击。"①中国网络文学的主流就是以文学网站为组织形式，以"类型文学"为主体的文本，且活跃在互联网上或以IP形态存在的一种文化生态，已经成为进入二十一世纪以来中国文化生态的新亮点。

马季认为："网络文学之所以选择走类型文学之路，源于'讲故事'的文化传统在中国人心目中根深蒂固。类型文学同样有自身的艺术规律，它的繁盛和发展需要一定的社会环境和文化氛围。网络文学的兴起恰逢其时，其主要表征显现如下：一是社会生活丰富多彩，人的精神诉求多向度，审美趣味多元化，受众有想象力渴求与参与创造的愿望；二是创作主体的知识结构和思维方式千差万别，各显其能。网络作家来自于草根社会，他们具备不同领域的专业知识，却较少接受写作专业训练，对文学的理解更为宽泛。这还暗含一个特征，就是文学的去精英化现象，即大众写作的反复尝试，以及读写之间的无缝对接催生新的文学类型。"②如果从一种生成原因上去探索，"类型文学"的确可以视为一种源发于技术升级而实现阶层跨越的手段和策略，但是当它成为一种普遍性之后，须有一套完善的社会动能取代源于自发的情感动力，因此，解释"类型文学"的发生，当有朴素的情感动力向有目的性的社会原动力上转换，而不是单一依赖某一种类型写作中的"情感共同体"或"共情"这样的艺术动力原理所能解释的。

乔焕江主张对"类型文学"进行一种"对读模式"，并依靠这种模式来厘清"类型文学"中的规律。他说："当轰轰烈烈的类型文学实践已经全面

---

①党圣元.网络文学研究的当下困境与理论突围 [J].江西社会科学，2017 (6)：99.
②马季.网开一面看文学：中国网络小说批评 [M].北京：中国书籍出版社，2020：16.

取代原初的网络文学，'网络文学'就已经绝不是一个简单的文学问题，而是与资本全球化的结构性力量深度缠绕在一起的文学生产、文化生产与社会再生产。只有回到马克思对资本予以深度揭示的社会生产理论基础上，在文化研究的视野中，理论和批评才能跳出既有文论的窠臼，走出技术革命必然带来新的价值可能的空想，通过对类型文学商业网站的运作机制的全面考察，通过对类型文学生产、传播和消费的整个流程的把握，也要通过对类型文学文本的细读以及对其文本结构与社会结构的对读，才能实现对这一现象的深层意味的准确剖析；也只有在此前提下，网络文学理论对网络文学所蕴蓄的文学可能性的想象，才有意义和价值。"①通过对"类型文本"的细读以及通过对文本、社会结构的"对读"机制和评价标准的建立，这些都将是网络文学批评理论的自身问题，如果不能回到这个根本，这样的"对读"也只是一种停留在口头上的臆想。

"类型文学"文本的生成，源于商业资本，终于写作者的综合功力。区别于一般网络文学写作的是，以网站为代表的单位写作（组织写作）首先是一种劳动价值的变现和增值行为。因此，在以满足市场作为前提的条件下，文本是朝向消费者（读者）的，因此，这种商品的特征必然遵循"可卖性"。在文化消费时代，"可卖性"既要符合社会价值的需要，同时还要顾及"消费者"（读者）的阅读趣味，这个难度不是不高，而是非常高。因此，"类型文学"创作的背后，不仅仅有创作者的体力和智力劳动的付出，还有为文本的"可卖性"所付出的艰辛的"智慧""创意""审美"等艺术的、非艺术的元素，这才是"类型文学"所建构起来的横向的社会学元素和纵向的技术元素的糅合。横向的是社会的"网织元素"，纵向的则是写作技术作为前置的特殊"金字塔"结构。

武汉大学信息管理学院2015级博士生王一鸣作为一个非文学专业的网络文学研究者，对惯有的研究模式提出了异议。他认为："对待这样一个复杂

---

① 乔焕江.从网络文学到类型文学：理论的困境与范式转换 [J] .文艺理论与批评，2015（5）：133.

的研究对象，若是仍然沿袭一贯的研究范式，从理论到理论，基于'现状、问题、对策'的逻辑研究什么网络文学的概念、发展阶段、文学性、商业模式、内容引导、版权保护等，终将只是隔靴搔痒不得要旨。"①这位从事工程专业的"技术男"为何将网络文学看作是一个"复杂的研究对象"，其中的原因是什么？他所主张采用"数字叙事理论"对"数字叙事圈与网络文学叙事圈"理论进行网络文学的研究有何值得借鉴之处？他认为："根据这一主张，网络文学叙事圈就是基于对网络文学的共同兴趣，由以上3大组件（叙事动因、叙事过程、叙事制度）构成的圈子或曰系统。其中，叙事动因是系统运作的直接推动力，包括网络文学写手的写作动机和网络文学读者的阅读动机，即'为何读、为何写'；叙事过程是系统运作的具体呈现形态和方式，包括读者的阅读（消费）方式、写手的创作（连载）方式以及二者之间的互动方式，即'如何读、如何写'。②王一鸣将"数字叙事"理论与中国网络文学具体实践相结合，显然，这是一种跨学科的研究，其研究范式和研究方法对传统研究者来说具有一定的借鉴意义。

（三）"跨界融合"的网络文学学科属性与可能的未来

上文特别提及欧阳友权、单小曦对网络文学背景下文艺学学科面临新的转型表述的不一致。笔者认为，网络文学可以结合创意写作形成一门独立的学科类型。同时，网络文学的形态决定了网络文学是一种富有创意的文学。所谓创意的文学，首先要求写作者能够面向读者书写，具有公共文化消费的属性。其次，有文化产业的属性，即全版权的产业链衍生。另外，网络文学具有明确的版权保护措施，包括衍生品的版权。

中国网络文艺现实产业发展规模显现了网络文学是文化创意产业。"截至2019年6月，我国网民规模达8.54亿，互联网普及率达61.2%；我国手机网民规模达8.47亿，网民使用手机上网的比例达99.1%。""我国网络视频用

_____

①王一鸣.网络文学叙事圈的动因、过程与叙事制度 [J].出版科学：2018, 26（1）：90.
②同①，第91页。

户规模达7.59亿，较2018年底增长3391万，占网民整体的88.8%。各大视频平台进一步细分内容品类，并对其进行专业化生产和运营，行业的娱乐内容生态逐渐形成；各平台以电视剧、电影、综艺、动漫等核心产品类型为基础，不断向游戏、电竞、音乐等新兴产品类型拓展，以IP为中心，通过整合平台内外资源实现联动，形成视频内容与音乐、文学、游戏、电商等领域协同的娱乐内容生态。"①这其中有大量网络文学IP的贡献，网络文学是网络文艺生态中的核心动能，成为撬动网络文艺发展的重要增长极。

网络文学破天荒式的发展令传统作家深为疑惑和不安。梅国云在2018年中国作家协会博鳌论坛上发言指出："据统计，中国网络文学阅读用户达四亿多人，从事网络文学创作的居然有1300多万人。这样一个令人十分惊讶的繁荣景象，得益于十年前开始经历的较长一段时间的野蛮生长。这样的生长可以说是一把双刃剑。一方面可能是由于管理层对网络文学认识不足，疏于管理，就给了屁孩子们极端自由的空间，由此产生了放飞神奇想象的网络文学这样的'中国特产'，以致意外地成为与美国好莱坞、日本动漫齐名的世界文化版图的一朵奇葩。这样的一朵奇葩，居然没有政府的参与推动，也没有政府组织力量翻译，就在多年前汹涌澎湃地涌出了国门，收获了海量的各种肤色的海外粉丝。"②网络文学的数量以及出海的势头远超人们的想象，毫不讳言地说，所谓当代青年"亚文化"的网络文学已经跃居新世代阅读人群的"次文化"。个中原因其实不难解释，许苗苗认为："网文以其流行性风靡青少年群体，并占据各类媒体版面和时间，进而构成社会文化议程的一个维度。这也是网络文学自身最宝贵的价值，即它担负起为一个阶层民众发声的职责。"③其中，群众性、基础性以及它的未来性则是网络文学成为独立学科

①于朝晖.CNNIC发布第44次《中国互联网络发展状况统计报告》[J].网信军民融合，2019
(9)：31.
②梅国云.传统作家圈子已被社会越抛越远 [J].椰城，2019 (11)：88.
③许苗苗.网络文学20年发展及其社会文化价值 [J].中州学刊，2018 (7)：148.

门类的基础。

另据旅澳华人学者、翻译家倪立秋统计：截至 2017 年 10 月底，中国大陆有两千万网络作家、写手。其中注册写手两百万人，通过网络写作获得收入的十余万，职业或半职业写作的人超过三万。可在这个庞大的写作人群中，作品被译介到海外的仅两百余人。[①]这个数字无疑会与前面的一系列大数据形成巨大的反差，这一反差昭示出中国文学的国际化进程需要加快，与当代中国繁荣的文学写作现实极不相配。但是与传统"纯文学"作家作品的国外译介相比，倪立秋所提及的网络作家仅有两百余人其实已经是个不小的数字。由此可见，中国网络文学为中国当代文学的国际化所做的积极贡献不容抹杀。

可以说，网络文学创作和接受机制决定了网络文学还是一门跨界融合的学科。网络文学是全民写作的极好范例，没有所谓的专业作家创作机制，只有全职写作和兼职业余写作的职业模式；再经过签约网站市场的双向筛选，最后形成所谓的爆款和头部作品。最终，形成以网站为初级应用单位的市场遴选机制，以及追文读者评论、网生评论、专业评论相结合的文学评论格局。因此，网络文学的学科属性具有创意、产业、跨界三大特征。而创意写作的核心是"它更多致力于研究创意活动规律、创意思维规律及如何以文字体现创造性想象和个人性风格"[②]。在想象中创造，在创造中拓展想象是创意写作的内涵所在。因此，基于读者需求的个性化写作也是创意写作的终极目标。

欧阳友权认为："网络文学不是要救世济民而是表现自我，不企求终极关怀而注重抒发性情，不求崇高和宏大，只求兴之所至时痛快淋漓。于是，认同模式由社会性尺度转向自娱而娱人，价值取向由艺术真实向虚拟现实变

---

① 倪立秋.神州内外东走西瞧 [M].台北：秀威资讯科技股份有限公司，2018：277.
② 葛红兵，许道军.中国创意写作学学科建构论纲 [J].探索与争鸣，2011 (6)：68.

迁，就成为网络'波普'化写作要建构的基本文学观念。"①自我抒发、畅快表达、虚拟现实等这些散发着浓郁个人色彩的艺术观似乎又回到了想象艺术的自身，这也是网络文学之所以能够"疯狂生长"的秘诀所在。逻辑上，网络文学与创意写作的艺术趣味和创作规律具有高度一致性。

同时，网络文学学科的"创意、产业、跨界"特性，决定了网络文学学科建构具有开放性和融合性。因此，网络文学课程设置更多体现于应用型的课程体系。职业教育专家张健教授撰文认为："目前，我国一些高校已开出了数字出版与网络文学创意写作专业、新媒体文学专业、网络与新媒体专业、网络文学编辑与写作等专业，但这还很不够。因为网络文学是一个多极化的概念，凡是以网络为介质的写作、传播、互动、发行、盈利都隶属于广义的网络文学范畴。这就要求专业的开发必须视野放开一点，尽可能全口径对接和覆盖相关专业与能力培养。"②这就点出了网络文学学科要具有一定的关联度和拓展度，这样才能完全释放出网络文学的专业势能。

目前，部分高校网络文学专业开设的课程有"网络文学概论""网络文学发展与评价""网络文学写作论纲""网络文学版权运营""网络文学编剧""数字内容策划""数字内容产品策划""网络文学网站管理""网络舆情研究与传播""新媒体商业模式研究"等。这些课程的开设已经在向网络文学周边生态扩散，也是前文所指"产业、跨界"的学科属性在实际教学过程中的具体显现。但这些属性是完全建立在网络文学本体以"创意"为特质的基础上的。客观地看，如果没有"创意"在先，就没有紧随其后的"产业、跨界"的特性；如果没有"跨界融合"这个独具特色的特征，网络文学就无法从传统中文学科中独立出来。当然，这又是网络文学区别于传统文学的另一个重要特征。

近年来，网络文学研究受到国家的大力扶持和学界的重视：中南大学欧

---

① 欧阳友权.网络文学的学科形态建设［J］.文艺理论与批评，2004（4）：49.
② 张健.数字出版与网络文学的发展与人才培养的跟进［J］.教育现代化，2016（12）：29.

阳友权主持2016年度国家社科基金重大招标项目"我国网络文学评价体系的理论与实践研究";安徽大学周志雄主持2018年国家社科基金重大招标项目"中国网络文学评价体系建构研究";同时,北京大学邵燕君主持的"中国网络文学创作、阅读、传播与资料库建设研究"入选2019年度教育部哲学社会科学研究重大课题攻关项目。这些都为网络文学的发展注入了深厚的学术资源,同时开辟了更多新的研究空间。

网络文学学科建设亟待新鲜血液的补充,特别是在网络文学文本深陷创新危机的背景下,打破网络文学写作中的僵化、定式已经成为网络文学发展的内在要求。网络文学如何在IP现实需求之下既能够突破条条框框,自我挑战重复雷同,又能符合时代的发展之需,创作出一批精品力作来,显得尤为急迫。

一是网络文学要能够自觉融入创意写作的"创意思维"和"创意规律",将"创意"真正落实到文本写作中去,由形式的创意向内容的创意过渡。二是网络文学学科建设需要虚心向创意写作学科学习,学习创意写作学科建构的基础条件,如师资力量的配备、教材的研发、学术高地的渐进式提升等等。特别要在创意写作学科建构的体系化建设上花大气力。三是网络文学学科须主动与创意写作融合,目前网络文学学科建设中还没有创意写作的内容,网络文学学科建设不可故步自封,自说自话,需要对创意写作的学科建设进行充分的研究,两者形成互动与对话,这样既能使网络文学的外延空间和理论建设得以合理地拓展,同时也是对完善创意写作学科体系的一种补充。

在文化创意上,需要不断激发出网络文学新的动能,提高网络文学在文创行业中的贡献度,充分提升网络文学在行业中的转化率,深度开发一些重点领域中的大IP,发掘其可能蕴藏的文化潜力。很多学者对网络文学寄予热望,充分肯定网络文学的历史价值和现实功用,他们在为网络文学的自由发展给予足够宽容的同时,对网络文学文本创新的当代实践也有所认可。禹建湘认为:"网络文学的存在方式和叙事特性的变异表明,网络文学不会导致文学的消亡，而是一种嬗变，在数字媒介语境中需要酿造一个开放、宽容的文学生态，以重构文学观念，这是网络文学能够成为新的学科的一个重要内涵与本质所在。"①纵观近几年的现实探索，网络文学学科建设缓慢，但仍有不少成功经验值得总结："需要教育部门高瞻远瞩，本着实事求是的理论远见和创新的实践精神包容学科、专业的成长；需要相关研究部门和高校提高科研能力，切实为行业提供有价值的科研成果，并不遗余力地推动成果转化；需要产业机构切实关注产业研究，合理借鉴、自觉吸收科研成果，实现智力成果转化。总之，通过产学研的互促发展，我们将建成独具特色的中国网络文艺学科体系，为培养符合新时代发展的网络文艺人才贡献力量。"②此外，网络文学对文创事业促进的案例有很多，需要我们总结出一套完整的开发、运行机制，并且渗透到相关课程中去。客观地说，网络文学积极主动敞开怀抱，吸纳更多学科的营养，是推动网络文学自身发展的需要，同时也是散发网络文学内在魅力的一种选择。

可以预见，随着网络文学学科建设的日臻完善，网络文学批评理论建设也将会不断获得更多学者的重视。

三、结语

网络文学早期资深研究者之一的马季结合世界艺术的发展乐观地认为："回首百年可以发现，人与世界万象之间的时空距离不断缩短，乃是20世纪全球经济文化发展的重要向度，文艺作品借助想象力扩大了这一奇妙变化给人类带来的快乐和烦恼，并通过跨文化传播实现了思想领域的融合和分化重组。精英文化和大众文化在20世纪后半叶此消彼长、相互渗透的局面渐次明

---

① 禹建湘.网络文学，一个新学科的建构预想 [J] .理论与创作，2008 (3)：30.

② 吴长青.新时代网络文学学科建设研究 [J] .出版广角，2018 (21)：35.

朗。在西方，法国新小说作为具有全球影响力的最后一个精英文学流派，不仅遭受诸多非议，而且成为孤立的'绝响'，而'面对面的艺术'、大众艺术等却空前活跃，畅销书、流行音乐、摇滚乐、街舞、涂鸦等大众艺术形式风起云涌。与此同时，影视产业的快速发展及其与票房、收视率捆绑的商业模式横扫全球，艺术创作与大众消费之间逐渐形成血肉关系。"①诚然，世界文化的迭代与创新为中国提供了宝贵的可鉴经验，中国文学在发展过程中也在不断地创造自己的文化样式，两者之间互为借鉴、相互彰显。同时，在这过程中也在不断地丰富、发展具有本民族特色的优秀文化。

回顾过往，中国网络文学在新的历史境遇中越发显出长足的价值来。一方面是内在的发展，已经部分形成或正在形成自我独有的审美形态，成为与传统文学相互观照的"新文学"；另一方面，在中国主张开创新的世界经验的现实面前，网络文学完全能够主动、自觉承担起这样的历史使命，所有的这些努力都将共同熔铸在中华民族丰富文化经验的熔炉中，继而成为当代中国文化自信建设这一伟大工程的重要组成部分。

我们欣喜地看到中国网络文学内在的很多细节都在以各种方式不一而足地呈现，各种理论创新也犹如"星星之火"活跃在一个个文化现场。只要我们心怀未来，立足创作现实，面对生机勃发的网络文学现场，网络文学批评理论建设会在这样的动态过程中不断走向完善。

作者单位：安徽大学文学院

①马季.网络文学的时代选择与旨归［J］.中国文学批评，2019（1）：108-109.

在架空世界讲述家国情怀：

论玄幻小说的审美转向与类型创新

赵天琥

作为消费时代的读者本位文学形式，网络文学的重心始终是满足读者的欲望，从而产生市场价值。网络文学创作的即时性、互动性赋予作者群体敏锐的市场嗅觉，使得网络文学的创作潮流能够紧紧跟随读者需求，网络文学也因此成为了大众审美取向的风向标。在网络文学的诸多类型之中，玄幻小说发端最早、热度最高。自罗森创作《风姿物语》以来，中国的玄幻小说已经历了二十余年的发展。在众多玄幻作家的共同努力下，玄幻小说的类型叙事成规从青涩走向成熟，由完善走向创新。玄幻小说类型下有着数不尽的亚类和标签流派①，每个亚类或流派常常因一部小说、一个作者突破了旧的类型成规而开始盛行，又往往因新的小说、新的作者对类型成规的再次突破而渐渐退出市场舞台。例如在玄幻小说早期，市场以小白文为主，天蚕土豆《斗破苍穹》开创的"退婚流"、忘语《凡人修仙传》开创的"凡人流"都曾风靡一时。但随着读者审美的逐步提高、作者创作水平的逐渐上升，小白文被更加成熟的亚类型所取代。即便是玄幻小说趋近成熟的近期，市场主流类型也同样在迅速更替。然而，在玄幻小说市场风向持续且迅速变化的背后，潜藏着玄幻小说审美取向的缓慢转向。

---

①刘赛.创意写作视野下网络玄幻小说类型研究［D］.上海：上海大学，2021：122.

在玄幻小说发展不成熟的时期，文学研究者对玄幻小说的批评声络绎不绝。文学界对玄幻小说的批评往往从文化、价值观的角度出发，例如奉行"弱肉强食"的丛林法则、对武力和暴力的极端推崇、人物的利己主义行为模式等。这种批评最早可追溯到2006年，陶东风开启了学界对玄幻文学的批判。陶东风认为，玄幻文学的价值世界是混乱的、颠倒的、缺乏文学意蕴的，"是以犬儒主义和虚无主义为内核的一种想象力的畸形发挥"①。即便到了近期，依然有学者持此类观点，认为玄幻小说的价值取向是虚无主义，通过分析《凡人修仙传》和《盘龙》中的丛林法则与欲望叙事，证明玄幻小说的核心是利己主义与物质主义。②显然，这些观点是片面的，原因有二：一方面是这些学者使用了不合适的理论工具来批判玄幻小说，导致理论工具和批评对象的错位。玄幻小说作为一种类型小说，应当使用类型学方法进行批评。另一方面，这些研究批评的个案都为早期玄幻小说，当时玄幻小说的类型叙事语法不成熟、作者创作能力有限，所塑造的架空世界从设定上就存在逻辑问题——社会形态混乱、缺乏世界历史，在作品中直接体现为丛林法则、个人主义、历史虚无主义等。研究者把目光聚焦到网络文学的成熟期后，得出了不同的结果。禹建湘认为，2018年前后，现实题材网络文学的热度超越了玄幻小说，网络文学的审美取向从热门的玄幻想象转变为现实观

①陶东风.中国文学已经进入装神弄鬼时代？——由"玄幻小说"引发的一点联想 [J].当代文坛，2006（5）：11.

②裴振.论网络文学的价值虚无主义——以玄幻小说为例 [D].济南：山东师范大学，2018：35–45.

照。^①这种审美转向具有三个表现特征：一是从玄幻小说的追求个人主义到现实题材的建构集体经验，二是从玄幻小说肯定天赋、否定努力的审美单向度到现实题材多种情感的审美多元化，三是从玄幻小说个体改变历史的片面历史观到现实题材的辩证历史观。高翔认为网络文学以个体的欲望化叙事为起点，从"消弭历史屈辱的民族主义叙事、展现发展逻辑的工业党叙事以及想象未来的文明叙事"三种维度将宏大叙事与个体化色彩相结合，在作品中表现为个体欲望与民族情怀、科学与技术、空间与时间的复杂交错形式。^②在网络文学大环境的变化下，玄幻小说也保持了相同的步调。

一、玄幻小说的审美转向：从个体到共同体

随着网络文学各类型叙事成规的完善，网络文学的审美取向必然发生转型。在现实题材网络文学的热度超越玄幻品类之前，网络文学的审美转向就已在玄幻小说中悄然发生了。早期的玄幻小说是主人公的个人奋斗史，世界设定处于混沌状态，作者极少提及架空世界的历史演变和社会形态，主人公的奋斗经历只与自身周边的亲戚朋友有关，几乎不和种族、国家、社会等共同体发生交互，对世界历史推进的贡献很少。以天蚕土豆的《斗破苍穹》为例，主人公萧炎在助手药老等人的帮助下，屡屡获得奇遇，一路战胜各种敌人，最终达成目标——成为斗帝。萧炎的成长经历是一个人的奋斗史，用现实世界类比，萧炎一步步称霸村、镇、区、市、省、国，最终成为全球第一。萧炎的经历一直在重复，敌人永远都是当前地区、当前等级的最强者。萧炎成为斗帝，没有改变社会形态、没有推进历史发展，世界只是换了一个统治者。即便在一些作品中，主人公的奋斗对国家、种族的地位有一定影

①禹建湘.从玄幻想象到现实观照：网络文学的审美转向［J］.中州学刊，2019（7）：152.
②高翔.现代性的双面书写——论当代网络文学中的宏大叙事［J］.中州学刊，2021（11）：154.

响，也只是奋斗的副产品，主人公的终极目标依然是让自己更加强大。例如我吃西红柿的作品《吞噬星空》，主人公罗峰最初为亲人、为自己而奋斗，在与敌人金角巨兽的战斗中牺牲自己拯救地球，但在此次事件之后，罗峰就进入宇宙，继续自己的修行之路，孕育罗峰的地球不再是罗峰奋斗的重心。这种叙事模式暴露了早期玄幻小说类型成规的缺陷，"打怪升级换地图"的模式导致多张地图难以被串联起来，主人公追求武力成了唯一通用的目标，其余所有角色、组织都只能随着主人公更换地图而淡出读者的视野。

为了解决早期玄幻小说中的弊病，玄幻小说类型成规对世界设定提出了要求，玄幻作家们开始设法构建合情合理的架空世界。架空世界的设定包括六个方面：一是世界历史，包括架空世界的主要朝代变迁、重要历史人物、关键历史事件等；二是社会文化，包括架空世界的社会架构、生产力水平、风俗习惯等；三是地理条件，包括山川河海的位置、气候变化、动植物生态圈等；四是族群，包括族群的语言、民俗、智慧生物和非智慧生物的物种等；五是主流族群特征，包括以上的所有因素，如族群历史、社会形态、栖息地的地理情况等；六是人物，包括主人公、助手、敌人以及路人角色，他们和历史事件的关系、社会文化背景、民俗习惯、性格、行为逻辑等。当架空世界有了地理、种群、社会、文化的发展演变史，主人公的行动就不再只与自身有关，而是和他所属的种群、所在的地区、所处的社会，甚至整个架空世界的历史进程发生互动。玄幻小说也借此脱离了个人英雄主义、塑造集体经验，超越了片面的历史观，走进了辩证的历史观。主人公的大量奇遇并非偶然，奇遇多是前人为后人所事先准备的助力，主人公的选择、思维往往受到客观历史条件的制约。以老鹰吃小鸡的《全球高武》一书为例，主人公方平的成长经历离不开前辈的庇护。方平在全书开头获得了一个随身"系统"，方平可以消耗现实世界中的金钱换取系统提升他的修为。系统是方平最大的助力之一，一直到小说后期依然在发挥作用。然而，这个系统是方平所在世界的最强者战天帝死亡前孤注一掷所创造出的"未来的希望"。方平在小说前中期，长期认为人族的强者太"尿"，以至于人族在和地窟对抗的过程中常常吃亏。方平的这种认识受到了客观历史条件的制约，作为实力低微的人族小卒，方平无法接触人族高层，更是无从认识人族强者的布局与顾虑。并且，方平在地窟的每次奇遇和奇功背后，都有人族强者的保驾护航；方平在地球的各种逾越行为，同样也得到了人族高层的关注和默许。

玄幻小说类型成规的完善与成熟，提供了玄幻小说审美取向转变的创作技术基础。恰逢此时，玄幻小说读者的喜好也发生转变，推动玄幻小说的审美取向由个人主义走向集体主义。在早期玄幻小说中，主人公的长期目标是个人主义倾向的"强我"，主人公可以为了"强我"而放弃一切，包括亲情、爱情、友情。在一些玄幻小说中，甚至有着"修炼需要断绝凡尘执念"，斩断亲缘、情缘的设定，作者为了省事，甚至会把主人公设定为孤儿，或者让主人公的父母在小说前期就遭遇不幸。当下的玄幻小说则不同，主人公的长期目标往往从"强我"开始，逐渐转向集体主义倾向的"强国"或者"强族"。在卖报小郎君创作的《大奉打更人》中，主人公许七安立志斩尽天下不平事，为苍生、万世开太平，被世人尊称为"许银锣"，为大奉平叛、抵御外敌；在会说话的肘子创作的《大王饶命》中，主人公吕树加入了国家安全体系中的组织"天罗地网"，率军保卫地球；在宅猪创作的《牧神记》中，主人公秦牧主张"神为人用"，结束了神仙统治人类的封建社会。当下玄幻小说的主人公都将种族、国家的兴亡视为己任，"强我"与"强国""强族"的目的相统一。显然，浓厚的"家国情怀"已然成为如今玄幻小说的审美取向。玄幻小说审美取向由个体转向共同体、由强者为尊转为家国情怀的过程，应当以2015至2017年间血红所创作的《巫神纪》为始。与《巫神纪》同时期的玄幻小说，如辰东创作的《圣墟》，作家已经形成了塑造架空世界历史的意识，但还尚未设计架空世界的社会形态变化等维度。并且，这一时期的玄幻小说大多数尚未褪去早期玄幻小说的审美取向，依然崇尚极致的个人武力。血红的《巫神纪》架空世界设定在中国历史上的夏朝时期，地球遭到外来世界的虞族等种族入侵，入侵者凭借强大的武力、发达的科技奴役人族，而人族还处于部落联盟阶段。主人公姬昊带领人族反抗入侵者的奴役，战胜虞族后结束了人类被奴役的奴隶制社会。《巫神纪》不仅塑造了历史、社会形态完善的架空世界，而且作品已显出家国情怀的审美取向。《巫神纪》以后热度较高的玄幻小说，如《大王饶命》（2017）、《牧神记》（2017）、《全球高武》（2018）、《万族之劫》（2020）、《大奉打更人》（2020）等，均已脱离个人主义的内核，将家国情怀作为主要的审美取向。

二、审美转向的大数据佐证

除传统的文本分析方法外，数字人文的方法可以更加直观地展现玄幻小说的审美转向，为文本分析方法添上一笔佐证。假设《巫神纪》是玄幻小说审美取向的关键转折作品，对《巫神纪》前后的热门玄幻小说进行分析，选取早期玄幻小说《斗破苍穹》、转型期玄幻小说《巫神纪》、与《巫神纪》同期的玄幻小说《圣墟》、成熟期的玄幻小说《大王饶命》《全球高武》作为案例，利用 Python 语言机器学习技术统计五部小说全文中的指代名词、组织名词、地区名词的词频，将每部作品出现频率最高的 20 个上述词语列表，结果如表 1。将五部作品中的各类词汇分类，统计每部作品 20 个高频词中每类词语的个数以及权重①之和，如表 2。

表1　斗破苍穹（2009—2011）指代、组织、地区词频表

作品	词语	词频	权重	词语	词频	权重
斗破苍穹（2009—2011）	萧炎	36671	1.000	家族	738	0.020
	他们	1918	0.052	萧家	720	0.020
	两人	1057	0.029	三人	669	0.018
	我们	1053	0.029	中州	640	0.017

①权重：以主人公姓名的词频为基础值，计算对应词语的词频和基础值的比值，表示该词语在文中的相对重要性。

作品	词语	词频	权重	词语	词频	权重
斗破苍穹（2009—2011）	自己	999	0.027	天地	639	0.017
	众人	971	0.026	所有人	629	0.017
	后者	875	0.024	古族	537	0.015
	你们	870	0.024	前者	510	0.014
	帝国	833	0.023	几人	406	0.011
	魂殿	823	0.022	联盟	400	0.011
圣墟（2016—2021）	楚风	36345	1.000	世界	1670	0.046
	他们	10449	0.287	人们	1572	0.043
	自己	4519	0.124	诸天	1357	0.037
	宇宙	2930	0.081	那位	1322	0.036
	你们	2820	0.078	两人	1318	0.036
	我们	2712	0.075	几人	1066	0.029
	地球	2313	0.064	对方	1023	0.028
	生灵	2079	0.057	众人	984	0.027
	所有人	2078	0.057	对手	788	0.022
	天地	1763	0.049	天下	782	0.022
巫神纪（2015—2017）	姬昊	15126	1.000	虞族	923	0.061
	他们	3578	0.237	部族	798	0.053
	人族	2352	0.155	一族	628	0.042
	天地	1348	0.089	巫殿	588	0.039
	你们	1305	0.086	部落	515	0.034
	伽族	1288	0.085	子民	373	0.025
	我们	1202	0.079	所有人	334	0.022

作品	词语	词频	权重	词语	词频	权重
巫神纪 （2015— 2017）	异族	1132	0.075	自家	318	0.021
	世界	1060	0.070	大家	306	0.020
	族人	990	0.065	敌人	300	0.020
大王 饶命 （2017— 2018）	吕树	22884	1.000	所有人	1092	0.047
	自己	6189	0.270	别人	777	0.033
	他们	4639	0.202	黑羽军	761	0.033
	对方	2825	0.123	组织	730	0.031
	大家	2407	0.105	咱们	477	0.020
大王 饶命 （2017— 2018）	天罗地网	2138	0.093	地球	442	0.019
	你们	1434	0.062	人类	384	0.016
	武卫军	1382	0.060	学院	374	0.016
	我们	1291	0.056	普通人	369	0.016
	世界	1137	0.049	其他人	363	0.015
全球 高武 （2018— 2019）	方平	68426	1.000	大家	3453	0.050
	他们	14291	0.209	两人	2976	0.043
	自己	13994	0.205	几位	2949	0.043
	地窟	8489	0.124	世界	2755	0.040
	我们	7187	0.105	其他人	2680	0.039
	你们	7061	0.103	人族	2412	0.035
	魔武	5077	0.074	两位	2287	0.033
	众人	4713	0.069	天地	1644	0.024
	对方	4259	0.062	华国	1371	0.020
	人类	3719	0.054	咱们	1210	0.018

表2　五部作品最高频率词汇分类表

词语数量 （权重）	自身代词① （单数）	自身代词② （复数）	他人代词③ （单数）	他人代词④ （复数）	组织名词⑤	地区名词⑥
斗破苍穹	1(0.027)	1(0.029)	2(0.038)	7(0.177)	6(0.111)	2(0.034)
圣墟	1(0.124)	1(0.075)	3(0.086)	7(0.557)	/	7(0.356)
巫神纪	/	3(0.120)	/	5(0.390)	9(0.609)	2(0.159)
大王饶命	1(0.270)	3(0.182)	1(0.123)	6(0.378)	6(0.251)	2(0.068)
全球高武	1(0.205)	3(0.173)	1(0.062)	7(0.539)	3(0.218)	2(0.064)

　　由两表可知，《斗破苍穹》的高频词中虽有"萧家""家族"出现，但权重较低，两者之和仅有0.040，这种表现能够在作品中得到印证：小说中的萧家是一个没落家族，族内人丁稀少、实力低微，重头戏在小说的开篇；萧炎就任萧家族长后，萧家就不再是萧炎生活的重心，仅当萧炎在奇遇中遇到萧家先祖时，萧家才得以出场一二，但萧家的其他族人早已被读者遗忘。显然，以《斗破苍穹》为代表的早期玄幻小说的叙事以主人公个体为核心，作为共同体的家族只是主人公人生经历的一小部分。由"我们"在《斗破苍穹》中的权重仅有0.029，在《圣墟》中则上升到0.075可知，《圣墟》中的共同体话语表述多于《斗破苍穹》。然而，《圣墟》的高频词中没有组织名词，说明主人公与种族、国家、社会等共同体缺乏互动，"我们"这种集体表述大多用在以主要角色为核心的小团体身上。数据表明，《圣墟》作为与《巫神纪》同期的作品，未能走在玄幻小说审美转向的前列，但也受到了这种审

---

①自身代词（单数）：自己。

②自身代词（复数）：我们、咱们、大家等。

③他人代词（单数）：对方、对手等。

④他人代词（复数）：你们、他们、几人等。

⑤组织名词：家族、人族、华国等。

⑥地区名词：世界、宇宙、天地等。

美转向的影响，提高了作品中的集体倾向表述。

转型期的《巫神纪》最显著的特点在于高频词中没有单数形式的代词，而组织名词的权重非常高。数据揭示了《巫神纪》故事的特点：全书围绕人族和入侵地球的异族之间的世界之战展开，主人公姬昊作为人族天才，在人族长辈的认可与扶持下逐渐成长，带领人族反抗异族，实现种族独立。姬昊只是世界之战中的一个个体，人族的最终胜利离不开姬昊，更离不开人族的每一个个体。因此，《巫神纪》的叙述重心不是作为个体的姬昊，而是作为人族共同体中的个体的姬昊，姬昊的敌人也不是作为个体的对手，而是包括异族、人奸的整个共同体，《巫神纪》不是单纯地讲述个体斗争的个体奋斗史，而是描写种群之战的种群成长史。《巫神纪》中复数的自身代词权重达到了0.120，是《斗破苍穹》的4倍、《圣墟》的1.6倍；组织名词的权重达到了0.609，远超其他四部作品，足以说明《巫神纪》中集体叙事的比重远超早期和同期的玄幻小说。

转型后的《大王饶命》和《全球高武》的词频数据相差不大，表明这一时期的玄幻小说审美取向已经趋于稳定，不同的顶级作家、作品会采用同一套类型成规。《大王饶命》和《全球高武》中单数的自身代词权重都在0.2以上，复数的自身代词权重则分别为0.182、0.173，组织名词为0.251、0.218，可以认为，这些数值已经非常接近玄幻小说类型叙事语法的标准值。两部作品的自身代词权重都高于《巫神纪》，但组织名词、地区名词的权重均低于《巫神纪》，表明成熟期的玄幻小说跟《巫神纪》相比会花费更多笔墨描写主人公以及主人公所在的共同体，但会减少小说中宏大叙事的比重，较好平衡了个人英雄和集体经验的描写。《巫神纪》对种族战争、宏大叙事的勇敢尝试，开拓了玄幻小说的共同体叙事视角，为玄幻小说的集体主义审美转向指引了方向。

虽然作家的语言习惯会在一定程度上影响数据统计的结果，例如《斗破苍穹》的作者天蚕土豆相对较少地使用代词"自己"，但作家的语言习惯不影响作品中个体叙事与共同体叙事的表达，因此不影响以上结论的可信度。

三、三种共同体形式：玄幻小说的类型创新

玄幻小说的审美转向同样也是玄幻小说类型成规的完善与创新，家国情怀逐渐成为玄幻小说类型叙事语法的一部分。玄幻小说作家们尝试用不同的方式在架空世界讲述家国情怀，最终形成了以共同体形式为划分标准的三种家国情怀的叙述途径。

（一）奴役与独立——奴隶制社会共同体

第一种叙述途径以《巫神纪》《人道至尊》《人道纪元》等作品为代表，讲述了主人公所在的共同体遭到奴役，在主人公的带领下推翻奴隶制、完成共同体独立的故事，架空世界处于奴隶制社会的原始时期，共同体主要以种群、地域为划分标准，主人公的家国情怀经历了从无至有的培养过程。《巫神纪》的主人公姬昊出

生于南荒小部落火鸦部，小说开篇的故事都围绕火鸦部展开，先是火鸦部内部的派系斗争、再是火鸦部与敌对部落的仇恨。在这一阶段，姬昊尚未形成人族命运共同体的意识，视野仅仅局限在部落内部。姬昊的家国情怀滋生在得到姒文命（人王大禹）的赏识并与姒文命一同离开南荒的阶段。在这趟旅途中，姬昊见识了

姒文命向人类部落传授知识，遭遇了异族劫掠人族商队、屠戮人类部族，愤而出手对抗异族、保护人类部族，人类命运共同体意识就此在姬昊心中生根发芽。姬昊随姒文命到达人族首都蒲坂后，进入人族最高知识机构巫殿学习。姬昊的巫殿生涯经历了被人族内奸陷害、参军阻挡异族入侵的事件，学

习了人族被异族奴役、试图独立的历史，见到了人族平民在异族侵略下流离失所的惨状，终将人族命运视为己任，家国情怀大成。这种玄幻小说亚类型设定在社会尚未成型的时期，主人公的集体意识起初只限于部落等小型共同体，在一系列事件中滋生家国情怀，完成对种群等大型共同体的认同，最终将共同体独立的命运视为己任。

（二）统治与革命——封建制社会共同体

第二种叙述途径以《牧神记》《临渊行》等作品为代表，讲述了主人公所在的共同体处于封建统治，在主人公的带领下打倒封建制、完成共同体革命的故事，架空世界处于封建制社会的古代时期，共同体主要以血统、种族为划分标准，主人公的家国情怀经历了从朦胧到清晰的觉醒过程。《牧神记》的主人公秦牧自小生活在远离人类社会的大墟内，在残老村长辈的教导下破除了心中神，有着朦胧的人神平等意识。秦牧走出大墟后成为天魔教教主，统领人族"下九流"的各行各业；继承人皇之位、认为人族存亡优先于自己；成为天圣教教主，追求立德、立功、立言，主张法为百姓日用。在这一过程中，秦牧发现神为了维护自己的封建统

治，禁止人尝试创新神通道法，导致社会停滞不前、百姓生活水深火热，人神平等的家国情怀逐渐清晰。此后的秦牧推崇改革变法，主张"神为人用"和"人命大于天"的理念，一直为此而努力奋斗，最终推翻了神统治人的封建社会，完成了共同体的革命。这种玄幻小说亚类型设定在封建社会时期，主人公早期便拥有"王侯将相宁有种乎"的朦胧平等意识，在一系列事件中厘清自己的意识形态，形成清晰的家国情怀认知，最终将共同体革命的命运

视为己任。

（三）侵略与保卫——共和制社会共同体

第三种叙述途径以《全球高武》《万族
之劫》等为代表，讲述了主人公所在的共同
体受到外敌入侵，在主人公的带领下击败敌
人、保卫共同体安全的故事，架空世界处于
共和制社会的现代时期，共同体主要以国
家、世界为划分标准，主人公的家国情怀经
历了由虚转实的激发过程。《全球高武》的
主人公方平成长于法制健全、人民安居乐业
的现代社会，从小就知道人族和地窟长久的
战争，但对此没有真切的认知。方平想考入
武大修炼的动力不是保卫地球，而是看上了
成为武者可以享受的津贴和地位。成为魔都
武大学员的方平开始进入地窟征战，从无名
小卒一步步上升，见证了地窟强者对人族的
凌辱和欺压，对人族强者的懦弱愤愤不平。

在这一阶段，方平的家国情怀由虚无缥缈的文字概念逐步转为实际的切身体
会。此后，方平在人族强者的保驾护航下征战地窟，认同人族强者"御敌于
国门之外"的理念，将缴获的资源用于人族整体的实力提升，先后任魔都武
大副校长、华国天部部长，最终成为人王，平定三界之乱，完成了共同体的
安全保卫。这种玄幻小说亚类型设定在现代共和制社会时期，主人公成长于
安稳的社会环境之中，家国情怀起初只是看不见、摸不着的虚幻概念，在一
系列事件中切身体会到人族之危，家国情怀成了实在的理念，最终将保卫共
同体的安全视为己任。

四、结语

玄幻小说已经完成在架空世界讲述家国情怀的审美转向，并从不同的角度完成了类型创新。这种集体主义的写作转向对玄幻小说作家的创作水平提出了更高的要求，作品的世界观架构以及人物群像塑造，作家需要精心打磨，进一步推动了网络文学的精品化、经典化。同时，也要看到玄幻小说在类型创新过程中的不足之处。尽管当前的玄幻小说已经脱离了个人英雄主义的片面历史观，但推动架空世界历史变革的依然是以主人公为核心的"英雄团队"，随着主人公武力等级的不断上升，普罗大众逐渐无法在历史重大事件中贡献自己的一份力量。未来，玄幻作家们应当从辩证历史观出发，在架空世界中塑造集体经验，讲述更加动人心魄的家国故事。

作者单位：上海大学文学院

《佛本是道》对传统神话的创意性重写

梁哲浩

　　《佛本是道》是梦入神机2006年创作的神话
修仙网络小说，也是他发表的第一部作品。梦入
神机先后当选中国作家协会会员，浙江省网络作
家协会副主席，目前是纵横中文网的专栏作家。
《佛本是道》被誉为洪荒流小说的开山之作，融
合了架空世界、修仙升级、《封神演义》、《西游
记》等中国传统神话故事。主人公周青再续《蜀
山仙侠传》中教派纷争的未完传说，飞升成仙，
悟道成圣，重写封神神谱，完成长达五十六亿年

的杀劫。本文将从洪荒世界观的构建、升级流的人设、爽感机制和重写传统
神话的叙事特色四个方面来分析《佛本是道》的创作特点，探究其作为对传
统神话的创意性重写而获得成功的原因及给予网络小说创作的启发。

一、基于仙侠故事与传统神话的架空世界

　　"修仙"又称"修真"，也被长期混称为"仙侠"，是在欧美与日式幻想
文艺的刺激下，从传统武侠和神魔小说中生长出来的，对内容和结构有较强

规定性的中国风格的网络幻想小说类型，讲述的多是由人修炼成仙的故事。

修仙小说不同于传统的武侠小说立足于人间世界中单纯对于身体武力和权力的追求，而是转为道行与悟性并举，追求神仙天人合一，达到永生不灭的至高境界。而《佛本是道》正开辟了以创世神话、《封神演义》、《西游记》世界为背景的洪荒世界。

梦入神机能以中国传统神话故事为背景创作这样一部成功的修仙小说，离不开作者对于相关神话史料的积累。《佛本是道》中有大量关于妖族的形象描写，就取材自《山海经》。中国古代的神话故事并没有成体系，梦入神机运用自己的创作能力，不断用一个个故事将原本不甚完整的开天辟地、巫妖之战、人教兴起、封神之战等神话传说串联起来，形成了一个完全虚构的"洪荒流"小说世界。在《佛本是道》之后，有越来越多的网文作者在此世界观的基础上创造新的修仙小说。

"架空世界"是指脱离具体时空而建构的与现实历史有一定相似性的虚拟世界。①作为一部修仙小说，架空可以化解很多在现实世界中不可解释的事情，譬如得道成仙、后天成圣等，为故事人物提供了一个能在小说内部自由游走的稳定空间，而这种空间的稳定性是相对的。《佛本是道》从始至终都在随着主人公周青探索这个充满玄妙的洪荒世界，寻求天道并以力证道。而小说的结局，其实就是创世时的六位先天圣人和后天圣人周青共同毁灭了这个架空世界的原始构建，重新开始新一量劫的轮回。《佛本是道》的架空世界分为三个主要部分，以《蜀山剑侠传》为依据的人间界，以西游故事为蓝本的地仙界和以《封神演义》为基石的天界，由此可见，小说的世界观构架是随着主角的升级层层深入的。

（一）充斥暴戾气息的人间界

人间界的地图设定主要出脱于还珠楼主的仙侠小说《蜀山剑侠传》，是对于《蜀山剑侠传》未完成故事的续写。在人间界的构建中，作者从一个充

---

①邵燕君.破壁书：网络文化关键词［M］.北京：生活书店出版有限公司，2018：271.

满生活气息的现代都市入手，主人公周青原本是海外散修，却因为机缘巧合获得上古神器化血神刀，踏上了极速修炼飞升之路。小说中有扎根于中国传统仙侠故事的峨眉、昆仑、崆峒、蜀山等修道界的门派，有轩辕法王、天玄血魔等魔道中人，也有八极狼王、狐妖等妖族联盟及人族中的异能人士如大巫白起等，是一个危机四伏的修仙世界。来自不同派系的修道之人为了各自的利益大打出手，抢夺法宝神器、修炼洞府、高深功法。人间界的绝大多数修道者都奉道行高者为尊，而战斗描绘往往尽其所能调动读者的感官，如听觉的雷鸣滚滚，视觉的山崩地裂，触觉的万箭攒心，嗅觉的芳香四溢或血污腥臭，味觉的甘甜或苦涩。当主人公周青的修为达到化神的境界时，已经逐渐可以开始用意念神识观察对手或与其交锋。人间界的纷争围绕着上古圣人留下的诸多神仙洞府展开，这些洞府不仅是道人修道的场所，也是藏匿法宝护佑门人的所在，譬如蜀山洞天、昆仑玉虚宫、海底玄武老道的沧浪水宫。人间界的争斗是三个阶段中描写最具有想象力的，同时也是充斥着原始暴力的。

　　人间界的暴力主要体现在频繁的战斗上，对于非自己教派的修仙者，下手毫不留情，更有甚者如昆仑掌门，因战斗落败而夺取徒弟的肉身以保全自己。而战斗背后的原因往往通过人物口头陈述，较为简单粗暴地呈现在读者面前。人间界的战斗主要依托于肉体的搏斗呈现，其结果往往是落败的一方"神形俱灭"，化作世间尘埃，周遭环境受到毁灭性打击，法宝归他人所有，或者元神被胜出者炼化，成为他人的附庸。杀人越货、趁火打劫，夺取徒弟的肉身，正邪不辨明、与外教合谋、刑讯逼供、炼化其他修道人的舍利作为补益、横扫人间界其他教派。

（二）阴谋阳谋交织的地仙界

　　当主人公周青在崆峒洞天突破境界，飞升地仙界之后，梦入神机用超乎凡人的想象，描绘出比人间界更为广阔的地仙世界，地仙界也是中后期故事发生的主要场所，是全书中最为重要的世界。发现地仙界的镇元子最早出现于《西游记》中，被尊称为"地仙之祖"。在《佛本是道》中的地仙界遵循了《西游记》的基本框架，中央大陆被分为南瞻部洲、东胜神洲、北俱芦洲、西牛贺洲。在西牛贺洲以西方二释阿弥陀佛、准提道人为尊，潜心礼佛，有阿弥陀佛讲经的西天极乐世界，也有"地仙之祖"镇元子的道场万寿山五庄观；东胜神洲信奉三清（太清道德天尊、上清元始天尊、玉清通天教主），而玉皇大帝受三清任命统领众神仙；南瞻部洲多为人类居住，其中尊奉较为混杂，同时有道教、佛教、魔教等诸多道统，争斗最多；北俱芦洲多是洪荒时代的妖怪巨兽横行，以女娲为尊。在中央大陆以外的东西南北四海，还居住着天界册封的四海龙王，四海相连，无边无际。中国古代神话传说无疑为小说中地仙界的构架提供了丰富的神话素材，原本残缺不全的神话体系在地仙界对于神话的改写中得到补全，而建构的地仙界反过来也为小说恢宏的故事展开提供了有力的佐证。有了这些融合了中华民族传统神话元素的故事的镶嵌，地仙界的世界体系臻于完整，也更符合读者期待的真实仙界模式，可以说是互相完善又互为印证。而得道圣人门下的诸多神仙妖怪也在此开辟自己的洞府，划分势力范围。地仙界的斗争不似人间界那样简单粗暴，而是暗藏玄机，既有明争也有暗斗，既有统率上百万的唐王阵前，两军将领的沙场对阵；也有假装帮助点化后辈，其实挑拨其他派别纷争的算计。在地仙界，主人公周青的战斗力已然登顶，并真正自立门户"天道宗"，成为一教之主，用自己的处世逻辑逐步改变地仙界的格局。

表1　《佛本是道》地仙界三大部洲概况

三大部洲	门派洞府	主要角色	知识来源
南瞻部洲	大荒山	枯骨神君	《蜀山剑侠传》
	苍莽山	蜀山剑派	《蜀山剑侠传》
	积雷山摩云洞	玉面娘娘、大力牛王	《西游记》
	骷髅山白骨洞	石矶娘娘	《封神演义》
	九泉山盘丝洞	/	《西游记》
	无当山	无当圣母（截教）	/
	南海	龙王敖钦、四公主敖鸾	《西游记》
	大唐国	圣明君主李世豪	《西游记》

三大部洲	门派洞府	主要角色	知识来源
东胜神洲	傲来国花果山	孙悟空	《西游记》
	东海水晶宫	东海龙王	《西游记》
西牛贺洲	万寿山五庄观	镇元子	《西游记》
	天竺国	佛教门人	《西游记》
	金庭山玉屋洞	道行天尊(阐教)	《封神演义》
	洞云山寂空洞	修士丙灵公	《封神演义》
	黑风山南部西部交界处	熊罴怪	《西游记》

（三）皈依天道的命定天界

自鸿蒙开辟，演化亿万生灵，生灵之间的恩怨情仇以及诸般因果越积越多，不断纠缠，便生出杀劫。天界、地仙界、人间界的一切杀劫皆由因果而起，在此阶段，完成鸿钧道人设下一量天劫的"天道"世界观逐步完整地呈现在读者面前，小说中的三界也由此统为一体。主人公周青取代玉皇大帝独揽天庭，将天道宗门下的一干巫、人、妖、魔册封为天神，玉帝、王母躲进了瑶池，张天师等仙人也被赶下天庭。要想得道成圣，须斩三尸（即斩善、斩恶、斩自身），镇元子等诸多欲求成圣的地仙皆从此法修炼。善恶两尸已斩的周青，由于源自盘古真元的执念太深而导致斩自身无法完成，只得凭借来自盘古真元的原始记忆，效法盘古以力证道，成就混元，真正窥测到天数运转和造化奥妙，为从茫茫天劫之下救出门下弟子，开混沌，炼就一片属于自己的天地。周青以唯一一个后天圣人的身份参与翻天覆地的封神与灭世。天界的世界是三界之中最为平淡的，圣人们已然超脱三界之外，不受杀劫影响，他们之间的斗法大都不依靠自己出手，而是吩咐自己教派下的门人去完成，其中也必然涉及利益之争。在重写封神榜，立定人皇之位等诸多天界论战时，各派教主皆有自己的盘算。因此，天界的斗争被包裹着皈依天道的外衣，一是共同完成鸿钧设下的三界杀劫，二是扶立人皇完成封神。

从叙事学的角度上来说，三界的划分符合对于叙事文本三重化的需要。三重化是故事构成的基本方式，在《佛本是道》中，三界设定下的故事情节随着叙事文本的三重化呈现出一种递进关系，主人公在完成跨界后的眼界、对"道"的认识和追求的目标也随之发生转变。三界的划分符合了中国读者对于神话传说的基本认识，增强了读者自身的代入感。三界划分的作用主要体现在先立后破，即作者从构建完整的三界神话到最后经由主人公之手完成灭世的任务，打破之前构建的框架。

此外，《佛本是道》有别于其他修仙小说，首先体现在大部分的修仙小说依托于作者凭空生造的神话世界，而《佛本是道》则托生于中国传统的神话传说，这不仅能够引起有相关阅读经验的读者共鸣，增加了故事的可信度，提高了读者对于小说的认同感；其次，三界地图的构建并不是简单地对主人公的修仙地图进行转换，对三界地图的开辟和探索成了作品的主线之一。《佛本是道》为此后的修仙小说描绘了相对完整的修仙地图，成为网络修仙小说中"洪荒流"的开山鼻祖。

二、平步青云的开挂升级人设

"升级"是网络小说中主角不断在力量体系中上升的常见套路，与电子游戏同气连枝。①升级流小说也是网络小说中读者最多、作品数量最多的流派之一。小说《佛本是道》的第一部分人间界的故事中，主角通过诸多考验，完成了修道境界的飞升，属于典型的升级流类型。这种升级体现在人物层面上是战力系统的升级换代，体现在情节层面上则是"金手指"的创作手法。

（一）"类仙侠网游"的系统性角色战力升级

在大量仙侠题材的电子游戏中，游戏玩家往往扮演一个初入修仙界的"小白"，通过完成游戏赋予的任务，不断提升自身的实力，而角色的实力往

---

①邵燕君.破壁书：网络文化关键词［M］.北京：生活书店出版有限公司，2018：280.

往由诸多因素决定，《佛本是道》中角色的战斗力设定也类似于此，如人物真元的强度、肉体的强横、意念的强大、法宝的强弱、法术的运用等等。在小说末尾，周青获得混沌钟，炼就盘古真元，达到全书的战力巅峰。

首先是根据角色的修道境界给予人物一个称号，在小说的开篇便向读者清楚地说明了修道的不同境界等级，由低到高分别是"引气入体""练气化神""练神返虚""练虚合道"四个境界，这是决定角色战斗力的最主要因素，处于两个相邻的修炼境界之间，道法差异巨大。例如，主人公周青最初只是经一个乞丐指点，达到"引气入体"的境界初窥门道，随后不断与实际实力高于自己的对手交锋，飞速提升自己的修炼境界，达到"练虚合道"，飞升地仙界。因此，周青早期在人间界的修炼是一种不断寻求境界突破的过程，本质就是层层升级。

其次是小说中的人物装备。《佛本是道》有一套详细的战斗装备系统，包括各种法宝：攻击型的法宝例如上古神兵化血神刀、准提道人送的七宝妙树，防御型的法宝例如七彩仙子的七彩舍利宝幢，功法例如八九玄攻，能够征召亡魂战斗的旗幡如十二都天冥王旗、大力熊王的幽魂白骨幡等，将妖怪制服，作为修仙之人的坐骑，如收服神圣智狼作为云霞仙子的坐骑等，祭炼法宝用的天材地宝，修炼的神仙洞府，战斗时运用的阵法如天罡地煞大阵、诛仙剑阵。梦入神机本人是职业棋手，其笔名也出自古代象棋棋谱，因此对棋谱、阵法情有独钟，这从《佛本是道》反复提及的诸多阵法中可见一斑。

最后是人物自身的修炼，又可以分为肉身的修炼和元神的修炼。肉身用高级的法宝浇祭、淬炼后重塑，如孙悟空的涅槃牺牲，周青在大自在宫用业火锻造、重塑金身，使身体的抗打击能力更强，摆脱肉体凡胎的束缚；元神则是超出肉身的存在，一可以与法宝相互融合，达到人的神识与宝器两者合一的境界；二可以附着在其他的生灵身上，成为人物元神的化身。例如，周青最初用六翅金蝉炼就的第二元神，后又将元神附在十三条铁背蜈蚣上，更有用化血神刀开启都天大阵，召唤出十二祖巫化身，皆是如此。

（二）高人相助的金手指手法

"金手指"本来是电子游戏的作弊程序，有时也称"外挂"。后来在网络小说中，主角总是能利用"正常规则之外的特殊规则"来获得成功的情节，被读者称为"开外挂"或"开金手指"。①《佛本是道》的主人公周青得道升仙、成圣的情节就是典型的金手指。

1. 命中注定的天道相助

主人公的成圣乃是天道必然，天道命数都在帮助周青。周青本是青丘狐仙，红云老祖让其代替自己成为完成一量（即五十六亿年）杀劫，成为灭世的工具人，因此，周青的升仙之路是一帆风顺的，短短数年时间便超过了人间界凡人数十年的修为，在人间界与境界超出自己的对手交锋，总是能够不落下风。即使是在人间界早期就出现的功力远超过周青的轩辕法王、被封印在长平地下山河社稷图里的大巫白起等，也并没有消灭周青，反倒成了周青提升修为的助推之力。

2. 奇人奇遇和奇材

奇人奇遇是指在周青修炼成仙、成圣的过程中遇到的贵人和不同寻常的遭遇，而奇遇往往伴随着对周青道行品性的考验。奇人分为两种，一种是真心帮助周青没有私念的道友，另一种是带有一己之私的帮扶。而奇遇表面上只有向上的一面，即使遇到强敌也能及时化险为夷。如在人间界的轩辕法王、温蓝心，将周青带入长平古战场，利用周青的化血神刀释放出战场亡魂；在玄武老道的海底洞府时巧遇旧仇人；在地仙界有化身斗战胜佛的孙悟空指引，让他顺天道而行，成为杀劫的工具；被放手一搏的镇元子等人用盘古幡逼迫，练成盘古大圣，用力量证得混元之道。在奇人的帮助、奇遇的考验之下，或者结交了强有力的道友，或者获得了无上的功法，或者达到了境界的飞升，或者参悟了天道的真谛。

奇材指的是主角在升级过程中不断从外界得知或者获得的法宝，小说对

---

① 邵燕君.破壁书：网络文化关键词 [M].北京：生活书店出版有限公司，2018：256.

于这类"偶然"出现的上古神器通常用"古朴的，深幽的"等形容。通过小说故事情节的次第展开，读者逐渐得知法宝的获得其实依托的是神仙、圣人的暗中帮助，如开篇便出现，最后使得周青成圣的关键、有与其他圣人一战之力的法宝东皇钟的配件法轮，能够唤醒长平战士亡魂以及人类十二祖巫化身的化血神刀，而姜子牙的捆仙锁，准提道人赠七宝妙树等诸多物件都是为了配合天道，使之完成一量杀劫。奇材的出现使得主人公能够轻松抵抗境界高于自己的敌人，使得原本实力悬殊，看似不能胜的战斗发生逆转，在升级的前期起到了决定性的作用。

三、《佛本是道》的爽感机制

"爽"，特指读者在阅读网络小说时获得的快感和满足感。[①]《佛本是道》有着独特的创作风格和巧妙的叙事手法，对小说的读者而言也有着特殊的爽感来源。其一是对仙人之战的描写，其二是从入局到破局的权谋呈现。

（一）身临其境的史诗战斗

小说《佛本是道》的爽感首先来自于战斗，修仙升级流小说作为网络小说的主力军之一，故事的核心是修仙之战，而战斗描写是不是"爽"首先取决于能否让读者有代入感。相比于武侠小说的战斗，修仙小说往往有着较大的自由度，虽然作者仍可以对于招式、功法有细致的描绘，但毕竟武侠类的打斗是局限在人身和兵器上的，而修仙小说的战斗描述则有了更丰富的元素，调动人物的不同感官和意识，一般情况下打斗之初都是情势胶着，不分伯仲，让读者深陷其中无法自拔。例如打斗时的御剑飞行、凝气成剑、血色刀光、万丈霞光、阴风怒号、召唤亡魂天鬼、显现法相金身、催动法宝铺下遮天蔽日的光网。其次，《佛本是道》成功描绘出了史诗般的战斗场景，尤

---

①邵燕君.破壁书：网络文化关键词［M］.北京：生活书店出版有限公司，2018：227.

为明显的是在人间界打斗时对于周围山峰、波涛的撼动乃至毁灭，在地仙界打斗时飞速切换的即时战斗画面，在最后一战中圣人相斗，而门下弟子各自完成杀劫的山呼海应，其实这种史诗感的产生也借鉴了传统文学中对于战争的描绘，例如《西游记》《封神演义》等作品，用文白相杂的语言，效仿通俗小说的讲法，寥寥数笔勾勒出宏伟的战场环境，既令人有身临其境之感，又烘托出战斗的紧张氛围。此外，佛光普照、五彩神光、遁入虚空、煞云笼罩、雷球魔火、血海冥河等极具修仙小说特有元素的加入也增强了阅读时的画面感，增添了战斗的史诗感。

（二）扣人心弦的权谋布局

除去战斗之外，《佛本是道》的第二大特色便是在周青升仙成圣之后的权谋布局。《佛本是道》的情节展开如同一盘棋局，描述了从入局到破局的完整过程。主人公周青原本是圣人用以完成天道杀劫的一枚棋子，在顺利飞升成仙的过程中，周青并没有意识到这一点，而是在圣人的暗中帮助下平步青云，开宗立派，而圣人原本的意图则是让周青的天道宗成为一量杀劫的牺牲品。而这些谋划不仅涉及天道一量杀劫之后的人教兴起，阐门覆灭，也涉及圣人门下弟子的生死因果和圣人之间的诸多矛盾。圣人借由孙悟空之口，向周青传递成圣之道，使之成为天道的工具。但周青在明知道可以放弃门下弟子，五百年后即可成为圣人的情况下，却放不下所谓人的情感和追求，甘愿在各方圣人之间周旋，为求天道宗弟子的一线生机，效法盘古以力证道成圣。从人间界、地仙界的亲身涉险，投入各方斗争，被当作一枚圣人棋局上的棋子，到天界证得混元成圣后退居幕后，运筹帷幄，决胜千里，将大劫前夕的血雨腥风更多教给各方弟子门人，此时的主人公周青已然从棋中的工具人成了实际掌控棋局之人。此外，让主人公暂时退居二线的写法也让整部小说中的其他角色有了发挥的余地。而高高在上的圣人讲究的谋篇布局固然精彩，共签封神榜，推立人皇固然是天道使然，但圣人早已跳脱杀劫之外，天道对现世的影响和最终杀劫的完成仍然要交由各派门下弟子来表现。周青的破局正是为了保全自己的门派，而不是为了成圣的必然而放弃自己门下弟子，使之成为杀劫的牺牲品。因此，周青掌控天庭，赶走王母、玉帝，借人皇教主女娲之力压制元始天尊，与通天教主合谋共同抗击老子与元始天尊等诸多故事得以详尽地展开。

四、重写神话的艺术理想

卡尔维诺在其《美国讲稿》中论及以幻想为基础的文学存在的可能之一便是"把过去的形象运用于新的上下文中，改变它原来的含义"[1]。这其实意味着对文学形象乃至文学叙事的重写。重写是一种创作技巧，无论是在传统小说还是在网络小说作品中都非常普遍。比如传统文学中鲁迅《故事新编》便有大量对于中国古代传统神话的重写，网络小说譬如《悟空传》是对于《西游记》的重写，树下野狐的《搜神记》是对东晋干宝的同名志怪小说集的重写。"神话重写"是对已存的知名度较高的神话文本进行重写的一种文艺创作活动。[2]而《佛本是道》不是针对单个神话文本的重写，而是将中国古代的诸多神话文本用一个灭世的故事串联起来，在构建出一个相对完整的神话体系的同时进行创意性重写。

（一）人物线：从凡人棋子到圣人棋手

在小说的人间界，主人公周青还处于升级的状态。在此阶段包含着江湖游历、奇遇成长、草根逆袭三大主题。[3]江湖游历指的是周青在游历人间的过程中通过与不同教派、道行的人相交，或结友谊，或为仇敌；奇遇成长则是上文所提到的得道，结交得力盟友、得到高人相助、获得无上法宝等等；

---

① 伊塔洛·卡尔维诺.美国讲稿［M］.萧天佑，译.南京：译林出版社，2012：93.
② 陈芳芳.网络"神话重写"研究——以网络小说为中心［D］.成都：四川师范大学，2020：1.
③ 聂湖.当代"男频"网络玄幻小说文本创作与审美价值研究［D］.湘潭：湖南科技大学，2019：8-10.

草根逆袭则主要是指主人公周青白手起家，多次在看似战力悬殊的打斗中，凭借出乎对方意料的方法战胜对手。而小说在描写这类战斗的时候，对于主人公往往采取先抑后扬的套路，通过主人公的言辞话语或内心活动先示弱，后发生逆转以弱胜强。游历、奇遇、逆袭这三种主题的故事情节相互交织，不仅展现了小说构建下世界的复杂性，也推动了故事情节和人物性格的发展变化。在看似机缘巧合、实则早有定数的人间界完成了从修道小白到绝世高手的成长。周青也开始培植自己的羽翼，收服妖族冥河老祖，就连功法都是他糅合百家原创出来的。当羽翼渐丰，周青也开始讲脸面，顾及自己作为一宗之主的身份地位，想要成为地仙界的一方霸主。当战斗力达到无人匹敌的状态之后，主人公开始在地仙界划分属于自己的势力范围，打造自己的神仙洞府供门下修道之人修行，到最后让天道宗门人占据天庭，天庭改朝换代，遭到其他圣人的非议。直到真正以力证道成就圣人，周青才真正成为自己命运的主宰。而他开创的天道宗及其门下弟子，成了他知晓天道并不断抗争、为门人争取一线生机的主要缘由。历经三界的故事线，主人公完成了从他人布局中的棋子到自己张扬天道的棋手的蜕变。

（二）思想线：从"寻仙问道"到"以力证道"

《佛本是道》中可以看出梦入神机超凡的故事设计能力。在天、地、人三界的世界观建构，重写大闹天宫、巫妖大战、封神神话，凡人成仙成圣的故事线之外，还暗藏着一条思想线。从主人公周青于人间界最初求仙问道之时，一心提升自己的道法修为，无所不为，趁人之危夺取宝物、打闷棍的痞子形象，到培养徒弟，开创属于自己的门派，口称海外散修，假装名门正派的腹黑形象，再到真正成为教主，周青在修仙提升自我的同时被赋予了更多的情感牵挂。虽然在小说的文本中，周青受到其他仙人圣人的教诲都是要"斩三尸"，即斩断善恶和自身，放弃俗世的情念。但周青在成圣的过程中，并没有像孙悟空一样委曲求全，而是始终保持着自己从人间界带有的人性，以圣人的姿态和高度重新审视人性的缺陷与力量对人的反噬。

通过呈现主人公的思想脉络，《佛本是道》将名门正派、神仙乃至圣人口中的道德准则打碎，将原本天界六圣的秩序打破并重新建立属于自己的圣人神话。而所谓的天道，并没有确定的答案，似乎圣人之言便是道。而以力证道更说明了所谓一量杀劫用有限的杀戮换取五十六亿年的世界清净，天道就是生与死的因果循环，就是除去圣人之外的生死轮回。在思想线中既有排除一切陈规旧习的坚决果断，也有反叛者的精神意志，最终借由周青之口说出了天道轮回的真谛，达到了震撼人心的效果。

《佛本是道》中呈现的大都是利益至上、不择手段、心狠手辣之辈，凡人如此，神仙如此，圣人亦如此。通过重写神话，梦入神机突破了传统神话故事中推崇的道德观和善恶观，对传统神话故事以及神仙圣人形象进行反思和重塑，体现出作者重写中国传统神话故事的艺术理想。

五、结语

二十一世纪以来，网络修仙小说成为最流行的网络文学形式之一，受到读者的广泛追捧。而《佛本是道》是基于中国传统神话传说重写的修仙小说，在修仙小说的外衣之下，包裹着以"天道"为内核的灭世神话。小说在叙事结构上符合修仙小说升级的基本套路，但有着远超一般修仙小说的史诗般的叙事视野。当然，这也得益于对中国传统神话的融会贯通。另外，小说在思想内涵上有所突破，是对神话中圣人至高无上的道德权威的反抗。以力证道所对应的其实是破除神仙和圣人口中虚伪的道德和天数，对一切所谓权威保持怀疑的态度。而甘为天道工具的委曲求全与自证天道以主宰自我的对比，更体现出一种反抗精神和崇高追求。

梦入神机将中国传统神话故事和修仙这一热门的网络小说类型进行创意性重组，用广大读者更喜闻乐见的形式创造了新时代的神话故事。《佛本是道》的成功鼓舞了网络小说的作者们重新进入更多中国优秀的传统神话故事中汲取创作的灵感和养分。《佛本是道》的成功不仅仅在于对传统神话故事的完善和改写，更在于对传统神话的逻辑重塑，这种大胆的尝试开拓了网络小说作者的思路，要不拘一格，尽可能在小说创作中追求自身的思想表达和艺术理想。

作者单位：上海大学文学院

试论蒋离子网络言情小说的创作特色
与嬗变轨迹

卜书典

言情小说的源头可以追溯到唐代的爱情传奇，著名的三大爱情传奇《莺莺传》《霍小玉传》《李娃传》可谓集中展现了古代传统社会中才子佳人风流韵事的艳情类小说的叙事特点。

到了民国初年，受海派文化影响而逐渐形成的鸳鸯蝴蝶派兴起，它承袭了中国古代言情小说的内蕴与风格，其影响力之久，一直延续到1949年才基本消失。在时代背景的催化下，言情小说的主力军逐渐向港台地区转移。二十世纪八九十年代，港台言情小说可谓发展到了巅峰时期，以琼瑶、亦舒为代表的言情小说作家掀起了一股言情小说的火热浪潮，随着改革开放的推进和文化思潮的进步，相应地形成了一批言情小说读者群，主要以女性读者为主。

1994年，中国大陆正式加入了国际互联网，多元开放、随性自由的网络环境为众多写手提供了网络创作的广阔平台。进入二十一世纪以来，大陆言情作家新生代迅速崛起。言情小说在时代的浪潮涌动下被推入了一个全新的时代——网络言情时代。不同言情小说类型层出不穷，不同言情小说风格百花齐放。其中，"80后"网络文学言情小说作家蒋离子的作品给众多读者带来了深远影响。蒋离子原名蒋达理，中国作家协会会员，曾获第二届中华文学基金会茅盾文学新人奖·网络文学新人奖。本文将以她的《俯仰之间》《糖婚》《老妈有喜》等众多代表作为主要探讨对象，从身体写作语境观照下的创作探索，题材转向与爽感机制的重新打造，从小说到影视的跨媒介转型升级三个方面对蒋离子作品的发展历程进行分析和探讨，力图从蒋离子的作品风格与内涵的精进过程中找寻其言情小说内核的嬗变轨迹与底色的沉淀基调。

一、初出茅庐：身体写作语境观照下的创作探索

和很多作家一样，蒋离子的写作并非从一开始就达到轻车熟路的境地，不过在年纪较小的时候，她就展露出了写作的天赋与兴趣。出身于知识分子家庭的她很早就开始广泛阅读家中藏书，在小学阶段便已经读完四大名著和金庸全集，语文成绩在学校名列前茅，作文更是时常被当作范文在班内展览传阅。大学时代，她开始尝试用自己的语言和思路去建构自己心中的理想小说框架，19岁时便出版了自己的第一部长篇小说《俯仰之间》，在文坛崭露头角，一跃成为"新锐少女作家"。自此，她正式开启了网络文学的创作生涯。

蒋离子称，《俯仰之间》一书最贴近她的个人性格。作为蒋离子的处女作，《俯仰之间》难免有不够完满的处理和不够成熟的内核支撑，其文字没有经历后期的锤炼和打磨，而彼时作为刚刚成年的懵懂女性，也没有足够的人生阅历和社会经验去构架男女情爱间的复杂和隐秘，但也许正是由于这个缘故，其作品才更加真实直白，近乎裸露地贴近她的性格底色。

《俯仰之间》讲述了一对青春年少的男女之间阴差阳错、匪夷所思的错位苦情爱恋。女主人公柳斋出身高贵，家庭背景显赫，叛逆又自我的她在家里与母亲作对，在学校里也是为所欲为、不受管束。这样有个性的她却偏偏

喜欢上了贫贱低微的男孩郑小卒。郑小卒的母亲依靠擦鞋的工作挣着微薄的薪水，其父亲是修理自行车的残疾人士，本有希望进入大学的郑小卒更是因为家里的积蓄被骗走而陷入窘迫的境地。对爱情异常执着的柳斋视出身为二人之间的情感阻碍，面对郑小卒简陋嘈杂的居住地，她非但没有退却之心，反而以离经叛道的出格方式来平衡二人之间的距离——以郑小卒的行为为标杆，郑小卒举止像小混混，她也逼迫自己变成小太妹；郑小卒受到威胁，她也愿意承担一份风险；甚至最后，她以肉体为筹码，试图换取自己理想中的爱情。然而，这类有些极端的举止并未使得郑小卒因此真正走入她的世界，迫于世俗的压力，他对柳斋虽然也有爱惜之心，但始终保持着一定距离。最终，一无所有的柳斋走向了自我毁灭的悲剧结局。

这部以青春爱恋为主旨的长篇小说夹杂了许多看似有个性，实则叛逆极端、幼稚冲动的举止。柳斋为了追寻理想中的爱情勇气可嘉，但为此一步步放弃自己的生活方式、尊严乃至生命，实在不可取。蒋离子在受访时发言："在《俯仰之间》里，我一直在强调一种爱情的对等。她，富有，高贵，为了他的爱香消玉殒；他，贫穷，卑微，为了她的爱漂流无依。"她认为，在这样的爱情里，"女孩子获得了一种美丽的成熟"。不过，为爱情放弃自我的举止真的可以使人获得"美丽的成熟"吗？在书中，柳斋与不同的男性发生肉体关系，在盲目的性经历中堕落和迷失。将肉体与尊严献祭于爱情幻想的柳斋，最终获得的是为爱荒唐的过往和香消玉殒的结局。

身体写作产生于二十世纪九十年代，这种写作试图从身体出发来表达女性对世界的感受，试图颠覆男权文化下扭曲的女性位置。[1]同为"80后"的言情小说女作家春树在这方面也有所探索。其作品《北京娃娃》作为一部自传体小说，向读者呈现了一名十七岁少女另类而残酷的青春成长史，其敏感细腻而又早熟的笔触真实展现了主人公在理想、情感、欲望中的纠葛和挣

---

①杨曙.女性主义身体叙事在华语影像中的表达嬗变——从传统伦理背叛到民族大义冲突 [J].吉林师范大学学报（人文社会科学版），2011（4）：67.

扎。①在书中，人物对待性的态度是以"自由""开放""真实"为导向的，然而这种看似标新立异的前卫观念实则是模糊的性别意识下盲目的反叛与抵抗。②类似地，《俯仰之间》的主人公的举止实际上忽略了身体所承载的性别意义。柳斋将身体作为换取爱情的筹码，这一意象在作品中被放到了全然的客体地位，显得轻飘而虚浮。本应包含性别主体性意义的身体在这样的书写历程中逐渐走向瓦解。

"身体是来源的处所，历史事件纷纷展示在身体上，它们的冲突和对抗都铭写在身体上，可以在身体上面发现过去事件的烙印。"③如果说身体写作倡导的初衷是女性以身体作为表意工具对抗男权话语中心的社会，那么《俯仰之间》中柳斋则以身体为筹码维系着一段畸形残酷的关系。这样的现象其实是作者尚未成熟的性观念与逐渐开放的社会风气共同造就的。另外，蒋离子在创作这一作品时身患疾病，也因此影响了自己的文风和作品思想走向，她承认自己在创作时有情感宣泄的因素存在。过于感性的心境像是一匹脱缰的马，载负着作者漫无目的地向荒野周边一路奔跑。

作为一名言情小说女作家，蒋离子作品背后的情感观念值得探讨。她曾非常坦然地谈及"女权"一词："我是个伪女权主义者。就是说，我崇尚女权，而我没有女权。要女权，很难。不如做个温柔的女子，内心保持着清醒，好好地在这个以男人为主的社会里残存下来。"蒋离子清晰地认识到女性个体在庞大的男权话语体系下的渺小，最终选择了一条折中的道路。这种选择自有其合理之处，但在蒋离子的初期创作中，带有悲剧色彩的女主人公最终在沉沦中消解了主体的性别立场。

————————

①刘琳.身体：在反抗与消解之间——论新世纪网络女性写作中的身体书写 [J].文艺争鸣，2015 (8)：161.

②乔以钢，李振.当身体不再成为"武器"："80后"部分女作家身体书写初探 [J].天津师范大学学报 (社会科学版)，2008 (1)：51.

③杨曙.女性主义身体叙事在华语影像中的表达嬗变——从传统伦理背叛到民族大义冲突 [J].吉林师范大学学报 (人文社会科学版)，2011 (4)：66.

二、渐趋成熟：题材转向与爽感机制的重新打造

（一）题材转变：向现实主义题材的勇猛开拓

在《俯仰之间》一书的后记中，蒋离子曾表明，这部对残酷青春的刻意书写撕裂到近乎变态的地步，难以经受住现实主义标准的考验。如果说《俯仰之间》在情节的圆融度、人物形象的连贯性上难以自圆其说的话，那么这一系列问题在她后续的作品中得到了很好的纠正和完善。2008年，23岁的她以"芷辛"为笔名正式涉猎婚恋题材小说，并创造出国内第一部反映"80后"婚恋状态的小说《婚迷不醒》，当时年纪尚幼的蒋离子对婚姻的具象依然感到朦胧模糊，只能凭借婚姻这个晶体的一个侧面讲述身为"80后"的自己对婚姻的理解和感受。但彼时的她思想成熟度已远超《俯仰之间》创作的时期。在后来的写作道路上，蒋离子继续在婚恋题材上深耕着，陆续出版了几部以婚恋为题材的小说，如《糖婚》《老妈有喜》等。

《糖婚》立足于现实主义题材，其创作起点最初来源于一份离婚率调查报告。彼时，"80后"是离婚大队中的主力军。这个有关离婚率的信息来源使得蒋离子在乏味无趣的数据调查中看到了"时代背景下婚姻关系和男女情感面临的新的挑战"，即伴侣之间如何在琐碎的日常生活中实现自我成长和共同成长。①基于此，她开始涉猎婚恋题材。就业、职场、催婚、婚恋、婚外情、养老、子女教育、二胎等社会性问题

---

①孙桂荣.论"80后"文学的写作姿态［J］.文学评论，2009（4）：113.

皆涵盖于她的作品文本中。①蒋离子试图以微观的个体视角去反映一个又一个时代背景下特定的宏大母题,她以细腻的情感和独特的观察视角对接真情实感,进行了诸多女性视角下的现实题材文学创作。②

《糖婚》讲述了一个发生在三线城市"冇城"的故事,以外界看上去幸福美满、被圈内朋友视为婚姻楷模的周宁静、方致远的六年夫妻情感生活为主线,围绕着他们各自的同学、好友的情感历程而展开情节的构建。《糖婚》并未遵循传统中心话语中大团圆的幸福结局的话语秩序,而是颠覆了粉红泡泡的童话式爱情构想,直接进入到真实而琐碎的情感生活中。③

在社会的疾速发展下,作为个体的人出现了被异化的倾向和趋势。仿佛每个人都抽离了其作为人的生命意义,在各种指标和权衡下呈现为资源的综合体。在人人拼命给自己加码、试图对个体资源进行整合和利用的时代,大家似乎都变成了棋子、纸牌,抑或螺丝钉,纯粹而恒久的情感也在这样的稀释中变得薄弱寡淡。在这样的情境下去探讨、追寻、发掘爱情,显然更贴近现实主义的实质,即勇于面对惨淡甚至丑陋的真相,拒绝语言的粉饰和美化。在一个又一个典型的情节构建中,身为言情作家的蒋离子也并未逃避探究亲密关系这一课题的重任。亲密关系是适龄女性应积极面对的课题,是自我观照、觉察内心的良好机会,亦是修炼自我、对自我的缺口进行弥合和疗愈,从而促使自我人格趋于完善的合理途径。她以更加成熟的内核支撑起了一整个故事的思想体系,以更接地气的方式实现了现实主义题材与网络小说间的"中间性"审美。④对比《俯仰之间》相对稚嫩的探索和感性的宣泄,可谓实现了一次华丽的转身。

①刘启民."现实向"网络文学的可能与限度——读蒋离子《糖婚》[N].文艺报,2020-01-20 (6).

②杨庆祥.网络文学的多次元——蒋离子《糖婚》讨论 [J].西湖,2019 (6):94-107.

③周志雄,王婉波.网络文学的主流化倾向 [J].江海学刊,2020 (3):216.

④王文静.网络小说"中间性"审美的体验和意义——以《糖婚》为例 [J].新阅读,2019 (8):68.

（二）贴近真实生活的独特爽感机制

爽感可谓是促使读者持续阅读的根本动力来源，是读者在阅读过程中正反馈机制的关键引擎。一般而言，读者的爽感来源可以归为两类：一类是波折上升的直线型，即主人公在最低点处不断地努力与斗争中，实现了层层递进式的逐步升级，中途虽然遇到许多瓶颈，但最终都会在前进道路上迎刃而解；而另一类则是先抑后扬的起落型，通常主人公在故事开始不久后便会遭受打击，经历了一段蓄力岁月后，回归到先前的位置甚至更高一级的层次，这种叙事机制的爽感来源便在于张力结构带给读者的强烈冲击力。①

主人公在打怪升级的路途中往往会由冲突陷入戏剧性的情境，而正如杰里·克里弗所言，冲突是我们用来强迫人物采取行动的元素，人物因此必须使尽浑身解数来展现自身。在《糖婚》中，我们可以看到平凡而又真实的各种冲突：婚姻与婚外情的冲突、家庭与职场的冲突、理想与现实的冲突等等。作为与玄幻、武打、修真等题材毫无关联的《糖婚》，于现实主义题材中建立独特的爽感机制并非易事，然而蒋离子却在创作中同时包括了两种主要类型的爽感机制（图1），可谓精彩绝伦。

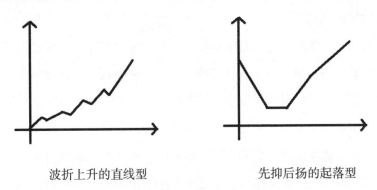

波折上升的直线型　　　　　　　　先抑后扬的起落型

图1　两种不同类型的爽感机制

波折上升的直线型爽感机制的代表人物海莉在故事开篇就和丈夫老巴离

---

①詹秀敏，杜小烨.试论网络言情小说的美学特征［J］.暨南学报（哲学社会科学版），2010，32
（4）：74-79.

了婚，因相亲结识的二人婚后才发觉彼此的观念迥然相异。最初头脑简单又满心惶惑的海莉无疑处于低谷状态，然而一开始迷惘无措的她在后期也逐渐生发出独身一人面对前路的勇气，在一次次的淬炼中依靠强大的精神内核支撑起了自我的构造，她重新对自我和婚姻有了认知，真正明晰了自己的需求，并充满力量地拒绝需求以外的事物，这亦是她终于从瞻前顾后的拧巴心态转向高度自洽的表征。在逐渐清醒的波折上升过程中，海莉所面临的许多挑战虽然并未透露出明晃晃的红色预警，但也有在平淡中侵蚀人的温水煮青蛙式的瓶颈。海莉从害怕离婚到适应离异状态，再到重新审视婚姻的全过程可谓是现代女性的精神标杆，也令读者为她感到欣然和畅快。

先抑后扬的起落型爽感机制则体现在女主人公周宁静身上。看似处于模范感情中的她实则内心有较强的不安全感，这种安全感的缺失推动着她对婚姻的控制欲逐步增强，也使得她急切地想要靠理性来掌控人生走向，然而这也恰恰反映了她脆弱松散的内心状况。最终，生活还是事与愿违地走向了她恐惧的一面：婚姻破裂、职场失业、金融诈骗、买房危机……周宁静的生活也终于不再宁静。在人生低谷，她没有主角光环，亦没有"金手指"，靠着独自一人的坚毅默默消化情绪，事情也在慢慢走向转机。其实，周宁静的成长类型并不能归于典型的起落型爽感机制种类中去，她在一系列打击后并未有彻底的绝地反击，而是逐步前进的曲线。只是笔者认为，在现实主义题材的小说中，真实的苦痛其实更能引发读者共鸣，甚至因其真实，比虚构玄幻场景下的苦难更打动人心。而敢于直面惨淡人生、以崭新姿态攻坚克难的周宁静已经具备了优雅的上升姿态。落于低谷的逆转期往往蕴藏着逆风翻盘的机会，唯独从低谷中触底反弹的人才能够体会到扭转局势的畅快淋漓之感。

爽感机制的背后其实蕴藏的是戏剧情境带来的张力和冲击，特殊事件的诱发使单一平衡的人物关系变得复杂失衡，产生促使人物采取行动的"力"试图改变这种关系，从而构成了一个能触发行动方向的戏剧情境。行动带来的动势加上行动后面临的新境遇，再次通过人物关系作用于人物，人物再次行动。如此往复直到高潮释放所有"力"，重新回到平衡关系（图2）。

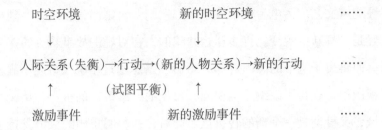

時空環境　　　　　　　　　新的時空環境　　　　　……

↓　　　　　　　　　　　↓

人際關系(失衡)→行動→(新的人物關系)→新的行動　　　……

↑　　　　　(試圖平衡)　　　↑

激勵事件　　　　　　　　　新的激勵事件　　　　　……

图2　情境生成剧情模型

将周宁静的戏剧情境代入，便得到相应的爽感来源（图3）：

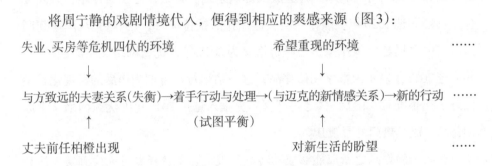

失业、买房等危机四伏的环境　　　　希望重现的环境　　　　……

↓　　　　　　　　　　↓

与方致远的夫妻关系(失衡)→着手行动与处理→(与迈克的新情感关系)→新的行动　……

↑　　　　　(试图平衡)　　　↑

丈夫前任柏橙出现　　　　　　对新生活的盼望　　　　……

图3　周宁静叙事情境生成剧情模型

波折上升的直线型爽感机制与先抑后扬的起落型爽感机制各有其特色，前者像是长跑，考验主人公的韧性和耐受力，需要沉着的心性；后者则像百米冲刺，考验主人公在触底反弹时的爆发力，需要顽强的意志。两种不同的人物行动线条，也会给读者带来不同的阅读期待和审美体验。

三、臻于完善：从小说到影视的跨媒介转型升级

随着蒋离子对自我创作的一次次突破，她的网络言情小说受众群体逐渐变得广泛和庞大。从最开始的青春感伤文学到后来的婚恋题材小说，这其中的转变似乎也印证着她的成长轨迹和心路历程。在不断地学习和摸索中，她的作品开始向多种领域的传播媒介进军。

在那个网络媒体还不算太普及的年代，蒋离子的代表作《走开，我有情

流感》被北京文艺广播电台改编成系列广播剧。对她而言，从文字到声音的跨度无疑是一种新的蜕变，许多遥相共鸣的人在对她的故事轨迹的探寻中或喜或悲。而蒋离子笔下的国内首部"80后"婚恋题材小说《婚迷不醒》也已出售影视版权，获得了改编为电视剧《再见吧，康桥》的机会。从文字到影视的跨域，又可谓是一个新的转折点。此后，在翻阅集团的大力支持下，蒋离子的作品《糖婚》已进入了影视化的筹备阶段。蒋离子对自己的小说进行了改编和续写，将《糖婚》打磨成三部曲系列。其续作之一《糖婚：人间慢步》已经入选2020年中国作家协会重点作品扶持项目，《糖婚》被国家新闻出版广电总局与中国作家协会联合推介为2017年度优秀网络文学原创作品，并入选2017年度十大数字阅读作品，这一系列行动可谓为作品的影视化转型做好了充足准备。随后，《老妈有喜》更是入选了2018年度优秀网络文学原创作品，成了热门的影视IP。

蒋离子的作品之所以能够成功转型突破，除了选择贴近人民真实生活和真情实感的现实主义题材外，还有赖于她独特的类型化人物角色构建和近乎零度叙事的写作风格。

以《糖婚》为例，此书便具备了特点鲜明的群像式人物构建的面貌，可谓是一部群像小说，以宽广的视角对"80后"不同群体的婚恋状况进行了全景式展示：在快节奏社会戴着游戏人生面具而逃避情感，却始终忘不了前妻的陆泽西；相亲结婚后发现彼此三观天差地别，最终陷入情感纠葛的海莉和老巴；在婚姻中被安排得面面俱到，对妻子的生活管制乃至精神控制都照单全收的方致远；急切地想在生存竞争中占据先机，却最终陷入人生低谷的周宁静……人物群像化的立体展示为读者带来了翔实丰富的故事内容，现实主义题材的内在现实性应以真实客观的展现为基调，也因此更能够引发读者乃至观众的共鸣。这些都使得作品在影视化转型中具备了天然优势，在作品出版、IP全版权衍生开发等方面也得到了大力支持。

而这样鲜明的人物不仅具有角色的独特个体性，更具有群体的表征性。每一个类型化人物的背后其实都代表了一类群体的面貌和状况。如《老妈有喜》借助了两位女主人公，即母亲许梦安和女儿李云阶来对原生家庭、大龄产妇、男女平权、二胎问题等一系列社会母题进行体察和观照。作为全职太太的许梦安，她不仅反映了自己在一系列矛盾和冲突中的难题，也映照出这一群体的前进历程。"这样一位中产全职太太，她不再是'黄脸婆'的形象，她会研究保养、养生，她每天会抽出时间运动，研究各种育儿知识，甚至去上烹饪班，去学习插花和茶道。这

是一个鲜活的，我们这个时代的，热爱生活、尊重自我意识的女性。"蒋离子如是说道。

此外，蒋离子作品的成功影视化也与其创作的零度叙事风格相关。零度叙事即尽量不让作者观点参与其中。如具备群像小说特点的《糖婚》虽反映了不同群体的婚恋状况，但在不同婚恋群体之间并未构成复调对话关系，彼此的联系显得有些松散和疏离。这反倒给读者提供了一种公民视角，每一个读者都能够在书中找到自己的影子投射，也都能有不同的个性化解读和思考。毕竟，从影视改编的视角来看，人物的心理状态很难用镜头快速呈现。而在蒋离子的小说中，有很多场次已经近乎分镜头剧本，叙述场景切换也比较快，情节紧凑，节奏快，具备强烈镜头感。蒋离子的言情小说创作在自觉不自觉的过程中对影视故事的叙述风格进行了模仿，将内心语言的"阅读"转化为"看"或"零度写作"，作者在某种程度上已经退出了小说中的故事世界，让人物自己在性格支配下自主行动。

当然，在向影视化迈进的过程中，蒋离子的创作难免有一些纰漏。如作品中人物关系脉络复杂，过多的人物线索交叉，显得有些混乱烦琐，且人物的类型化倾向较重。虽然有时过度类型化的角色容易导致人物形象片面单薄等一系列弊端，但在影视的改造中，这样的角色设置适于编剧对人物进行同

类项的合并，从文字到影视的转换过程也相对容易，非常适合改编和传播。此外，人物内部逻辑不真实，前后不统一也是蒋离子作品的问题之一，如《糖婚》中一向冷静理性的周宁静被同学付丽丽金融诈骗，这一情节设计似乎与角色的人设并不契合。对此，笔者认为可以对剧情进行适当改编，集中体现人物的变化过程，在最后的人物反转过程中达到"既在意料之外，又在情理之中"的冲击效果。毕竟，在影视剧中，人物的反转是十分必要的，人物出场和最后的反差形成张力也可以增强人物个性。最后，小说情节的铺排过于密集也是问题之一。在对小说的影视化改编中，可以适当删减一些章节，避免呈现得过于清晰、阐释得过于丰满，否则容易出现情节拖沓、人设不集中、主题流于表面等弊端，留给观众一些独立思考空间也能够使得作品意蕴更加回味无穷。

媒介对文本的塑造和制约具有很大的影响力。不同媒介传播途径导致文学阅读、文学行为、文学生产各不相同。媒介的不同意味着预设读者、听众、观众的不同，它最终会深刻影响作品的形态。利用好题材的现实主义转向，挖掘其中的社会话题，紧跟社会热点，对问题进行集中化、话题化处理，才有可能成功打造出人民喜闻乐见的影视产品。

作者单位：上海大学文学院

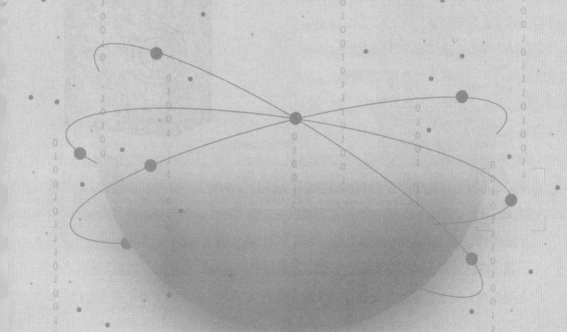

高峰论坛

蒋胜男小说《天圣令》研讨会纪要

主题：《天圣令》研讨会

时间：2021年7月31日18:30—21:30

地点：腾讯会议（线上）

主办单位：浙江省网络作家协会

     温州大学人文学院

     浙江文艺出版社

主　持

陈崎嵘（中国作家协会原副主席、中国作家协会网络文学委员会主任）

嘉　宾

梁鸿鹰（《文艺报》总编辑）

陈定家（中国社会科学院文学所研究员）

肖惊鸿（中国作家协会网络文学研究院副院长、研究员）

孙良好（温州大学人文学院院长）

马　季（一级作家，中国作家协会网络文学委员会委员）

许苗苗（首都师范大学教授）

桫　椤（中国作家协会网络文学委员会委员）

乌兰其木格（温州大学人文学院副教授）

蒋胜男（温州大学人文学院研究员、作家）

柳明晔（浙江文艺出版社副总编）

梁鸿鹰：

蒋胜男的创作是有很强的超越性的，超越了通俗性、大众性，这是她这些年来持续创作所成就的。大家普遍把蒋胜男的小说《天圣令》归到网络文学里，这固然没有错，大家也都是从网络文学角度来谈这部作品的。因为蒋胜男的创作是从网络文学开始的，而且已经成为中国当代网络文学中的代表性人物，但从她目前的创作状况、水平和品质来看，我认为，已经越来越向纯文学这边走了。实际上，网络文学在她只是一个壳或者只是起步阶段的标志，我认为她最终还是要牢牢地扎在纯文学这个领地上，她的作品《芈月传》《燕云台》《天圣令》让我们从中看到好多属于纯文学的可贵的品格。

对《天圣令》这部作品，可以从多个维度来认识。首先是《天圣令》为我们提供了非常好的认识历史的文学文本。历史是最好的教科书，观史可以知兴替，也可以提供可贵的清醒剂。历史被书写后，对后人有一种启迪的作用，有助于我们看清世界，参透生活，认识自我。历史可以由史学家去书写，但这还远远不够，在我们的精神文化需求中，历史题材的文学作品是必不可少的，人们总是希望有一代一代的文学家和作家来书写既往的历史。之所以有这种需求，是因为人们不只是想从教科书里了解历史，更需要从文学化的文本中去了解历史。让这个历史鲜活起来，让这个历史充满了人在其中运动的温度，进而充满思想、情感的韵律，一代代的文学大家们努力做得更好。人从本性上讲是愿意听故事的，只要故事讲得富于文学性、有情感的加入，有文学化叙事方式的支撑，能听到人物的心跳，能揭示出人的情感世界，就能更好地满足人的情感需要。

文学家的任务不同于史学家，他们的任务是用文学的方式给一代代的人讲好故事，让历史成为可以欣赏、可以亲近、可以触摸的存在，让历史真正能够走到人的心里面。从蒋胜男的《天圣令》这个文本来看，实现了我们对历史小说的期待。作者大事不虚，小事不拘，在尊重历史方面，既尊重大历史发展脉络，尊重历史事实，又能够揭示出那个朝代之下历史发展、权力运作的某些规律，揭示了封建王朝的本质、走向，揭示了王朝统治者和人民的关系，能够给后人以警醒。

作者在书写历史的过程中，把历史的进程发展，皇帝与大臣的关系，皇帝对朝政的把控，以一种尽量客观的态度书写出来，通过一个个文学场景自然而然地推进，去展现宋朝历史的脉络，从而满足人们对于这段历史的好奇，没有加更多的主观评价。这种写法，遵循了现实主义原则，符合历史题材创作的现实主义规律，使后世在了解这一段历史的时候，除了看教科书，还能看蒋胜男的《天圣令》。她完成了为当下和未来书写历史的任务，而且完成得极富文学性，对历史细节的把握、考证、推敲，做了相当大的努力，对我们透过这面镜子去认识历史起到了非常好的作用。

《天圣令》这部作品的可贵之处还在于与历史进行了生动对话。从处于历史场景中的那些历史人物身上，我们能看到那个时代的人们怎么看待社会发展，怎么看待封建朝政的运作。宋朝是我们历史中一个非常丰富、非常有解读价值的朝代，从陈桥兵变一直到澶渊之盟，后来再到南宋，发生了许多具有肇始意义的事件，而且文化的异常繁盛很有特点，也很需要有效的文学书写。

刘娥在宋朝的前期出现有着很强的典型意义，这样一个起于尘埃、背负着多种因素的人物，值得挖掘之处有很多。《天圣令》这部作品真正完成了对人的书写与刻画。作品不是单纯以写历史、写皇帝为主，而是以写人为主，全书最核心的着力点是写刘娥这个人。作者蒋胜男站在当今的立场上，认真研究宋朝历史，将写史与写人非常好地结合起来，在书写一系列大女主故事积累了经验之后，通过对刘娥这样一个掌握了权力的女性的书写，凸显了刘娥的智慧与毅力，读来让人刮目相看。这部作品写出了刘娥这个人物不平凡的人生轨迹，从孙大娘那儿一步一步地走过来，在社会关系当中慢慢成长，最后走向辉煌人生。她治理朝政游刃有余，尤其是到了权力的中心之后，她对形势的判断，对自己命运的认识，对那些美好人性的守护，都是栩栩如生的。作者对刘娥的人生轨迹、性格成因的刻画有相当的说服力，从侧面表明女性发挥的作用越来越大。这有历史上的根源，任何社会的发展都不能遮蔽她们，杰出女性在历史发展过程中，作为一个活生生的人，既有历史的，也有现实的认识价值。这些都展现出了历史题材文学独特的阅读经验。

蒋胜男的书写之所以在当代文学上占据一个重要的位置，一方面是因为她及时跟进了网络文学兴起的浪潮。在网络文学的书写中，她的文学功力使其成为造就文学性更强文本的人，从《芈月传》《燕云台》，再到《天圣令》，蒋胜男的文学性、思想性和探索性都取得了有目共睹的成就。从世界范围来讲，女性的崛起已经成为一个不争的事实，在各行各业，大家都可以很清晰地看到过去被压抑、被遮蔽、被社会忽视的女性，目前在社会生活中已经占有非常重要的地位，蒋胜男的文学书写暗合了当代社会女性崛起这样一个非常重要的趋势。

人们总是倾向于把一个人的创作定型化，这个人假如是少数民族，人们就把她放在少数民族文学里面；这个人如果是从网络文学开始的，就放到网络文学中去认识，认为是类型文学，是通俗文学，是大众文学。据我对蒋胜男这部作品的认识，我认为蒋胜男已经走出了早期的大众文学、类型文学创作的路径，在纯文学道路上迈出了坚实的步伐，希望今后她更上层楼，写出更多更富纯文学品质，能够反映更为广阔的社会历史生活的大作。

我先说这些，不当之处请大家多多指正。谢谢大家！

陈定家：

我这些天通读了《天圣令》，还找了相关资料，发现根据刘娥的经历改编的电视剧非常多，部分还会有些争议。

蒋胜男是网络文学的一面旗帜，而且是写女性大历史的领军人物，那么，我就从"大女主"开始说。从大的文学史的发展角度来看，历史上有很

多杰出的女性就是所谓的"大女主"，比如西班牙女王伊莎贝拉，还有英国的维多利亚女王、中国的武则天等，很多国家历史上都出现了对历史有重大影响的"大女主"。这些故事，在各个国家，在人类历史上，为文艺作品甚至为社会生活增添了无限的生机与活力。《天圣令》中的章献皇后刘娥，就是大女主中特别有代表性的一个。

我觉得《天圣令》是一部很震撼人心的历史小说，蒋胜男通过以刘娥为主的一系列历史人物，对北宋早期生活面貌和历史发展趋势做了一个纵深的成系统的描写。她根据刘娥的生平事迹和相关民间传说，在广泛深刻地吸收了历史文献的基础上，通过丰富的艺术想象，借助合理的真实和艺术虚构进行概括，将北宋的太宗、真宗、仁宗三朝那些生动感人的故事，清晰地描绘成一幅历史画卷。小说中蕴含的丰富历史知识令人惊叹，故事情节的精妙让人欲罢不能。我觉得这样的历史小说能让读者在轻松愉快的阅读过程中，不知不觉地获得认知和审美的双重体悟。

鲁迅的《故事新编》里有一个说法，按照虚构的程度，把历史小说分为两种：一种就是所谓的博考文献，言之有据，属于严格意义上纪实性的历史小说；还有一种是《故事新编》那样的，只起一点因由，随意地点染，这个是以虚构为主的历史小说。

按这个分法，我觉得蒋胜男的几部影响非常大的小说，大体上都属于鲁迅说的严格意义上的纪实性的历史小说，她增添的想象也有理有据。

就《天圣令》来讲，它分成四个部分，我个人觉得前面两个部分虚构多一些，到后面因为历史文献多了起来，加上刘娥也登上了所谓的权力巅峰，这也是这个作品里面最难的部分。举个最简单的例子，这里面官位的称呼，各种各样的历史细节，要少出硬伤或者不出硬伤是非常困难的。

我大体总结了三点：第一点是生活真实与艺术真实问题，第二点是审美标准和历史标准问题，第三点是网络文学的市场化和经典化问题。

第一点，其实是文学理论和批评里常见的问题，因为我们写的是小说，不是历史事件，该怎么把一些虚构的东西写得符合生活逻辑，符合历史发展的大趋势？举个简单例子，刘娥经历中有关爱情的部分，显然文献没有记录太多细节。但我们常说"未必是有其事，必然是有其情"，虽然不一定有这个事，但情理上是能说通的，这也是蒋胜男写得特别动人的地方。我记得有一位评论家说蒋胜男特别懂历史，也更懂女人，其实我觉得她更懂爱情。在这部小说里面，这是一个让小说增光的部分。

我还专门查对了一下，蔡东藩的《宋史演义》里写到刘太后的生平，觉得是有功有过的，甚至过大于功。但是对于一个历史人物的评价，肯定会随着时代的变化而改变，那么改变后的观点是不是符合真实情况呢？这个我觉得也值得讨论。

蔡东藩就吹自己的作品"事实既真，褒贬悉当，较之读史，功过半矣"，我觉得用这个话来评价《天圣令》也是比较恰当的。我觉得蒋胜男的历史小说之所以独树一帜，之所以受到这么多追捧，是因为她下了很大的功夫，可能比很多历史学的教授都多，也跟她深厚的文史修养是分不开的。要重视史实，而且也把虚构艺术性方面的东西较好地展现出来，这是非常不容易的。

我记得第一次接触《芈月传》的时候，大家给蒋胜男的一个标记是女性大历史小说第一人。后来又有《燕云台》，我觉得《芈月传》上面的一些评价，对《燕云台》也是适用的。这就是一个作家写出了自己的风格，发挥了自己的优势，这几部作品可以形成一个系列。《天圣令》虽然不太有《燕云台》《芈月传》里面的群雄并起、争霸天下的战争场面，但是对政治改革，对经济、文化写得更多。这些东西写成小说往往会比较平淡，但《天圣令》之中，蒋胜男把烛影斧声、澶渊之盟、花蕊夫人之死这些有意思的故事都很巧妙地融进去了。

我之前看到蒋胜男提了一个提案，说对借腹生子怎么限定。我就在想，她想到这个问题，会不会跟《天圣令》里面刘太后借腹生子有关系呢？无论如何，我想她正是因为生活中就对这些事多用了心，才会在作品中也有了自己的思考。

第二点是这个小说影视改编的问题。我刚才也提到了，历史戏里面常有"狸猫换太子"等桥段，刘太后在历史故事和影视剧里面的形象都不是太正面。但是这几年我们对刘太后的故事也有了新的视角，现在的《大宋宫词》，还有《大宋奇案》《清平乐》里面，她的形象就有些变化了。我觉得这从审美标准和历史标准来分析都是很有意思的一个点。

第三点，网络文学的市场化和经典化。我觉得蒋胜男让我最为敬佩的是，她确实把作品的艺术性、经典化放在很重要的位置上。当然，不是说她对市场和读者不重视，而是她对作品文学性的追求，对树立经典化的意识，跟很多纯粹冲着市场去的小白文是不一样的。

我记得2018年的时候召开了一个网络文学大会，蒋胜男就提到优秀的作品是经得起历史的考验的，也就是得经得起岁月的检验。

所以我觉得我们最终评价蒋胜男作品的时候，可能是要靠文学史，靠以后的历史。当然，我们现在的看法也具有一定的意义，相当于是在建构经典。我觉得这也体现了现在网络文学创作和传统文学创作的一种渐渐合流的趋势。从某种意义上讲，我内心里面是把蒋胜男当作一个纯粹作家来看的，因为她的每一部作品放在优秀传统作家的序列里面也是毫不逊色。

光就《天圣令》来讲，最后的完稿日期，2015年、2016年、2020年修改了这么多稿，可见它是非常严谨和优秀的。

肖惊鸿：

我把这本《天圣令》看完了之后，特别激动。首先祝贺胜男，因为我觉得比起之前的《芈月传》《燕云台》，写到这本《天圣令》，我想已经进入了一个不一样的境界。《天圣令》的艺术表现手法和以前都有所不同，她变得更为深沉，更为理性，就是把情感隐于心中，不直接展露，也就更有韵味。

人物的塑造方面，首先我们当然要说刘后这位执掌朝纲的女性形象。小说首先是表现了她的政治智慧，所有历史中的大事，像她嫁给宋真宗、辅佐仁宗、夺权等等这些，虽然引发了朝野的争议，但是她坚持做回自己。像她进行币制改革，这显然是推动社会前行的一次历史进步，这在人类历史上也是No.1的。除了发行货币之外，像兴修水利、兴办中学等等，这些全部都体现出了作为朝廷第一人的铁腕和智勇。在这条行进的主线

肖惊鸿

当中，个人的命运和历史的命运紧紧地结合在一起。所以我觉得《天圣令》在历史的真实中发掘了刘娥更为人性传奇的一面，特别是最后表现她虽然喜欢身着皇服，但是并没有像武后那样称帝。我在想，这是写出了女主迷醉于情，遵从于礼的心路历程。

除此之外，书中还有表现刘娥情谊无价的一条线。像刘娥和杨氏的关系、认龚美为义兄等，都表现出了她的爱情、亲情和友情，让人物更为立体。她虽然推动历史前进，但是又没有唯我独尊。在推动历史前行的当朝人物中，在女权立场和女权意识中，蒋胜男并没有把刘娥当成女人来写，而是首先把她当成一个人，一个推动历史、负重前行的人。

在人物塑造的背后，我想说两句对于当代的意义。《天圣令》的女主刘娥对仁宗盛世的意义是历史已经决定了的，无须过多言说。她奠定了牢稳的根基，她推动提领朝纲的法典，这是促进社会繁荣兴盛的法制法理的根基。我想她当年做的这一切努力，其实就是她把自己置身于整个社会的所有人当中，从蜀地的一个孤女，到执掌朝纲的大女主，其实整个故事体现出来的就是"人民就是江山"的这样一种历史境界。

最后我要说一点，胜男的创作，现在是三部曲了，我内心还是特别希望胜男会继续写下去。胜男的创作始于网络，不止于网络，她的小说已经走出

了自己的路子，她已经实现了品牌化。胜男最大的优势就在于她实现了深挖，沿着这样一条路线做下去，把自己的学者身份和作家身份完美地结合到了一起。作品从史实上说是审慎，从文学的意义上说又是这样的灵动，她的这种充满个性化的经典化，给中国当代文学的格局增添了一抹特别生动的亮色。再次祝贺胜男。

孙良好：

网络小说我没有诸位看得多，但这种题材背后的一些东西，我其实还是很熟悉的。《杨家将》也好，《三侠五义》也好，这些都是我们共同读过的小说。我想到鲁迅的一首诗，里面有这么一句："心事浩茫连广宇，于无声处听惊雷。"我想用"于无声处听惊雷"作为标题，来谈一下我对这部作品于蒋胜男，以及于历史小说的意义所在的理解。

我想从三个层面来讲：

第一个层面，胜男在序言当中谈到她写刘娥的时候，确实想到历史中另外几个重要女性，包括汉朝的吕后、唐代的武后之类。假如把刘后跟吕后、武后相比，我觉得她基本上可以说是处在一个无声状态中。我们看史书、文学作品，关于吕后的形象塑造不少，关于武则天的就更不用说了。虽然从史书的评价来看，刘后的评价可能并不比吕后和武后低，而且可能还要更好一点，但是在文学塑造当中，这个形象其实始终有点被忽略。大家特别熟悉的一个刘后形象，胜男在序言中也提到了，是跟《狸猫换太子》有关的。但是《狸猫换太子》中的刘后形象是模糊不清的，是没有站立起来的，而且这个刘后形象有点被妖魔化了。《天圣令》就不一样，它使刘娥这个形象变得立体、丰满起来。从时间层面来看，刘娥是从一个逃难的孤女到一个垂帘听政的太后；从空间层面来看，她从民间走向了宫廷。

再看这样一个形象的塑造对当时的历史，对那个时代的意义跟价值，以及对现在的意义。我所说的"立体"就含三个意思，一个是从孤女到太后，一个是从民间到宫廷，一个是从当时到当下，这样的一个形象就呈现在我们面前，就活了。通过这样的一部小说，一个在历史"无声处"的人"惊雷"般地出现了。

第二个层面，《天圣令》作为一部法典的重要意义和价值，近些年其实已经慢慢地被学术界关注到了，社科院的学者，还有其他的历史学者都开始关注《天圣令》，但这是学术层面的关注，关注它作为一部法典存在的意义和价值非同寻常。而一般民众知道《天圣令》的并不多，也处于"无声"状态。因为学术方面的研究，相关文献整理出来了，相关的研究也跟进了，但是它的传播是在极小范围内进行的，所以在这个意义上，我觉得书名从《凤霸九天》改成今天的《天圣令》是非常好的。

如果用《凤霸九天》作为书名，它凸显的就是女主角的霸气，但《天圣令》就会让人好奇"天圣令"到底是什么东西，而且"天圣令"背后其实就是人物和时代之间的相互作用，也会让人有意识地去挖掘它背后的历史底蕴，所以我觉得这种改动是比较有价值的。我相信随着小说的流传，可以反过来推动学术研究，让一般民众慢慢地都知道"天圣令"这个"惊雷"的存在，对当下的法治社会也能起到积极的作用。

第三个层面，我觉得这其实也是胜男写小说一贯的追求。大家可以回过头来看她最有影响力的几部小说，《芈月传》的芈月、《燕云台》的萧太后、我们今天在讨论的刘娥，这些人在我们原来的史书、戏文、小说中，其实都处在一个被边缘化的状态，但是通过胜男的这几部小说，这些人就不单单是一个"后"的形象了。在《芈月传》出来之前，知道芈月的人很少，包括认识"芈"这个字的人就很少。这些本应该受到重视的历史女性，通过她的作品发出声音，都是"惊雷"的声音，这些声音都影响着整个中国历史的进程。这种影响从大的层面来讲非常有意义，我们原来都觉得主宰历史的是男性，是一个男性的社会，但在中国漫长的历史中，其实有很多优秀的女性也发挥了非常积极的作用。蒋胜男的小说写作，让我们实实在在地看到这些女性在中国历史中的具象，我觉得这也是特别值得我们去关注的。

马季：

先对蒋胜男表示祝贺，《天圣令》要出版了。也感谢浙江文艺出版社能够创造这么一个机会，让大家能在网络上讨论这部作品。

蒋胜男一直是我们比较关注的重点作者。为什么关注她？因为她从某种意义上来讲代表了网络文学创作的方向。女频的历史小说是读者最关注的一种类型，蒋胜男的作品在这个领域里面长期发挥着引领性的作用。

网络历史小说，其实在理论界、评论界的争议是比较大的，因为大量的网络历史小说都是架空的、穿越的。我们并不是说架空、穿越这些手法不能用、不够好，而是说我们回到历史情境中去写作一部小说，我们的出发点是什么？我们能够给读者带来什么？我们又能给文学事业留下点什么？这是值得我们思考的。

从《芈月传》《燕云台》到《天圣令》，蒋胜男的系列创作已经越来越清晰地显示出作为一个网络作家的责任或者使命，这是非常值得我们去研究，值得我们去推广的。

《天圣令》塑造的这个女主也许是蒋胜男刻意选的，随着她的创作，从几部作品推演下来，可能写到刘娥是一个自然的结果。但是这个角色塑造对我们的读者或研究者来说，还是有特殊意义的。为什么呢？这个人物形象在我们固有的文艺作品中，在某种意义上是被扭曲的，蒋胜男通过这个作品，比较准确地还原了刘娥这个人物形象，还原了历史真实。

这个人物本身具有传奇性，但文学作品塑造的人物，光有传奇性是不能够成立的。蒋胜男在这部作品里并不是完全把刘娥塑造成一个正面人物，而是把她经历的苦难、磨难都仔细描绘出来，让我们看到她从少年时代到青年时代是怎么成长的，最终她为什么会成为一个具有雄才大略的人，如何在朝廷这个人才扎堆的地方把自己的才能施展出来。

作为一个平民出身的政治家，她有自己的人生追求，在经受各种打击以后也并没有垮掉。历史上说她在真宗驾崩以后开始垂帘听政，朝中有很多人反对——这也是正常的——但是她力排众议，因为她知道如果她不能在一段时间里面稳固朝政，一定会给大宋历史带来不利的影响。

她执掌朝纲以后最重要的贡献是什么呢？她没有使用姻亲，这个是很重要的，就是没有刘家娘家的人来参政，这在历史上是真实的，作品里面也表现得很好。一般来讲，作为太后，如果乱政，一定是用姻亲，用自己家族的人，对自己家族的人管束不力。刘娥在这一点上是了不得的。

在历史旋涡当中，实际上只要输一招就会崩盘，而刘娥步步为营，做得很好。包括颁布法令，都是十分严密的，这也证明她的才略，证明这个人物确实推动了历史的发展。

如果说仅仅是稳固了朝政，这个人物身上的光彩是不足的，不够的。但她还为仁宗的盛世打下了基础。她执政十年就把权力交给了仁宗，仁宗真正掌握朝政大权的时候也才二十几岁，很年轻，前面的基础是很重要的，所以说她真是了不得的。

另外，《天圣令》里面对于情感这一块的描述也很成功，感情戏很充沛，但是又没有冲击主线。而所谓的主线，就是刘娥在某种意义上是一个改革家，她在执政的十年时间里做了大量改革的工作，这又是了不得的，为后世的稳定发展发挥了历史性的作用。

为什么说从历史上来看刘娥是不可替代的？第一，她不称帝，这一点导致朝纲不乱。如果她称帝，她的姻亲就不在她的控制之下，她既发挥了作用，又避免了灾难性的后果。她作为政治家，敏锐地觉察到了这一点。也就是说，她知道怎么进，也知道怎么退。

第二，她在让位退出来的时候，也做得很干净很漂亮，把权力一次性全部交给了仁宗。她知道仁宗已经到了一定的年龄，能够主持朝纲了，政治也比较稳定，在各方面都执行得比较完备的基础之上，把权力交给仁宗。

我们为什么喜欢看历史小说？就是让我们知道原来历史是这样的，权力是诱人的，但是在该放的时候还是要放的，在该抓的时候还是要抓的。说到底，就是她要有雄才大略，另外还要有为国家、为民族利益的思考。这对每个人来讲都是很艰难的，在这个位置上，她什么事情都是一人能说了算，她能掌握很多人的命运，也能掌握国家的命运，而这时候，你有没有为国家为民族的心，你有没有才略，包括有没有好的身体，都是非常重要的事。刘娥最后也是由于身体原因，认为自己不能再胜任这个角色，而且儿子也长大了，就主动让位。历史上说她一直把持到最后，因为她卸任以后第二年就去世了。这个过渡期从人物发展的逻辑性上来讲，在作品中表现得还是很合理的，不是谁要来篡权、她无奈地让权。

她在一开始掌握朝纲的时候也有很多政治手腕，这很正常。因为在那样一个朝廷中，又是女性，甚至太子都不是她亲生的，实际上她的内心世界也是有纠葛的。她执政十年，从我们中华民族的历史上来讲是一个有贡献的女性。这个有贡献的女性，在蒋胜男的笔下复活了，让我们看到她正直的魅力、人性的魅力，而且比较契合我们这个时代对女性的认识。

我认为从《天圣令》的美学价值来讲，给我们提供了那样一个时代的女性，丰富了我们当代文学史上女性的形象。

许苗苗：

我会从三个方面来分享读《天圣令》的感受：一、大女主和人的成长；二、文与质：历史小说的辩证；三、"爱"的金手指。

最后如果有一点时间，我还想跟大家讨论一下我在阅读这部小说中感受到的一点小小的不满足的地方，希望能够有所帮助和启发。

一、大女主和人的成长。我们知道，胜男老师非常擅长写大女主作品，我们曾经看到过天选之女芈八子，也曾经看到过那样一个肆意又任性的萧燕燕，这次胜男老师又给我们带来一个新的小刘娥，她的性格是什么样的呢？和以往完全不同，她的身世特别悲惨，不像前两个一出生就带着光环。

通观全篇，我们可以看到刘娥的传奇人生经历了三个阶段：第一个阶段，她为了活下去而挣扎，可以说命如蝼蚁。第二个阶段，在韩王府几进几出，成为他身边的女人。第三个阶段，她做皇后掌了大权，真正成就了自我。

在第一个阶段，这个小刘娥简直就像一只山野中饿瘦了的狼，为了生存，可以说是特别有心机。我就感觉这个姑娘的上进心或者说野心特别强，比如说在孙大娘那儿学蒸糕，在瓦肆卖唱的时候，总是想尽办法去提升自己的地位和生存环境。所以我感觉，如果我在那个阶段遇上她，会有点紧张，可能不会喜欢她。

但是到了第二个阶段，她进了韩王府，我们看到她聪明好学的特质。她一开始聪明好学也是为了改善自己的生活，可以说是把韩王当成了领导：我好好学习、努力工作，就能够给我和我哥争取一个更好的未来。在这个阶段，韩王的纯真和爱感动了她，她也从一只山野小兽变成了一个多情的少女或者小女人，心里有爱了就变得温柔和温暖了起来。她意识到自己的命运是和韩王联系在一起的，她自己要成长或者独立，就要成就韩王。所以她慢慢学会了隐忍，甚至个人的名位也不在乎，只是一味地辅助自己所爱的人。但实际上这个阶段她依然是被动的，是被她的环境所制约的被动应战。

到了第三个阶段，她已经是德妃、进了宫，有了稳固的地位，她也成长为一个有大智慧、大境界、大手段，真正能够担当大任的独立女子。在这个阶段，她开始主动出击，不再纠结于个人的喜怒哀乐，而是能制怒，不为喜怒所制。她深深地知道皇权争斗、朝廷更迭的凶险，所以开始处处留意，也层层设防。我们可以看到她以前针对个人的机灵，开始在一个更广大的层次上显示出来。包括后来的平定蜀难、治理水患、解决饥民问题，乃至颁布《天圣令》等等，都显示出她的大智大勇与亲力亲为。最终她意识到"百姓是那土地，是那亘古不变的山，是那千古长流的水。百姓是国之根本，却不是朝廷的根本"。我觉得胜男写的刘娥这个境界真是太高了，和我们今天提出的"人民就是江山"有着一脉相承的感觉。

最后，刘娥为国家太平、百姓安乐，也认定了自己不称帝，而是着帝服祭陵。"这帝位我非不能也，而是不取也。"作为个人来说，可以说她到达了非常高远的境界。我们可以看到她从前期一个纯粹求生的人，到中间一个为爱而生的女人，到最后一个有着大境界和长远宏观眼光的人，这是她一路的成长过程。

这是我说的第一部分，就是大女主和人的成长。

二、文与质：历史小说的辩证。这部分我想讨论历史小说里面常见的一个问题，就是"个人命运与历史细节的交汇，想象力与史料的相互辅助"这样一个人们经常要处理、面对的问题。前面各位老师也都涉及了这个问题，可以说大家想的都是一样的。因为在写历史小说的时候，尤其是我们知道女性在史书里面的记载都寥寥无几，就是那么几笔。我看见胜男的创作感言里面也说到，材料非常非常少，我们能够找到的只是当时的一些制度、命令，还是只言片语。怎么样在这样一个大的历史里面，把源于个人的、生动的、和情感相关的小细节联系起来呢？这就是考验。一方面是作家的想象力，一方面是她把两者结合起来的能力。我们可以看到，在这部小说里，确实有着这样的两条线索，一章写刘娥的命运，另外一章就开始写当时的时代背景、朝廷的一些战乱等。当时是宋初，有一些朝代更替引起的战乱、边关的战乱等等。前面总体来说是两条线索的结合，而在写具体历史事件的时候，我们可以看到很多具体的历史人物，有名有姓的男人哪年生哪年死，还有一些战争哪年开始哪年结束，什么时候出了什么样的事情等，非常详细完善，这是史料部分。另外一部分，就是刘娥她自己的命运。我们看到小姑娘一颦一笑都非常生动，这是想象力的部分。这两条线索，胜男把它很好地结合起来，以宏大的历史背景突出了鲜活的个人，这个小小的个人的生动命运，两相映照。

孔子说"质胜文则野，文胜质则史"，他说的是文与质的辩证，这种辩证在历史小说里面也可以用于想象、文学描写以及史料、我们认为的真实历史之间。这二者的辩证，我们如何结合起来，才能成就一部很好的作品、很好的小说；才能一方面给人真实感、说服力，而另一方面又有吸引力。我觉得《天圣令》这部小说很好地结合了二者，也就是说，这部作品是出于史料，又不拘泥于史料；生长于真实，又能够溢出真实。

三、"爱"的金手指。我们知道，网络小说家一般会说开金手指。金手指是什么样的呢？反正就像魔术一样，有了它之后你就什么都能干了，是一种想象力的任意使用。在这部以历史为背景的小说里面，我们知道胜男她想要让这部作品有真实感，是基于历史真实的。但这部小说有没有金手指呢？有！这里面的金手指就是"爱"。当时我读刘娥，觉得最不可思议的就是：天哪，她怎么遇上这么一个痴情、年少、多金，一辈子都爱她的人。

刘娥出身那么卑微，但是她能够遇到这么好的一个男人，而且他不仅是她的真命天子，他还真的是一个天子！这简直是太神奇了。而且一开始，这个赵元休就认定了刘娥，一看到她就喜欢上了她。当然，胜男说他那时候也未经世事，年纪很小，觉得她很可爱。慢慢地日久生情，时间长了，真心真意。我想这样的男孩子，无论他是什么身份，处于什么时代，任何一个女人遇到都会心动，我觉得太浪漫了。所以说，这种甜蜜的爱情，就是这部小说里面的金手指。

但是另一方面，这部小说的高明之处，就在于对金手指的节制，这也是让它不同于一般的、我们常见的网络追妻文的各种套路的原因。就是说她的金手指是使用得非常节制的，除了男主钟情之外，我们也可以看到刘娥自身的魅力。这自身的魅力也和我说的第一点，就是大女主和人的成长有关。这教会我们女人怎么样让男人一辈子爱你，哪怕有无数人争宠，或者哪怕子嗣是最重要的。不要说故事是在古代，又真的有一个皇位等着继承，就在这样的情况下，这个男人都能不离不弃，一生一世真的一双人，这不仅仅是由一个男人来决定的，还是由这个女人、真正独立的大女人决定的。

最后，我在读这个作品的时候还有一点点小小遗憾的地方，和胜男老师讨论一下。在第一章小刘娥还是在蜀中作为一个难民流浪的时候，有两个人曾经帮过她，就是王小波和李顺，曾经救了她。但是当这两个人在蜀中之难时又重新出现，作为刘娥小时候的恩人，他们起义失败之后，刘娥的表现好像过于平静了，连心中的隐痛都没有。虽然她成长了，为了天下不徇私情，但还是感觉能不能写刘娥既念旧情，又能从大局出发而隐忍？这样能够使我读到的时候，心里这一点小小的遗憾可以消除。不过我想这是不是有点太小女人了，有点太局限于感情了。

以上就是我阅读的一点点感受。谢谢大家！

桫椤：

又和各位老师见面了，非常高兴，最令人高兴的是胜男老师又推出了这样一部佳作，读完以后感觉像在网络文学赛场上又添一金。发言到我这儿已经没什么可说的了，各位专家已经把我想说的点都说完了，我谈一点浅见，基本上把各位老师的观点用日常的话语再重复一遍。

写历史是大众文学的一个传统，也是网络上最受欢迎的类型之一，相比于那些戏谑式的写作，胜男老师的作品是网络文学当中的严肃文学，从《芈月传》到《燕云台》，她拓展了历史小说既有的传统，也在网络历史小说叙事当中达到一个新的境界。

读完这部作品，对于文本和她的表现手法，我有这样两点体会。

一、《天圣令》是一部尊重历史的作品。我们在网络小说中看到了太多戏说历史、虚构历史甚至是玩弄历史的作品，但是胜男老师的写作不同。在《天圣令》中，我们参照这个小说结尾附着的宋史中关于刘皇后和李宸妃的小传，会发现在人物的身世命运、重要的历史事件以及器物和典章制度等方面，都最大限度地尊重了历史，这与传统历史书写是一脉相承的。当然，那些历史记载也不见得就是历史真实，但是我们只能假定它是真实的。实际上，文学还原历史的这种企图是一个不可能完成的任务，对历史的书写只能是呈现，或者是建构一种可能性。尽管这样，小说实现作品的立意，需要从历史事实中获得根据。我们讲虚实相生，它的前提其实是虚从实生。在这一点上，蒋老师是做足了功夫的，小说扎实的史学功底，让我们感觉是历史学家在写小说。

二、《天圣令》的叙事目标仍然是要建构一个大女主的形象，这一点我跟许苗苗的观点多有相同之处。小说从三个层面来建构大女主的形象：第一点是强大的主体意志，是人物形象的精神支撑。刘娥从蜀中流民那样一个绝望的生活背景起步，靠着勇气和毅力，通过自我的努力，攀升到了女性在俗世生活中所能够达到的最高的社会位置，她身上迸射出的主体意志是她作为一个艺术形象的主要支撑，这个人物是很打动人心的。

作者对人物形象的塑造，采用了传统的笔法，就是把女性放在错综复杂的历史现场，在一个客体的位置上，与作为权力阶层的男性同台竞技，以此表现她超越社会对女性身份、角色、智慧和能力等固有的定位，是敢于与世俗抗争，不屈从命运的性格。

第二点，爱情是贯穿全书和推动情节进展的核心线索。说到底，这是一部融历史与爱情于一体的小说，它的内核既有历史的波诡云谲，也有爱情的缠绵悱恻。但是贯穿全书的主线是爱情，这个要强于对历史的书写，对朝堂的描写很多时候是为了铺陈爱情生活的背景。比如对宋辽关系的描写，除了呈现历史，更重要的作用还在于为刘娥甘愿冒着危险陪赵恒御驾亲征做铺垫。作者通过史料，描摹出刘娥作为政治家的一面、改革家的一面，更通过来自帝王的爱，支撑起她丰富细腻的情感世界，更加鲜明地表现出了女性的叙事特征。

第三点，人物的命运设定始终满足着女性白日梦的想象。刚才许苗苗把它表述为金手指，我们看刘娥的命运，一方面在"凡人成圣"的这种逆袭的逻辑当中，从一个颠沛流离的逃难少女，到登上母仪天下的皇后之位，后来以太后的身份获得辅佐皇帝的合法性，完成女性对社会角色的超越。

另一方面，刘娥从蜀中逃出来的时候得到龚美的相助，二人结为异姓兄妹。实际上他们之间的感情暗含着一种爱的情愫，只不过刘娥入宫后，龚美压制着自己的情感。而且在她做了太后以后，这种不可言说的感情也不只是龚美一个人有。再者，她在元休的攻势下，算是寻找到了自己的真爱，而且在后宫争斗中次次化险为夷。当然，作者把这种争斗说成是刘娥被动的应对，皇上的真心只给她一个人。我们就看到被不同的人爱慕，最后与拥有财富和权力者成亲，并在与同性的竞争中获胜，无疑满足了女性读者对感情的一个白日梦的想象，这是小说重要的爽点之一。

与网络上其他一些作品将后宫割裂出来单独作为一个叙事空间不同，《天圣令》和《燕云台》都是将后宫里的爱情和朝政结合起来，甚至远到战场，在多重地图开放式转换中建构起女性的自我。

《天圣令》以严肃的叙事风格追求一种崇高的价值感，虽然不像架空和穿越小说那样一味地迎合消费逻辑，但是它仍然尊重了大众的文艺审美习惯，也呈现出比较明显的网络叙事的特质。

这些是我粗浅的看法。当然，《天圣令》这么长的篇幅，丰富的情节和生动的内容，使之可谈论的地方很多。刘娥的性格以及作者通过人物对传统价值的弘扬，以及汲取话本小说的结构方式等都值得研究。

总之，这部作品作为作者宋、辽、夏三部曲中的一部，在风格上，我觉得保持了与《燕云台》的一致性，但是在叙事上更加沉稳和拙朴，堪称网络历史小说的典范之作。

我就说这么多，不当之处还请各位专家批评指正。谢谢！

乌兰其木格：

　　刚才我也特别认真地聆听了各位专家、老师对《天圣令》的一些高见，我觉得好像说得都特别准确，我也特别认同。诚如桫椤老师所言，我们的观点其实都谈得差不多了。比如说大家都谈到了《天圣令》作为大女主小说，它承载和宣达的独特的女性观和女性意识。作为历史小说，在取材和创作中，注重在历史事实和想象虚构间精心剪裁，讲究叙事策略，还有传统的民本主义的思想的贯穿。另外，小说对生命意义的哲理化的探讨也令人印象深刻。比如说陈大车，她在第四十七章曾有一段内心独白："她原本就不是为了争皇帝的宠爱才进宫的，有这吃醋的工夫，还不如去秘阁多看几本书，多研究些好吃的给自己吃。人生苦短，不过百年，要么做些有意义的事，要么做些开心的事，岂不更好！"我们看到了陈大车的豁达通透和特立独行，这样的女性无疑是具有个性风采和人性深度的。

　　《天圣令》这部小说可以阐释和探讨的地方是非常之多的，今天我还想再继续探讨一个问题，就是《天圣令》对爱情的笃定与浪漫化的坚守。刚才许苗苗老师和桫椤老师都已经谈到这点了，而且其实各位老师在之前也已经谈到了。为什么我还要着重谈这一点呢？因为我在近年的一些阅读观察中，发现无论是纸媒文学，还是网络文学，爱情的位置都在不断地退隐，甚至某种程度上，古典主义的"愿得一心人，白首不相离"式的浪漫真挚的爱情久已消失不见。当然，我并不是说爱情题材在文学中消失了，恰恰相反，我们这个时代的爱情小说还是源源不断甚至异常繁荣地被书写制造出来。然而在传统文学中，作家们更加愿意探讨的是爱情的磨损与伤逝。比如在新写实小说中，还有在新历史小说中，我们经常可见的是，即便男女主人公是年少深情的，也会在日常的生活和岁月的迁变中走到相看两厌的地步。而在更多的网络文学中，无论是古言还是现言，神圣的爱情都被物质主义和实用主义的洪流所裹挟，曾经唯美浪漫的激情之爱已经退隐，突出的是什么呢？就是功利的算计与等价交换。比如随时可见的各式攻略，彰显出社会达尔文主义的广为流传。爱情在步步精心设计之下被抽空和变异了，当爱情与金钱、权力甚或阴谋诡计联系在一起以后，就意味着爱情的神圣性和纯洁性被解构和颠覆了。于是轻易的、短暂的、流动的两性关系和情感结构普遍存在于当下"70后""80后"的作品中，这已然成为一种群体无意识。

爱情的趋于消散与时代转型期的道德、伦理、文化和社会结构的重大变局密切相关，倒不全然是这些青年作家的情感匮乏和伦理缺陷使然。然而，文学是人学，文学作为星空与灯塔，不应该完全被高度利益化的理念人所占据，文学必须保卫情感，重筑爱情的光芒和生命的意义。

欣慰的是，在蒋胜男老师的作品中，我们可以看到，她一以贯之地确证着爱情的美丽和可贵。比如在《芈月传》和《燕云台》中，都有爱情的书写。刘娥也是从少年时代便邂逅了自己的意中人。幸运的是，她的爱情没有如芈月、萧燕燕一样充满着诸多遗憾和波折。与韩王相遇后，他们矢志不渝地爱着对方，韩王成为皇帝后，对刘娥的感情依然是深情不已。这是一场双向奔赴的爱情，他们相依相伴四十多年，共同面对诡谲的政治，共同承受压力，在爱情的滋养下，刘娥得以成长和成就自己。

除此之外，《天圣令》也写出了许多男女对爱情的信仰和坚守，比如龚美、钱惟演等人对刘娥默默而温情的守护，他们把对刘娥的爱意深藏心底，用一生的时光来守护和成全着刘娥。

这里面还有一个道姑叫刘德妙，她是非常美丽而富有才情的，她明知道卷入政治旋涡的危险，也知道丁谓的虚伪和阴险，但还是爱上了他，并义无反顾地被他利用，甚至付出生命的代价。刘德妙是一个清醒而睿智的人，惟其如此，她对爱的守望和执着就更具有悲壮感和震撼性。

可以说，《天圣令》是以诗性的浪漫之笔，浓墨重彩地书写了爱的恒久与巨大魅力。在蒋胜男的层层铺垫之下，将帝后的专情和痴恋写得摇曳多姿而又令人感怀，从少年之爱到白头携手。这并非作者有意要书写反人性常理的故事，而是她无法拒绝这样一种充满魅力的叙事召唤——在最不可能专情的人物身上，去确证爱情的存在与永不止息。当然，这样的叙事选择和信义伦理，其背后还凸显着蒋胜男力图在无情时代构建历史连续性、文化连续性和伦理连续性的种种努力。

鉴于时间关系，我就谈到这里，希望得到大家的批评指正，谢谢大家！

陈崎嵘：

历史题材的创作在网络文学中历来是比较重要的，而在创作历史题材的网络作家中，蒋胜男无疑是佼佼者，这个大家是都承认的。

创作《芈月传》《燕云台》以后反应很好，同时大家也给予她更多的期待。这种期待，我觉得是群众和读者对蒋胜男和网络文学的一种期待。好在蒋胜男没有辜负大家的期望，她创作的这部《天圣令》，我总的读下来，感受是令读者欲罢不能，令评者眼前一亮。

我认为《天圣令》的思想性、艺术性、真实性、可看性，超过了蒋胜男先前所创作的历史题材作品。我觉得这是蒋胜男历史题材创作新的突破，新的收获。蒋胜男借着讲《天圣令》，把中国网络文学历史题材创作提到了一个新的高度，这是一个什么样的高度呢？这是一个思想性、艺术性、观赏性、网络性相统一的新高度，是网络文学与主流意识形态、主流文学传统、主流审美相融合的新高度，也是传统文化创造性转化、创新性发展的新高度，是网络文学历史题材作品足以与传统历史题材作品相媲美的新高度。

我最近在看熊召政的《大金王朝》，我觉得蒋胜男的《天圣令》跟熊召政的《大金王朝》可以一比。我今天晚上着重想谈一谈蒋胜男这部《天圣令》给我们带来的感受，我想谈两个方面。

第一，《天圣令》这部作品体现了正确的唯物史观。唯物史观要求我们作家在历史题材的创作中，要体现历史发展的客观规律，在典型的历史环境中塑造典型的历史人物。《天圣令》写的是宋代太宗、真宗、仁宗三位帝王统治时期，写的是女主刘娥经历千辛万苦、百般磨难，由民女变成宋朝执掌朝政的垂帘听政太后的故事，其中当然有社稷之争、朝野之争、宫廷之争。我觉得蒋胜男的高明之处，不在于她细致地、感性地、娓娓动听地写出这些，而在于透过这些表面之争，写出宋代的社会矛盾和斗争，底层的百姓艰难度日，民不聊生，官逼民反，揭竿而起。写出国力衰弱，外敌环伺、入侵，山河破碎的情景，写出封建帝制本身固有的软弱与腐朽、弊端与不堪，写出最高统治者的苦心孤诣与无能为力，写出朝廷大臣们的相互倾轧。如果说张择端的《清明上河图》是北宋时期生活风土图的话，我认为蒋胜男的《天圣令》则是封建时代的政治全景图。蒋胜男的这部《天圣令》，不仅勾勒出了赵氏王朝的四梁八柱、通衢大道，而且细致入微地刻画出了这个社会的各个脏器、机理脉络。

我特别欣赏《天圣令》中蒋胜男写的澶渊之盟。其实《燕云台》也写到了澶渊之盟，但是我觉得这里的澶渊之盟所达到的高度、深度超过了《燕云台》。为什么这么说呢？我觉得《天圣令》非常真实客观多角度地描写了宋辽双方在综合的国力、军力、民力、帝王和家族方面的状况，再加上那个时候自然环境的特殊性，揭示出了澶渊之盟的必然性、可行性、可信性，使读者感受到了很多偶然中的必然因素，意识到了这是宋辽双方社会经济发展到一定阶段的必然产物，同时又是宋辽双方执政者心理、毅力博弈的最终结果，从而再现了典型环境中的典型人物，所以我觉得这个描写能够经得起人们的追问和史实的考验。

我读这本书的时候，想起了马克思在《路易·波拿巴的雾月十八日》中说的一句名言："人们自己创造自己的历史，但是他们并不是随心所欲地创造，并不是在他们自己选定的条件下创造，而是在直接碰到的、既定的、从过去承继下来的条件下创造。"这段话就是马克思主义的历史唯物论，就是马克思主义的历史观。从这个意义上说，蒋胜男是一位掌握了马克思主义的唯物史观，并按照其要义进行历史题材创作的网络文学家。我觉得在网络文学界，大家以架空、穿越、金手指、异能等为主要表现手法的时候，蒋胜男能够独辟蹊径，这样的创作态度和取得的创作实绩，尤为难得。

第二，我也赞成大家讲的，蒋胜男在这本书里面塑造了一个真实可信、性格鲜明的宋太后刘娥的艺术形象。这个刘娥和以前的大女主相比不同了，为什么说她是成功的呢？我概括出六个方面的原因。

一、刘娥与宋仁宗的偶然邂逅，以及后来演变为爱情，这是一切变化的基础，没有这个前提，其他的都无从谈起。王子爱上灰姑娘，这个灰姑娘本身也可爱，这个我觉得可以，没有问题。刘娥爱对了人，选对了队，后来就顺理成章水到渠成，我觉得这个是正常的。但是我跟大家稍微有一点不同的看法，我觉得蒋胜男写刘娥和韩王的爱情还是有变化的，不是从头到尾这么痴情地爱，热烈地爱。不是这样的，她是描述了一种特殊的变化着的帝后爱情，开始是纯洁之爱，中间是无奈相爱，后来是爱与权各半，最终演变为重权轻爱。这个爱情的脉络是这样的，而不是从头到尾都是火焰迸发，坚定不移，不是这样的，仔细看以后会看到四个变化。我觉得这个就是帝后走向权力巅峰时必然呈现出来的爱情弧线，不是直线。这是帝后之爱、帝后之情的真实写照，我觉得这是蒋胜男非常难能可贵的真实的一面。

二、宋仁宗的软弱无力和依赖心理，使得宋仁宗依靠刘娥执政，和刘娥自觉不自觉地参政，成为一种习惯，成为一种被大家所认可的规则，我觉得这个描写也是真实的。

三、刘娥治国理政的才能。这个我觉得是她的基础，刘娥在这方面做得非常好，有很多描述，这里不展开了。她对后宫有亲有疏，她对朝廷有拉有打，她善于利用朝臣之间的矛盾维护皇家权威，甚至不惜策划借腹生子，为自己坐稳皇后之位殚精竭虑。

四、刘娥对基层生活的了解和对社会大众的把握，我觉得这也是原因之一。包括刚才大家提到的，她对李顺、王小波等人也有一定程度的理解和同情。她利用自己手中的权力、影响力，尽量采取一些于民有利、于国有利的政策。这在客观上来说，对于推动社会对立面的缓和，促进社会经济发展进步，巩固赵宋王朝统治是起到重要作用的。

五、刘娥抚育教导宋仁宗成为千古仁君，这个是刘娥的一大功劳，也是后来史书上后人称誉这位章献皇后的主要因素。

六、刘娥倔强又能忍让的个性，是她成功的一个重要因素。性格决定命运，性格决定形象，刘娥的个性是倔强的、坚毅的，不怕难不畏死，从小敢讲敢说，敢作敢当。你看她不惧天下诽谤，也不管朝议汹汹，什么后宫干政，她都不管，她穿上帝服来祭拜，所以这个人的性格很坚毅。她就是要明明白白地告诉天下人，这帝位我非不能也，而是不想也。但同时刘娥又是一个识时务者，该忍让的时候忍让，该妥协的时候妥协。正是这样的一些忍让与退让，反而让刘娥获得好名声，最后使她登上权力的巅峰。史书上面记载刘娥有吕后之才，而无武后之恶。

把这六个方面综合起来以后，我就认为蒋胜男比较真实、形象、完美、丰满地写出了刘娥的形象。

以上是我读后的两个主要收获。听柳总编说胜男这部书正在编校，还没有最后定稿，那么，为了让这部作品更好一点，我对胜男有两点建议供参考。

一、就是关于《天圣令》的问题，我个人认为《天圣令》这部书名字是非常好的，也叫得响。现在的问题是，《天圣令》既是刘娥垂帘听政的年号，又是宋朝颁布的法典名称，所以《天圣令》在这部百万字的作品中占据着非常非常重要的地位。但是现在我看了整部作品以后，发现对《天圣令》的描写过于简略了，有点一笔带过的感觉。这样的话，给读者留下的印象就不够深刻。《天圣令》是在什么情况下出台的？主要内容是什么？它带来哪些社会的改变和民生的改变？我希望要浓墨重彩地写，这样才能把主题点出来，把这个书名凸显出来，把蒋胜男所要表达的最精华的那部分写出来。

二、关于刘娥早期心理转变和情感变化的描写有点过于简单快速了，我觉得有点有损刘娥这个人物的形象。胜男你在后来对刘娥的情感描写，我觉得非常好，非常真实。但是在韩王赵元休向刘娥请求她回来的时候，刘娥很快表示愿意回到韩府，我觉得这个过程太简略了。这里面应该有些思考和矛盾纠结的过程，因为她跟义兄刘美在患难途中结下生死之交，并且双方已经是这样一种默契了，按照书面说法是"芳心已暗许"。如果没有韩王赵元休的出现，刘娥毫无疑问会成为刘美的妻子。赵元休固然比刘美更可爱，他更显贵，刘娥也能因此过上完全不同质的生活，但是她那个时候对刘美就没有一点点思念和愧疚吗？肯定不会。我觉得应该把这样一个矛盾纠结的心理过程写出来，要把这个思考比较矛盾到离开的全过程写出来，这样的话才更加真实可信，更加容易凸显人物复杂丰富的内心世界，把前期的刘娥和后期的刘娥区分开来。

我要说的大概就是这点，下面请胜男说说。

蒋胜男：

谢谢各位老师！我一直在记笔记，关于很多老师提到的点。在创作当中，我自己也是经历了很多很多困难，总还是有很多很多遗憾，也争取在出版之前再改一稿，再增补一点东西。

在这里阐述一下我自己创作时的一些想法，向各位老师汇报一下。

一、这个书名，原来是叫《凤霸九天》，是在2004年至2007年写的。包括早几年的构思，应该说那个时候对刘娥的描述全是负面的，全是狸猫换太子、坏皇后的形象。所以说对刘娥形象的改变，我应该是第一个，更早的我还没找到。为什么书名从《凤霸九天》变成《天圣令》？因为《凤霸九天》是上下两卷本，《天圣令》是四卷本，核心的故事性没有多少变化，就是从书名上的变化。原来《凤霸九天》是一个女性成长的故事，到《天圣令》的时候，其实是一个全景图，写北宋初年整个大时代的全景图，会写很多很多各个方面的事情。

《天圣令》是目前为止发现的中华法典上最早最齐全的一个，是在天一阁发现的，里面有一些新的法令。我后来又重新学习了《天圣令》，有几点特别跟刘娥相匹配。一个是基本上把贱籍奴籍这一块给废除了，宋代的话本里面，奴仆管主人不叫主人，而是叫爹叫娘，也没有叫奴仆的，都是养子养女。其实可以说《天圣令》是一部民法典，从那以后，除非你是官绅，普通人是不可以买奴仆的，所以必须要钻法律的空子，买了奴仆说这是我家的养子养女。所以这在世界上是很先进的一个方面。

还有一个女性财产权的方面。宋代出现了很多女性商贾，有一大批女性地位得到提升，跟这个也是很有关系的。

这个故事一开始，我写刘娥是难民出身，就是因为我想做一个时代的共情。当时宋代刚刚把五代十国的纷乱结束，刘娥看过动乱动荡，看过逃难，看过死亡，和芈月、萧燕燕是天生贵族不一样，她真的像狼一样活着，像野兽一样活着的状态。这段逃难的经历让她终生刻骨铭心，这也是刘娥后来为什么放弃称帝最重要的一个原因，包括在则天庙遇上李顺、王小波，就是后面李顺、王小波起义的呼应。其实李顺、王小波是最后一个起义了，这是从乱到治，我当时写北宋，在想也应该写一个时代的动荡。

很多写宋代的作品一开始就写彬彬有礼，但是我们也知道从唐末开始有一百多年的动荡，我们不能视而不见。这个时代，我觉得更要写的是对刘娥这么个逃难小姑娘的共情，要达到和大时代的大家渴望安定、平息乱象的共鸣。其实很多人觉得那时候我们没把燕云十六州收回来，那个宋就是软弱的。其实在当时是没有办法，从后周开始一直到宋太宗，也将近几十年，南北一直在打仗，其实两边都在找解决的办法，后来大家发现通过战争是没有办法解决问题的。

刘娥逃难，既映照着后面仁宗的盛世，由乱到治，也预示着《天圣令》的颁布，从无序到有法，还预兆着澶渊之盟，渴望安定，远离战乱。澶渊之盟真的是让双方维持了120年的和平状态。

因为我是特别喜欢看历史小说的,就感觉历史小说其实有的时候跟时代是有共情的。早年的一些历史小说,对于权力的争夺会更着重一点,因为那个时候,从民国初到建国后很长的时代里头,有最坏的权力动荡和时代动荡。进入新时期以后,二十世纪八十年代,这个时候更多彰显的是一种改革派和保守派之间的斗争。

《芈月传》是一个多元的世界,芈月并不是想要秦一统天下,当时其他东方六国是非损即坏的状态,芈月在地位最高的时候,黄歇代表楚文化,代表楚国出现了,在当时历史的十字路口,到底是一统天下,还是保持原来的格局?中国在那个时候讨论下来走向大一统。但是在当时的人看来,或者我们当下人对于历史的看法,或者说每个人的看法都是不一样的,我们不能说我们的看法是绝对正确的,我们必须要了解他为什么这样看。这里面既有黄歇代表楚文化的反对一统,也代表赵跟秦到底是你来一统还是我来一统的状态。这就是为什么历史的十字路口,当代所有的精英都在找路,都在想办法,这是百家争鸣的时代,可以说也是一个战国觉醒的状态。到《芈月传》结束以后,就是用宋的眼光看辽夏,用辽的眼光看宋夏,用夏的眼光看宋辽。我们可以在一部作品里面,像《芈月传》一样写六本,但是如果只写一本书,就一定只有一个立场,哪怕是写《三国演义》,大家也会共情曹操,也会共情孙权,但总体还是共情刘备。

在北宋当时的人看来,他并不知道宋朝还有几百年国运,当时每一个人都在想是不是第六代,因为前面五个朝代全都是两三个皇帝就结束了,所以包括大臣也是在质疑这个朝代到底能走多少年。如果没有澶渊之盟,有可能就没有后面宋几百年的时代。

包括文武百官,首先皇帝面临的就是财政不足的问题,宋代政体建立的时候坚守的是后周原来的盘子,这个盘子都是中央大臣建立的,他们推行的就是不管什么皇帝都是军阀混战,城头变幻大王旗,我们大臣抱成团,对王朝是没有忠诚度的。哪怕是这一拨忠臣明臣,也没有这么强的忠诚度。

宋朝接手了后蜀集团,也接手了吴越和南唐。其实那个局面不是王安石变法才形成的，是这三个王朝的基本盘子在当时就已经形成，这个时候面临的一个问题就是不抑兼并，因为原来后周的大臣集团都有很多的良田布匹，你不能侵犯他的利益，这样导致他的财政不足，就不得不用大量南方的官员给他筹钱。这就导致为什么前期核心的这些中书大臣都歧视南方人，连寇準这样的官员都说"我又为中原夺一宰相"，他们坚守的是这样一个盘子，怎么样走向仁宗之治的过程的艰难摸索，谁也不知道当时是对的。我尽量摆脱我们现在对宋朝后世的总结，尽量把那个时代的人去想成都是茫然无措的，都是谁也不知道该怎么办，但是大家多多少少一边有私心，一边努力地保持公心，努力地因为乱世去产生的一种公心，产生的一种为天下担当的心态，往这样的方向去做。

我觉得我们并不需要一个被总结了的历史，我不是看这个人是对的还是错的，我们只有用自己的心去共情当时的人，当时那种如果我这个决策做错了，那就是万劫不复，我的时代、我的家国，甚至老百姓都万劫不复，我觉得要有这种惶恐，要带着这种畏惧感去体会。

我们写作首先要写一个好看的故事，写一个让现在的普通网友都能共情的历史故事，一个很可爱的小姑娘，一段让人家挺有共鸣挺向往的爱情。但我更希望的是我的想法能够通过这样的一个故事承载，让更多的人看到。

我们其实在不断地面临历史的十字路口，而站在这种历史的十字路口，该如何思考，如何抉择，是我们真正可以以史为鉴的。我们在每一个历史十字路口的恐惧、矛盾、犹疑、压抑，其实不只是总结于过去，可能也应用于当下，甚至有没有可能在未来，历史十字路口依然可以让人有那么一点点的，或者让某几个人有一点点的总结。

《天圣令》可能没有感受到芈月那种文字的典雅或者是萧燕燕的那种快意，但是我觉得我写的时候，反复修改的压力很大，因为这个主角群体面临的压力，比我在创作芈月和萧燕燕的时候的压力更大。我觉得我现在能把它最后写出来，是有点如释重负，也非常感谢各位老师在今天这样一个休息日的晚上还能够帮助我，指引我！

柳明晔：

作为出版方，非常感谢！首先要感谢胜男的精品创作，她对于我们的信任，从《芈月传》开始，到《燕云台》，再到《天圣令》，我们一直相伴走到了现在，我觉得我们不仅仅是出版社和作者的关系，而是已经相处得像家人一样了。在出版过程中，我们有作为出版人的责任和担当，我们希望把每一个诚心诚意交给我们出版的作家的作品，高水平、高质量地呈现给读者。我们以前是出版以后再搞研讨会，但这次我主张调整一下，希望出版之前就做研讨会，我觉得我们现在请老师们来点评，共同把这个作品更加完善地呈现。在这里非常感谢各位老师百忙之中阅读四卷版的《天圣令》，老师们拨冗读完这么百万字的巨著付出了巨大的精力，可见是对胜男的作品以及我们出版社极大的支持，在此诚心诚意地感谢！

科幻悬疑小说《脑控》研讨会纪要

主题：《脑控》研讨会

时间：2020年10月24日19：30—22：00

地点：腾讯会议（线上）

主办单位：中国文艺理论学会网络文学研究分会

安徽大学文学院网络文学研究中心

承办单位：杭州万派财经文学研究院

协办单位：掌阅文化、浙江文艺出版社

主　持

欧阳友权（中国作家协会网络文学委员会副主任、安徽大学大师讲席教授）

嘉　宾

白　烨（中国社会科学院文学所研究员、中国当代文学研究会会长）

肖惊鸿（中国作家协会网络文学研究院副院长、研究员）

陈定家（中国社会科学院文学所研究员、理论研究室主任）

周志雄（安徽大学文学院教授、安徽大学网络文学研究中心主任）

黄发有（山东大学文学院教授、山东省作家协会主席）

马　季（一级作家、中国作家协会网络文学研究院研究员）

周志强（南开大学文学院教授、《中国图书评论》执行主编）

禹建湘（中南大学文学院教授、中国作家协会网络文学研究基地副主任）

夏　烈（杭州师范大学文化创意学院教授、中国作家协会网络文学研究院副院长）

周兴杰（贵州财经大学教授、文法学院副院长）

周　冰（西南科技大学教授、文学与艺术学院副院长）

吴长青（副教授、作家、评论家，安徽大学文学院博士生）

白烨：悬念丛生又新意迭出

白　烨

科幻题材创作这些年已经出现了以人工智能为内核的作品，但郭羽、溢青所著的《脑控》既有人工智能元素，又有悬疑元素，这种有机结合使得作品很显硬核，很是烧脑，可以说是硬核的新派科幻小说。与郭羽过去的作品相比，在悬疑与科幻两个方面都有较大的进取，可以看作是他的小说创作的又一次超越。

给我印象较为深刻的，主要是以下几个方面。

第一，故事与情节始终在悬念丛生中令人意外，并且写出了前台的科研与背后的人性的内在缘结。从陈辰出场开始，环环相扣的悬念相继引出夏楠、威尔、艾伯特、尤利西斯等重要人物，每一个人都有不期的险遇，又都神秘莫测。这些脑科学家在显现他们各自的个性与超人的异能的同时，也使主干事件与整个故事日益走向对于"谁更技高一筹"的追溯。

第二，在这一过程中，实际上又把科研的多向性与人性的复杂性相互勾连起来，使人们看到推动和主导科研创新与发展的背后人欲与人性的内在因素。人性底子里的"向善"与"趋恶"，人生操守的"小我"与"大我"，实际上决定着不同的科研奇才的科研走向，乃至科研团队的最终走向。这里也就隐含了意识与精神，伦理与道德等更深层次的问题与意蕴。

第三，作品并不着力于描写一两个主要人物，而是围绕一个个意外事件的追踪与破解，走马灯式地描绘了一群人物。在阅读作品时，人们会把陈辰当成第一主人公，把夏楠当成第二主人公。但随着故事的推进，人们发现他们只是故事某一阶段的主人公，在其他阶段，还有其他的主人公，如威尔、艾伯特、尤利西斯、陈天白、陈辰母亲等。因此，可以认定这部作品并不旨在塑造某一两个主要的人物形象，而是在着力打造脑科学领域有共同兴趣却又个性各异，都超人异禀却又有不同取向的群体形象。他们的整体性特征，就是群策群力中各怀鬼胎，一句话，道同志不同。

第四，作品由纷繁的故事、诡异的悬念和复杂的人性，或显或隐地揭示出了一些值得人们加以深思与反省的问题。我对作品中那张《比埃罗的诅咒》唱片被注入"超级流脑"病毒的情节印象极其深刻，因为这既是神来之笔，也完全出人意料，仔细一想，又令人十分震惊。

这种异乎寻常的邪恶作为，不禁让人对科技的某些创意与发展大为震惊，更令人对人性的严重扭曲大惊失色。天才与疯子的一念之差，精英与恶魔的一步之遥，由这样一些典型事例表现得淋漓尽致。这部作品实际上也提出了比脑神经科学、脑意识控制等前沿科学研究更大的问题，那就是其终极目的到底是为自己还是为人类，是助人还是害人等涉及职业道德与科学伦理等重要问题。

从我的阅读期待出发，小说中我更想看到一两个在科研创新上锐意进取，又在精神层面上十分正面、血肉饱满的富有时代新质的新人形象，但现有的陈辰在作品所聚焦的故事里时隐时现，整体上处于被动应付的状态，我以为，这可能是这部作品的一个不足。因此，我期望在今后的创作中，能让我的这一阅读期待得到一定的满足。

总之，《脑控》既是当下科幻题材领域里的一个重要收获，也是作者小说创作上的一个新的重大进展，表示衷心的祝贺！

欧阳友权：科幻伦理下的悬疑叙事

科幻题材的网络想象为文学创作添加了艺术创新的机缘，要是再加上悬疑元素，势必让网络科幻小说更具阅读魅力。不过在作品魅力的背后，还应该有正确价值观的支撑。郭羽、溢青的《脑控》不同于一般的网络科幻小说，也不同于常见的网络悬疑小说，而是一部悬疑式"软科幻"网络小说。如果说悬疑是该小说的看点，科幻是架构故事的外衣，那么，支撑悬疑与科幻的意义"硬核"则是渗透其中的人文伦理的价值观。

在小说品质上，《脑控》用扣人心弦的悬疑故事为"软科幻"创作找到了自己的伦理支点。作品的主线是发生在几个脑神经科学家之间的正邪博弈、挫败阴谋的曲折故事，背景是以美国旧金山、斯坦福脑神经研究所为中心，辐射到中国某南方大学和中东伊卡实验基地，这个跨界时空的"人类""人脑"预设，暗含了作品关注的已经不是一个国家、一个民族或一类人的问题，而是人类生存进化的普适性伦理问题。

科技狂人尤利西斯实施的"新世界计划"，试图用脑控的方式杀死那些智商低于100的人类，以便用超前的技术提高人类的整体智商。为实现这一疯狂构想，他利用"超级流脑"制造重大疫情，把一款名为"神经尘埃"的控制器，通过"安他敏"药物植入低智商人脑，以此操控他们结束自己的生命；同时，窃取由中国科学家陈辰与夏楠在一次科学实验中意外发现的可迅速提升智商的化合物MTX，将其融入"超级流脑"疫苗，这样便不但可以控制疫情、控制药物市场，还能够控制人类高智商基因传承。

显然，这个以控脑为目的的"智商跃进计划"存在着巨大的伦理危机和伤害人类的行为。于是，以陈辰、夏楠、艾伯特、威尔、FBI探员莫思杰和科尔曼警官为代表的正义一方，与以陈天白、尤利西斯、艾米丽、梅耶尔为代表的邪恶力量，展开了一场险象环生、你死我活的斗智斗勇。

这场正邪较量，表面看是脑科学领域的科技研发、成果占有的博弈，实际上却是文明与野蛮、关爱与残害、正义与邪恶的搏杀，无论是科学世界的兵不血刃，还是技术争夺、实验基地的残酷血腥，最终仍是正义战胜了邪恶，其所秉持的价值立场体现的是一份伦理情怀，一种关爱苍生的人文道义。作者在这个曲折复杂的悬疑式科幻故事中植入了人间正道的伦理之根，秉持的是邪不压正的道德律令，这正是作品创意的价值所在。

《脑控》的科幻伦理是通过性格各异的人物塑造及其复杂的人物关系表现出来的。相比作者此前的《网络英雄传》系列（郭羽、刘波合著），这部小说的主角光环可能不如郭天宇、刘帅那么亮眼，但它的人物关系却要复杂得多——他们由脑科学家之间的师生关系、同学关系、同事关系，以及夫妻关系、父子关系、非婚血缘关系、警民关系，以及充满背叛和欺骗的友情和亲情等，体现了野心与阴谋、蓄势与反制、设套与解套的多重悬疑性张力。这些关系错综复杂，形成了或纵向或横向的多重联结，其内置的艺术紧张关系读起来有些烧脑，从情节走向到人物辨识都充满陌生化，却又让人在悬念丛生的人际纠葛里追根溯源，期待真相。不过直到故事结束也没有完全真相大白，这可能是作者在为续集留下"榫口"。

《脑控》人物众多，却并无高光主角。其中有两个人物让人印象特别深刻：一个是科学天才陈天白，一个是角色反转的美籍专家威尔·戈斯。前者是整个"脑控"阴谋的设计者和操盘手，却一直深藏幕后，让读者雾里看花，"不明觉厉"，给阅读留下了思考和猜疑的空间；后者则具有性格多面性和复杂性，难以用"好"与"坏"做出简单评判。

陈天白是斯坦福神经科学的"三剑客"之一，被称作脑科学领域的"爱因斯坦"。在作品里，这个佯装精神失常而躲在幕后"脑控"的疯子，只在伊卡的卡特族露过一次脸，实际上他却暗中用人脑控制器控制了夏楠、陈辰、威尔等几乎所有的科学家。更有甚者，陈天白为了实现自己的科学野心，竟然自饮夺妻之恨，容忍自己的妻子与尤利西斯私会，放任尤利西斯将其深藏家中二十年。威尔一开始强暴并软禁女性，其恶行败德让人有理由相信他就是杀死艾伯特教授并偷走其大脑的凶手。但随着剧情的推进，其高尚和正义的一面逐渐显现，终而发现他不仅是被陈天白脑控的受害者，还在关键时刻开枪打死了邪恶的尤利西斯。

一部十六万字的小说却塑造了一系列让人印象深刻的人物，这不仅考验作者的创意能力，也需要良好的笔力。我们看到，无论是陈天白、威尔，还是尤利西斯、陈辰、艾伯特、夏楠，作者塑造的每个人物都有其个性特征，并赋予每个角色以特定的伦理定位，做到了如恩格斯所说的，让"倾向从场面和情节中自然而然地流露出来，而不是特别把它指点出来"。

美国科幻小说家乔治·本福德说过，科幻小说是一种可以控制的去思考和梦想未来的方式。刘慈欣的《三体》让我们思考人类生存的宇宙困境，郝景芳《北京折叠》彰显社会阶层割裂的焦虑，《脑控》要告诉我们的是什么呢？我们知道，现代社会已进入技术升级挑战人类理性的时代，互联网、云计算、AI机器人、基因技术、人脸识别、无人驾驶、智能药丸、微软小冰……不断涌现的黑科技正用"技术纪"加剧辅佐并威胁着"人类纪"。这时候，我们需要树立起自苏格拉底、柏拉图至黑格尔以来西方传统哲学之于启蒙理性的强大信念，更需要孔孟、老庄至朱熹、王夫之以降所传承的理性化、祛弊化的伦理基因和人文底色。

《脑控》以人脑神经科学的"软科幻"为创作对象，正在于从一个高技术领域聚焦人的精神世界，以人文伦理遏制科技对人类的伤害，加速技术"增强现实"下文明现代性的转型。作品在故事与人设、悬疑的巧置与科幻的想象、叙事方式的灵活掌控与语言表达上的精致与节制等方面，都达到了一个艺术的高度，这使它成为同类网络作品中难得的佳作。

肖惊鸿：网络文学创作呼唤鲜明的时代性

郭羽、刘波在合作《网络英雄传》系列小说之后，这是首次单飞，组成新的二人组创作出新作。首先，祝贺他们。这是由《网络英雄传》开创的1.0时代的转型升级，是他们的"英雄系列"创作步入了又一个新的发展阶段，进入了2.0时代。

我是从《网络英雄传》第一部就开始关注郭羽、刘波的作品的。在我眼中，无论是哪一部的故事，都有一个共性，那就是和时代的紧密关联。到了2.0时代的《脑控》，我分明看到了他们在1.0时代形成的创作倾向，那就是鲜明的时代性。

作为目前人类科技发展中的战斗机，脑神经科学，一直以其神秘的高精尖特性领跑时代。郭羽、溢青把创作视野投向脑科学领域，题材充满时代特质，体现出创作者的时代担当。

从一名专业阅读者的眼光看，单个作者创作的小说或许更偏重内心，两个或以上作者合著的小说从策略上讲，更具市场化特征。我本人编剧出身，通常会认为这样的小说先天性地具有剧本式创作和改编的基础，在叙事结构和故事推进上会有更为突出的表现。同时我想，作为一本网络小说，也合乎读者的阅读节奏，也易于让小说本身的艺术质量相对得以保证。

故事本身的架构或可看作是《网络英雄传》系列的延伸，在英雄叙事中体现正反两派的尖锐斗争。主角团是脑神经科学界的巨擘们，在一曲摇滚音乐引发"超级流脑"、再到新型药物控制脑神经，指向一个颠覆人类认知的反科学的"低智"群体灭亡的疯狂计划。

在这样的叙事主线中，正反人物次第登场，相互之间构成了较为严谨和复杂的关系。正义方最大的主角陈辰的母亲跟随了故事中最大的反方男主尤利西斯，而尤利西斯的对手、陈辰的父亲利用疯癫的身份，掩盖了二十年前意识控制器的发明和随后的实时监视。

作为最大的受害者，夏楠这条线，设定了她遭受侵害后生下的女儿安琪拉和昔日的强奸犯、现在的脑神经科学家威尔，以及安琪拉的养父艾伯特教授。最后，以尤利西斯为首的清洗低智人类的计划没有得逞，正义战胜了邪恶。小说警示世人，对科学伦理的遵守，是人类探索未知的原则和底线。小说恰切地阐明了人类生存伦理：自然才是最大的秩序。

任何一种文学的诞生，都是在社会生活的土壤上开花、结果。二十多年以来，互联网技术与中国社会蓬勃向上的文化思潮结合，改革开放的时代步伐与青春、激情、梦想合拍，新媒体作为大众文化的新型生产平台，甚至是新型传播手段，给创作者提供了最好的孵化土壤，也必然地出现一个前所未有的新型行业，进而拉动文化产业全面崛起，为国家文化与经济发展做出了重大贡献。在这样的创作、传播生态中，高质量创作成为发展的必然。我欣喜地看到，这部《脑控》体现了创作者的努力。

对于这第一部有新人加入的合著小说，我也讲一下不足，谨供两位作者朋友参考。一部小说如何既实现对人性的挖掘和对人物的合理塑造，又不至于模糊边界感，还是需要沉下心来深刻剖析。

我作为一名女性读者，对夏楠角色的设置并不是很认同，感觉这个人物太过于"实验化"，人物的行为逻辑也值得再推敲。夏楠遭到强奸之后产子，这个情节非常重大，是不是非要如此？还有威尔、夏楠、陈辰三者之间的关系。我以为，小说家对他笔下的人物都应怀有一份创造者的悲悯情怀。因为，一个创作者对人物是否怀有悲悯情怀，决定了小说中人物的命运。这个命运不但要合乎生活的逻辑，还要给现实生活指出一条坦途。作家要写出"站在阴沟里仰望星空"的勇气。

俄国著名批评家别林斯基说："书是我们时代的生命。"这不仅说出文学之于时代最高的价值，也是文学本身最大的意义。今天，之于我们的研讨，意义也在于此。

陈定家：科幻现实主义跨界写作的成功范例

《脑控》是万派文化继"互联网+"创业商战小说《网络英雄传》系列之后推出的一个全新系列作品。按照批评界流行的标准，《脑控》当属于源自科技现实问题的硬核科幻小说。虽然被归类为科幻，但书中的故事几乎都有其确凿的科学依据或严谨的逻辑推理。科技呈现真切，故事情节真实。正因为真实,《网络英雄传》才能一路斩关夺隘,雄赳赳气昂昂地走到今天,而且还拿了各种各样的奖项。凡此种种,都直接或间接地证明了这样一个道理:任何东西都敌不过真实。科幻小说自然也不能例外,正是从这个意义上讲,我们认为,《脑控》有望成为科幻现实主义跨界写作的成功范例。

郭羽在描述《脑控》特色时提出了三个关键词:悬疑、推理、科幻。从创作与文类的视角看,这个概括可谓至允至当。但作为一个读者,我的阅读印象和体会,大抵也可以用三个关键词来作一概括。我选择的关键词是:科幻、现实主义、跨界写作。

首先,我想谈谈《脑控》中的科幻写作与现实主义问题。

相比之下,科学技术显然是这部小说关键词中的关键词。史上最年轻的脑神经科学家陈辰摘下诺菲星芒奖杯,在颁奖典礼现场演奏了一曲德彪西的《月光》,作品以此激动人心的壮美场面为一台"礼赞科技"的大戏拉开了序幕。就在科技成就和艺术品格浇灌的花蕾即将热烈绽放的美好时刻,一个不被人察觉的小小意外搅得主角心神不宁,因为他的女友夏楠失踪了。而此时,"超级流脑"的肆虐威胁着每一个地球人的生命!

生死未卜的夏楠究竟到哪里去了?小说为读者设置了一个贯穿全书的悬念。但作者并不急于答疑解惑,他们仍将追光灯聚焦于颁奖会场的脑科学矩阵图上,因为这是现场的科学家们正在穷尽一生探索的奥秘,虽然图示部分还只是大脑的冰山一角。对此,作者发出了这样的感叹:"如果说生命是宇宙中的一个奇迹,那么大脑就是奇迹中的奇迹。但人类对大脑认知却还不及对浩瀚宇宙的了解。"小说一开始,作者便"一画开天",创设了一个可以听凭科幻想象任意遨游的广阔世界。

主人公陈辰"怔怔地望着那幅神经网络图,这个宇宙中最复杂的物体,至今为止,依旧是生命科学最大的谜团"。但这并不是陈辰面临的唯一谜团,继夏楠失踪之后,一桩桩惊人的事件接踵而至,先是雷蒙德教授感染了"超级流脑",紧接着,陈辰的恩师艾伯特教授被人谋杀。最让人费解的是,艾伯特教授的大脑居然不翼而飞。而这一系列谜团似乎都直接或间接地与夏楠失踪有关系？"脑控"的千头万绪由一桩疑案徐徐展开，作者抽丝剥茧，层层推进，不动声色地给读者作了一场精彩绝伦的演讲，其演讲的主题正是前文所说的第一个关键词——当代脑神经科学技术的前沿问题。

《脑控》所描述的正是这样一个走向后人类时代的奇特故事。故事虽然充满奇幻的想象，但这些想象多有事实根源。有些源于历史，有些则出自正在进行的科学实验。前者如艾伯特教授大脑被窃，显然不纯粹出自作者的虚构。事实上，二十世纪五十年代爱因斯坦大脑被窃事件，直接为小说情节提供了可能性依据。后者如"记忆提取和解码"技术，可以将人脑所有记忆像一般网络数据一样储存于芯片，这项技术无疑是脑神经科学家梦寐以求的目标。

失踪后一再被欺凌、受冤屈，甚至一度被沦为"小白鼠"的夏楠，无疑是一个具有多重寓意的纽带式人物。但在这部小说中，夏楠被控制、受压抑，身心遭遇双重异化，在某些场合，她几乎变成了类似于某甲某乙式的影子人物。人的身体与心灵一再被"控"，作者高调祭出的一款科技神器的光芒遮盖了人物应有的光彩，人机之间主客关系的天平正在悄然倾斜。夏楠的失踪，或许可看作人性失落的隐喻，发生在她身上的一系列无可奈何的故事，正是当今社会科技理性碾压人文精神的真实的隐喻式写照。

其次，即便作为故事背景出现的"超级流脑"，也具有强烈的科幻现实主义特色："有媒体报道，'超级流脑'的暴发是因为他实验室的泄漏！"这种与时闻高度契合的描写，为小说切入当下生活的在场感打下了碑铭式的历史印迹。可以说，小说中所有的故事都是紧紧地围绕着脑神经科技的神秘而有趣的变化展开的，但科幻之镜将看得见的世界与看不见的人心以震撼人心的方式呈现出来，让人在艺术享受的同时，不禁对人类的未来产生了一种"怕与爱"相互纠结的遐想。

再次，作者的道德观念和价值取向也与科技发展的需要互为表里，这也是《脑控》的一大鲜明特色。还是以记忆提取器为例，通过提取存储在大脑神经元当中的记忆，帮助病人正确激活记忆，这应该说是日渐老龄化社会的福音。但艾伯特认为，从医学伦理的角度看，记忆是极为私人的东西，记忆提取存在巨大的风险，容易被别有居心的人利用。威尔和尤利西斯却并不这么想，他们认为只要能更深入地洞悉人脑的奥秘，即便牺牲一些人的性命也是值得的，至于隐私，相对于生命而言又算得了什么？

值得注意的是，《脑控》的跨界写作特征具有多方面的表现，譬如说，作者在语言艺术的经营方面颇下功夫，文本兼具诗歌散文的神韵，在审美意境的创设方面也多有新突破，细节清晰、画面清新，为IP开发积蓄了强大的爆发力……最为可贵的是作品字里行间所昭示出的人性人文关怀和艺技反思意识，作品中超越文学叙事抒情常见写法的段落，有的富有哲学的逻辑思辨色彩，有的不乏宗教的庄严肃穆气氛，社会学、心理学、经济学、医学、化学、数学等专门学术或专业化概念更是俯拾即是。

小说中《艾伯特的日记》对科技的人文反思，鲜明的跨文本写作倾向令人印象尤为深刻。日记所关注的一系列大事件，并不是故事情节和人物命运，科研成败仍然是教授遗言的核心内容。

艾伯特说，怀着"造福人类"的初心和对未知的探索，他暂时忘记了对自然的敬畏。好奇是人类探索与发展的动力和源泉，但没有对科学伦理的遵守，没有对科学共同体底线意识的敬畏，他们从此走上了一条极端危险，几乎失控的路。在没有任何约束的情况下做出新的技术突破，实验结果对人类社会的危害极有可能是不可控的。

总之，如前所述，故事从第一章《夏楠失踪》开始，到第三十六章《夏楠，还是243号笛卡尔？》，在一定意义上借鉴了穿越小说的套路，让故事中的一切变得更加扑朔迷离，在虚实之间播撒了一团迷雾。作者说："所有的一切，她（夏楠）都想起来了！在昏迷的这段时间里，她就像是做了一个噩梦，荒诞、惊悚、罪恶……究竟是梦，还是她的经历？梦里的一切，荒诞得她无法相信，但每一帧都如此真实。不，那不是梦，是她消失的记忆！"这一切究竟是科幻之梦还是现实的记忆，谁也说不清楚，事实上二者早已水乳交融，这正是所谓的科幻现实主义的重要特征之一。

《脑控》讲究写作的理念与叙事技巧体现出了一定的后人类的思想，在一定程度上预示着媒介融合的趋势与未来。当然，《脑控》跨界写作的表现是多方面的，仅从叙事手法视角来看，正如夏烈所说，作者将悬疑叙事、爽感性叙事、树状结构叙事和影视镜头性的叙事融为一体，这种多元并存的混搭风格也为IP开发埋下了伏笔。

最后也是最重要的一点是，笔者之所以强调《脑控》的跨界写作特色，是因为这部书如果只当作小说读，就必然会忽略它的其他文化价值。作者对脑神经的介绍比起科普教程来毫不逊色，其对科技伦理的反思，更接近于伦理学和哲学，但这部作品的艺术性也丝毫不逊色于此前的一些获奖作品。至于郭羽、刘波和溢青这样的商业实力派人物，都是变化多端的市场上的风云人物，他们面对市场的格局和眼光，我等局外人既不便也没能力妄加评说。我唯一的祝愿是，愿《脑控》再创辉煌，在艺术和市场上获得更大成功。

周志雄：坚硬的质地，险绝的风格

网络小说是直面读者的文学，想要获得读者的喜爱，必须有其独特的"配方"。这主要体现在网络小说要讲述一个精彩的故事，这里包含两重要素，一是故事很精彩，二是注重讲述故事的技巧。与众多的超长篇网络小说不同，《脑控》的故事本身很精练，只有十六万字，但小说的容量很大，故事的密度很高，体现了一种精品化创作的态度，更呈现出一种坚实硬朗的文学质地。

从故事核心来说，《脑控》讲述了一个中国科学家与朋友们一起战胜了美国的反人类科技狂人，正义的力量战胜了邪恶的故事。小说精心构思，在故事讲述上极具匠心。小说有效控制了叙事，通过设置疑问，叙述人在慢慢推进的过程中不断解谜，又不断增加新的疑点，扩展小说的容量，形成故事阅读的紧张感，直到故事的结局才真相大白。

这部作品回应了近年来希望网络文学更多关注现实的呼声，小说中所描绘的"超级流脑"与新冠肺炎疫情有相似之处，但小说并不是一部直面现实的作品，而是在现实背景上虚构了一个想象的故事。在这个故事里，"超级流脑"疫情不是来自病毒，而是来自人为的对大脑的控制所致，美国进行脑神经科学实验的投资人和科学家尤利西斯为了一个疯狂的"人类乐园计划"，通过"脑控"让低智商的人自杀。这个反人类的疯狂计划遭到了有正义感的科学家的阻止，来自中国的脑神经科学家陈辰，与受害者威尔等人一起团结合作，最终战胜了反派头目尤利西斯。

《脑控》中，抗疫不是作品的主题，疫情也不是作品描写的重点，故事没有和现实一一对位，小说的意义更多的是在隐喻层面上，它呼应了《美丽新世界》等对科技理想主义的批判。在《脑控》中，疫情的出现是科学研究不坚守人文底线造成的严重后果，是科技狂人利用脑控技术推行人类清洗的工具。二战以来，核试验的成功，克隆技术的攻克，人类基因密码的破译，人工智能的进步，引发了科学主义与人文主义的冲突，提醒人们科学实验一定要坚守人文主义的底线，否则将会变成人类的灾难，在《黑客帝国》《星球大战》等好莱坞大片中已经表现了这一现实。《脑控》坚守人文主义的立场，以精彩的故事承续了这一主题。

作品的坚硬质地还来自作者所掌握的行业知识。与传统文学作家相比，网络作家来自不同的行业，他们往往对特定行业有更深入的了解。这也是网络小说传承通俗文学的另一种功能，即将专业知识寓于精彩的故事之中，这是网络小说"行业文"的优势。从文学题材上说，脑神经科学是一个新开拓的领域。作者郭羽说，这部小说受到陈天桥卖掉盛大投入脑科学研究的事例启发，郭羽本人曾投资一家脑科技公司，接触过一批脑科学家，对此领域有较深入的了解。《脑控》在目前脑控技术发展的基础上，展开了适度想象，以硬科幻的形式，想象了脑神经科学对人类记忆的提取，并通过药物提升人的智商，通过注射让控制器抵达大脑，对人进行脑控。这种"硬核"文的写法并非完全虚构，而是在现实的基础上合理想象，描绘未来脑神经科学发展的可能性，使读者对脑控科学有更深入的了解。

这部作品呈现出硬朗的文学质地，也和作品的风格密切相关。网络小说类型众多，经过众多作者的实践，形成了多样的风格，对应了读者的多样阅读需求。古人论书法，将书法的风格分为"平正"与"险绝"，如果以此来评价网络小说，"平正"的是那些题材、构思上中规中矩的作品，而"险绝"的是那些追求变化，不断求新求异的作品。从风格上来说，《脑控》与郭羽、刘波此前创作的《网络英雄传》系列作品一脉相承，都属于"险绝"类型。从故事上来看，小说讲述的是高科技人才之间的爱恨情仇，拯救变成了伤害，天才变成了疯子，朋友变成了敌人，夫妻变成了陌路，这一切构成了扑朔迷离的剧情，形成了作品"险绝"的风格。

在人物的刻画上，《脑控》吸收了现代小说与通俗小说的写法，人物的经历、身世介绍都相对简练，但又赋予每个人物传奇般的身世。中国通俗小说的传统是非奇人不传，非奇事不传，非奇人奇事不传。《脑控》中的人物都是奇人，艾伯特终身未娶，因为科学实验的失误，收养了一个养女，本来是做善事帮人找回记忆，却引来杀身之祸，大脑被偷走；威尔，曾经的脑科学实验的受害者，贫民窟的不良少年，经过一番洗心革面，成为斯坦福大学的博士生，却又被学校开除，成为大反派人物尤利西斯的得力助手，最终回归正义，人生可谓一波三折；陈天白，传奇的华人科学家，曾被誉为脑神经科学领域的"爱因斯坦"，第一届诺菲神经科学大奖的获得者，在一次实验失败后，陈天白精神状况出现了问题，从一名传奇的华人科学家变成一名精神病患者。其他如陈辰、尤利西斯、夏楠、莫思杰、吉米等人也都有传奇的个人身世与经历，他们都是来自不幸福家庭的"特殊人"。

从现代小说的角度来看，《脑控》中的人物并不是简单的类型化人物，小说不仅写出了他们的故事，也书写了他们的内心世界，他们传奇的人生轨迹如同一个个病理切片，让人沉思生命与人性之谜。小说吸收了传统文学的写法，在叙述之中拓展了作品的寓意空间，在营造小说的坚硬质地方面同样有所贡献。

黄发有：从科幻、伦理的角度解读小说《脑控》

郭羽、溢青这部《脑控》有一个非常重要的特点，就是对于伦理问题的关注。所以我考察这部作品的角度，是从科幻、伦理的角度来进行解读。

小说《脑控》主要围绕在人体内植入神经尘埃控制器，然后控制意识的技术，讲述了一个人为制造"超级流脑"疫情，妄图实现人类人口控制、智商跃进计划但最终被阻止的故事。

这部小说里有悬疑、科幻、惊悚、爱情的元素，作者也是把多种叙事元素糅合在一起。因为我个人更加关注的是作品中关于科学伦理和人性善恶的问题，所以在我看来，这是一部具有悬疑元素，同时又有较为深刻的伦理意义的科幻伦理小说。

小说构思精巧，作者非常擅长用悬念和伏笔让剧情紧凑，还有不断反转。我想这可能跟这部作品打算要改编成电影有一定的关系，它的戏剧性比较强。故事一开头就写到脑神经科学家陈辰的女友夏楠失踪，接着他学生安琪拉的养父艾伯特教授被宣告死亡，失踪的夏楠又成为头号凶手。正在这个时候，FBI前探员莫思杰告诉陈辰，二十一年前，他的父亲陈天白、艾伯特教授，还有诺非公司总裁尤利西斯，对于贫民窟做过一次失败的脑控实验，而且直言艾伯特教授的死因跟"超级流脑"有关。在拨开层层迷雾的过程中，陈辰本人就怀疑并证实了尤利西斯正在策划一场针对人类的瘟疫，来达成清除低智商人群的目标。

这部作品结构上也有一个很鲜明的特点，就是每一章结尾处都会设置一个悬念，在后面的内容中进行解释性的回应。这有点像电视剧的悬念设置，线索也就在这样的设疑和答疑中揭示出来。文本之中的人物并不能与读者同步获得信息，因此读者始终是以前置的视角来审视全局，切身参与到文本之中，在这种层层抽丝剥茧的阅读中，获得了一种阅读的快感和参与感。

小说另一个重点是对于善恶的沉思。艾伯特、陈天白、尤利西斯三位科学家制造意识控制器的初心，是想要在医学领域造福人类。选择在贫民窟进行实验，一开始也是为了约束恶行，改善社会治安，但最终实验失败，贫民窟里的人互相残杀，血流成河。三个人面对这一悲惨局面有不同的反应，尤利西斯坚持用他认为的无关轻重的人来充当他伟大梦想的实验牺牲品，并认为这是科学发展的必然，选择用恶的手段掩盖恶的现实。艾伯特认为这有悖于科学伦理的常识，必须坚决抵制，并决定不惜一切代价阻止尤利西斯，他选择用善来抗衡恶。陈天白将两个人视为按其完美设想、重塑人类社会的棋子，不惜付出血的代价来追求一个更为完美和有序的，由高智商人类所组成的世界，他选择用恶来追求善。从善的本性出发的科学研究，最终造成了恶的局面。

这实际上是作者在表达关于善到底是一种价值还是一种手段或目的的困惑。也就是说，其实它展现了一种科学伦理的困境。在小说中，作者涉足这样一个伦理困境，也就是说精英们是否有权按照某种定义对人类进行改造，是否有权决定究竟谁能够活下去。因为科技发展速度超越了人类进化的速度，人工智能逐渐成为一个危险的敌人。因此尤利西斯在伊卡建造了一座新世界乐园，研究淘汰智商小于100的弱者，再用人工干预的措施提高人类整体智商的问题。他们试图使人达到统一的标准，来实现极端条件下的和谐完满，为此不惜牺牲全球一半以上的人的生命。

回归到现实，在人机融合、基因工程越来越成为我们视野范围内不可忽视的问题时，当科技飞速发展，攻击性极度膨胀的时候，人类的主体性受到了科技进步的冲击，价值理性失衡。如果传统的价值体系受到挑战，面临崩溃，人之为人的合理性都受到质疑的时候，我们又当何去何从？

这是一个非常严肃的课题，小说的最后没有给出一个明确的答案。陈辰等人阻止了尤利西斯的暴行，解救了全人类，却发现一切不过是二十一年前假装精神失常的父亲陈天白布好的局。当一切尘埃落定的时候，陈天白成了唯一掌握脑控技术能够改造世界的人，是颠覆世界还是就此止步就在他的一念之间，而小说就此停笔。

作者采用这种半开放式的结局，让悬念贯穿始终。对于读者而言，作者的态度在文本中是相对模糊的，这或许便是作者对于善恶伦理之限度的思考后做出的选择。这个选择可以解释当下，但是不能阐述也不能解释未来，因此，没有直接给出答案，而是通过这种悬念和反转，将结局和答案抛给读者，与读者一起思考自然科学与人文伦理背后的重重纠葛。

而值得注意的是，这个作品在伦理问题探讨的背后，还暗含着作者对人类命运的一种反讽。作者在小说中故意设置了几个希望与现实的矛盾之处，比如威尔希望能对别人实现脑控，但是他不知道自己早就在被控制之中。尤利西斯希望通过神经控制让人类免于情感的束缚，但他自己却深陷于感情的旋涡之中。陈辰等人希望实现对于自我的拯救，对于人类的拯救，但是他不知道自己只是身处局中，只是局中的一颗棋子。小说中的人物想通过实践和反抗来确定自己的意义和价值，但恰恰如俄狄浦斯一般，在反抗的路途中最终完成了命运的诅咒。这种反讽恰恰也暗合了前面讲的关于科幻伦理的一种理性的界限的问题。所以不仅说理性有界限，其实人也有自己的有限性。

马季：网络科幻语境下人文精神的建构

故事发生在美国旧金山，艾伯特教授潜心研发记忆提取器，目的是以新科技治疗阿尔茨海默病，因为记忆提取器可以重新激活沉默的记忆印迹，让脑部因遭受重创而失忆的人重获记忆。这无疑是一项具有重大价值的科学研究，其成果将造福人类，并对人类文明进程发挥巨大作用。

《脑控》从这里打开缺口，给读者提供了一个全新的视野。一方面，人的大脑和人类精神世界的关联度越来越密切，脑科学成为科技探索的前沿阵地。另一方面，全球动荡背景下的科技产业化，给世界增添了不稳定因素。

这大概是这部切口很小的科幻作品所想表达的要义。

但小说就是小说，需要借助故事表达作者的所思所想。于是，"脑科学权威强奸未成年少女，少女二十年后复仇"形成了推动故事发展的主线。但是我们发现，强奸者威尔本来就是一个受害者，他是最早被脑控的可怜之人。记忆芯片，这个脑科技的核心技术，因此成了一把双刃剑。

我注意到作者在有意无意中提到德彪西的《月光》，这是一个场域符号。印象派音乐大师德彪西的《月光》没有古典主义音乐的严谨结构、深刻的思想性和逻辑性，也看不到浪漫主义音乐的丰富情感，取而代之的则是奇异的幻想因素、朦胧的感觉和神奇莫测的色彩。但这似乎与人的大脑皮层有着密不可分的关系。

巧合的是，格非的小说《月落荒寺》，其书名同样来自德彪西《意象集》第二集中的名曲。"月落荒寺"的场景也在小说结尾处出现："在演奏德彪西《月光》的同时，一轮明月恰好越过正觉寺的废殿，准时升至四合院的树冠和屋脊之上。"此刻，眼前的琐碎是实，天边的圆月是虚；目睹的人事为假，耳听的乐曲为真，"假作真时真亦假，无为有时有还无"。而只有在音乐中，人才能回到存在的本质。可以说，这是科学与艺术的完美结合，他们共同指向人类精神的沟壑。

《脑控》作为一部网络科幻文，没有银河科幻小说的宏大场面，也没有星球大战、穿越时空的惊险故事，而是趋向于推测小说的控制与抑制类型，其对标的是科幻人文精神。"新世界乐园"作为一个标签，像一根导管，连接着人大脑的海马区、杏仁核，神经尘埃……以此重新塑造未来世界的"人"。新一代科学家面对纷繁世界，在善与恶的博弈中获得真相的过程，正是这部作品叙事的精神核心。

《脑控》的故事设定与赫胥黎笔下的"美丽新世界"如出一辙，让我们更加具象地看到这一幕：虽然人人安居乐业、衣食无忧，但是家庭、个性，甚至喜怒哀乐却都消失殆尽……在这个想象的未来新世界中，人类已经消泯人性，成为严密科学控制下，一群身份及一生命运被注定的奴隶。

在奥威尔的《1984》里，主人公温斯顿·史密斯（Winston Smith）在真理部（Ministry of Truth）担任审查员，他的工作是不断篡改历史，以适应大洋国当下的形势和三大国之间不断变化着的同盟关系。《1984》的恐怖是人对真实世界认知能力的毁灭，更是人自我意识的毁灭。

《脑控》借助脑科技记忆芯片的开发，揭示了《1984》寓言的可能性，但却将现代科技伦理与后人类时代的生存状态做了另一种假设，并以此探索科幻文学在网络时代的新的表现方式。

陈天白、陈辰父子两代人在脑科学领域的努力，集中体现了华人科学家的世界观与价值观，他们的悲悯情怀不乏东方式的诗意："人类如果失去了希望，还有科学和音乐。"不过，《脑控》采用的是西化的叙事方式，从来没有一次疫情，让全球的科学家都如此束手无策，"超级流脑"的暴发，则指向了当下对人类构成严重威胁的"新型冠状病毒"。很显然，将现实精神与科幻的虚构性融为一体，不失为这部作品的独特之处。

作品中有一个人物具有象征意义。尤利西斯，又译俄底修斯，是罗马神话中的英雄，对应希腊神话中的奥德修斯。这个人物的出现，是否也象征着对精神世界的某种特殊需求？《荷马史诗》之后的传说对尤利西斯的经历又有补充，但多突出他性格的负面特点，把他描绘成一个虚伪、狡诈、胆小的人。

现代科幻文学，没有反面人物几乎是不成立的，《脑控》另辟蹊径，在叙事模式上将善与恶杂糅在一起，不再简单地做出价值判断，由此为网络科幻文学打开更加宽阔的文化视野。威尔虽然一度软禁了夏楠，但目的不是犯罪，而是"脑控"的结果，夏楠尽管不愿意，却也没有对软禁表示出愤怒，这个灰色区域，增加了叙事的魅力。尤利西斯这个生意人机关算尽，同样没有被简单刻画成一个"坏人"形象。艾伯特教授作为另一个受难者的形象证实了一点，没有人会知道他们曾经距离死亡有多近，也没有人知道，大脑里埋下一个意识控制器的人，究竟会走向何方。

假如这是一个悲剧，处在这个链条上的每一个人都是受害者，而英雄的意义不仅仅终结于对这个链条的破坏，他必须告诉人们：科学是一种力量，一往无前，人类将因此接受更加严峻的考验。

周志强：技术人化时代的主体危机预言

我要讨论的观点有三个：

第一，这部小说所呈现的"上帝困境"问题。

第二，小说叙事当中的"魔盒结构"问题，即它所呈现出来的脑控恐惧与生理快感的问题。

第三，这部小说存在的缺陷，以及如何化缺陷为优势。

我认为《脑控》这部小说构造了技术人化时代主体危机寓言。

首先，这部小说书写了一种"上帝困境"——上帝可以创造一切，是否可以创造毁灭自己的力量呢？同时，不正是当前技术发展带给人新的伦理困境的一个有趣命题吗？

我们看到，小说没有使用传统悬疑小说经常使用的那种正邪之分的套路，人物没有特别坏，也没有特别好。小说中的三类人物也就因此呈现出有趣的"上帝困境"。以陈辰为代表的人物乃是科学理性的秉持者，以尤利西斯为代表的则是技术至上主义者，而以夏楠为代表的则是接受技术支配的群体，这个群体的寓意非常值得我们反思：夏楠对强奸者肉体的迷恋，不正是科学技术与人的关系的奇妙隐喻吗？我们被科学技术"强奸"，同时我们也迷恋科学技术给我们带来的快感。

小说用一种悬疑的方式凸显陈辰这一技术理性的坚守者所相信的信念：人类可以用秩序化、理性化的方式来解决所有问题。陈辰面对各种不可解释的疑问，坚持沿用传统理性的侦破方式。而夏楠则成为一种"文本剩余物"意向：她迷途于陈辰的科学理性的掌控。在小说中，陈辰无论如何也无法理解夏楠，甚至找不到夏楠。"夏楠"成为科学理性无法叙述的剩余物。

尤利西斯和威尔则是隐喻性被脑控者，如果你坚信技术可以创造新的人类，这种信念正体现在尤利西斯和威尔身上：技术可以创造新智商世界。这一信念正是技术中蛊的后遗症患者所喜欢的。简言之，小说中，尤利西斯和威尔不是邪恶者，他们只是被技术所掌控的人，是相信技术可以掌控人类的代表性观念的执行者。

显然，作为一种技术人化的寓言，这部小说凸显出人文文化背景中的科学主义理念的合法化危机。科学主义扫除了宗教的热忱和贵族艺术的浪漫主义幻想，成为所有文化话语合法化的基础，获得社会文化政治的主导性地位——今天，只要我们讲文化上的合法性，一定会用"科学"这个词来论证。但是，人工智能、生物技术和生命科学的发展，却让科学这种硬核话语面临魅力匮乏的危机。

在小说结尾，作者不再去宣告人文主义话语的胜利和传统科学理性的回归，这个结尾不仅仅是开放性结尾那么简单，它还隐喻人文主义话语和科学理性魅力的衰竭。小说结尾留下了一个未知的结局，这个结局不正是我们对当前科学伦理危机"不明所以"的象征吗？

曾经有记者问我："你能展望未来吗？"我回答说今天的人们谁也不能展望未来，因为我们处在一个无法想象未来的时刻。世界变化太多，太突然，太曲折，太出乎意料。科学正在"创造"一种违背自身理性的逻辑：科学所带给我们的，正是科学理性所不能掌控的。《脑控》这部小说的思想深刻之处，不正在于此吗？

有趣的是，这种"上帝困境"的内涵，又和小说的"魔盒结构"巧妙配合。说到这种结构，不得不承认，如果这部小说要改编为电影，这种魔盒结构往往容易受到观众的欢迎。《盗梦空间》就是这样的结构。一个故事中包含着一个新的故事，层层打开，最终找到原盒，而原盒又出人意料，再一次威胁最早的故事的叙事动力。《脑控》采用了时间魔盒和夺宝魔盒两种方式展开。小说总是把过去的历史努力融入到现在刚刚发生的故事之中，形成时间魔盒。夺宝魔盒则指向一个人人都要获得的元素，如同夺宝或者多角恋爱的故事。小说中，陈天白构成最终的"宝"，因为他是最终掌控着一切的角色。

这种结构造就了良好的读者阅读欲望，强化了小说科学理性危机的主题，更创生出一种剩余快感。何谓剩余快感？简单来说，剩余快感乃是"真正快感"，即被隐匿的欲望实现的快感，它是不能够在光天化日之下大行其道的，所以，被称为剩余快感——一种被整个社会文化政治体系的叙事所剩下的东西。有趣的是，越是剩下的东西往往越有支配力。这仿佛是隐身衣的隐喻，很多科幻小说都写隐身衣，在小说里面他们都说隐身衣不好，但是隐身衣这个器物却无形中成为隐匿而幽深的男权快感的体现——一种不能堂而皇之言说，只能成为剩余物的东西，越是剩余越是具有极大的吸引力。

《脑控》的魔盒结构让陈辰形象变得单薄，他仿佛无影无踪又"暗影浮动"。一方面他体现出一种恐惧情形：恐惧被控制——美国心理学界一直致力于通过心理技术干预而实现行为控制。但是，他又有暗藏幻想的剩余快感冲动：控制世界的欲望。这个形象暗含了读者隐藏至深的"控制一切的欲望快感"。魔盒方式可以转换故事情境，从而让每个人物都可以扮演主人公——刚才很多学者都提到主人公的问题——这种魔盒结构的特点就是可以在每一个魔盒故事里面，让不同的人成为主人公。所以，在正邪对立的小说里面，像尤利西斯、陈天白这些人的形象所隐含的"剩余快感"是没有突破口的。《脑控》则通过这种魔盒结构，让他们的行为成为剩余快感释放的出口。对于控制的恐惧与控制人类的剩余快感复杂交织，构成了这部小说的独特魅力。

最后，简单谈谈这个小说存在的一些好玩的问题。

首先，这个小说在艺术方面是有一些缺陷的。行文中剧本的痕迹比较重。小说中的每个人物通过人物介绍出场，损坏了小说的叙事魅力。小说的句子比较长，很多地方又过于琐碎，人物性格存在扁平化问题。

值得一提的是，这种"性格的扁平化"也可以通过巧妙的修改，转换为小说的一个优点。如果把尤利西斯、威尔这些人物的扁平化情感，作为脑控主体的主体异化特性来写，即将"扁平"转换为"症候"来写，令其成为主体危机的印证，不也正好强化小说的深刻主题吗？另外，小说中陈辰的"直男"色彩，即陈辰心智的单向性，也可以以"症候式"书写来补救：这种"直男呆板"，不也正是科学理性疯狂性的一种症候吗？

事实上，这种"主体症候"的主体理念，是可以在修改中得以强化，并成为小说亮点的。康德通过现代知识确立的研究，确认了现代社会认知主体的价值和意义。康德认为，现代知识的获得是因为有现代主体认知结果，所以他把主体看成一个现代知识全部的基础。但是，《脑控》的作者却非常好地从另一面呈现了不同的思考：现代知识有可能会毁掉康德的知识结构。如果《脑控》的作者不仅仅是从故事设计的角度，而是从技术人化的主体危机的角度来重新统摄这个故事，不正是可以带来一些非常有趣的奇思妙想？与此同时，扁平化的人物、他们略带灰色和阴郁的语言风格等，也就成为这种症候很好的表现方式。

总体来看，《脑控》虽然有不完美的地方，却是一部在想象力爆发的时代中非常值得我们反思和解读的小说。《脑控》打开了新的想象力爆发的潜在可能性，这一点是毋庸置疑的。

禹建湘：科学与现实融合的《脑控》操作

《脑控》是由作家郭羽、溢青首次合作的科幻小说作品。《脑控》把题材定位在"脑科学"，以悬疑、推理、科幻为关键词。小说一开始就悬疑迭起，国际顶尖脑科学家艾伯特在实验室突然被杀，大脑不翼而飞。而后层层推进，"超级流脑"病毒、"安他敏"药物、制造"新世界计划"的恐怖组织、贫民窟疑案的骇人真相……这一切的背后，隐藏着人类大脑进化和人工智能的世纪博弈。小说科幻感十足，而又落脚于现实的社会语境中，爽点频出，读起来酣畅淋漓。

《脑控》的文学品质还在于它塑造了一个个性格鲜明、真实的人物形象。陈天白的妻子（即主人公的母亲）出轨尤利西斯后，陈天白一方面自知自己不是一个好丈夫，另一方面为自己除了内心愤怒而无可奈何的弱势举动感到愤怒，在矛盾的交织（或说性的扰乱）下，陈天白发了疯。陈天白之所以要操控夏楠杀死艾伯特教授，是因为他想要知道尤利西斯的记忆，因为尤利西斯的记忆中饱含着他被好友夺去妻子的痛苦。陈天白是个将悲伤埋藏在心里的人，有一颗极其内敛、害怕被发现的心。威尔对夏楠的死心塌地也证明了再高的智商在性冲动面前不过是一潭死水，人类最深层次的欲望才是主导人类行为的毒药。可以说，作者认为，人的根本欲望既害了人类，也救了人类。正是因为不满足，才有了科技，有了社会进步。而正是因为想要保护自己心爱的人，才舍弃了非正义的事业。

二号反派威尔到底是一个反面人物还是正面人物？他的前后对比，最好的参照物便是艾伯特教授。先前威尔被艾伯特教授认为在进行反科学伦理实验而被逐出师门，威尔怀疑是同门陈辰所为，对陈辰怀恨在心，产生霸占其未婚妻夏楠的冲动。书呆子般理性的威尔之所以能够对夏楠死心塌地，这里作者基本暗示了二十一年前夏楠那段失去的记忆与贫民窟惨案的幸存者威尔有关。而最后，知道真相的威尔由极恶之人变成了世界的拯救者，不可谓不是一个好人。一边是艾伯特教授：由富有科学幻想的青年变成为自己不可控的过失而做弥补的好人，一边是从头到尾穷凶极恶的人成为拯救世界的人。明显，后者经历了更多的思想斗争和道德的自我发现，不可谓不难矣！正所谓，放下屠刀，立地成佛。

威尔是一个悲剧的人物，其大半辈子都处于被脑控的情况下，同千千万万被流水线式地编号以后投入实验使用的"笛卡尔"一样，是科学实验和大资本操纵的牺牲品。威尔的善良转变似乎预示着，穷凶极恶的人，其性本善，如果被给予适当的爱，是可以发生大转变的。同样也预示着，如果对坏人使用正确的脑控，可以将其及时转移到正确的轨道上来。

在小说中，尤利西斯从头到尾都是彻彻底底的反面人物。一方面，他不仅"霸占"曾经的好友的妻子，进行丧尽天良的人体实验。他捣鼓出一个所谓的宁静和谐的部落试图影响陈辰对"新世界计划"的看法，进而使其交出MTX公式来达到控制人类思想的目的。另一方面，他又是个悲剧人物。早年父母在非洲国家的慈善行为不仅没有得到受助者的回报，反而在试图拯救一名青年的过程中命丧黄泉。这使得他看透了人类社会的不公。他想，既然做好事得不到回报，那么干脆就把"好事"做到底。

总之，小说中的正面角色除了天才科学家的设定外，也具有普通人的软肋和弱点甚至是原罪；而反面角色也不是脸谱化、扁平化的，他们的邪恶行为是人物逻辑和情节推动下合情合理的结果。陈辰年轻有为，有着天才科学家的傲气；面对爱情他柔软、冲动。女友夏楠的失踪会让他如坐针毡，分寸全无；安琪拉本身具有一定的悲剧命运，她是"贫民窟疑案"的产物，也是人类大脑实验失败的衍生品；夏楠是一名坚强勇敢的女科学家，同时也是性侵案受害者。受到侵害，她有过斯德哥尔摩综合征，也有着异于常人的机智和牺牲精神；她的大脑还受到陈天白控制杀了艾伯特教授。威尔其实不能算一个彻底的反面人物，他是性侵的施暴者，同时也是贫民窟实验的实验品，他虽然曾经和陈辰分道扬镳，加入尤利西斯集团，但最后也认识到了错误且及时弥补，最终帮助陈辰拯救世界。

尤利西斯和威尔有着一定的相似性，他曾经也是对脑科学研究充满热情的科学家，后来致力于脑科学研究投资，十分关切人类命运和人脑进化，有着深刻的忧患意识和危机意识。正是由于他的这份偏执和狂热，最终走向全人类的对立面；但是，尤利西斯同样重情重义，他遵守对陈天白的承诺，对陈辰也是真心爱护和照顾……书中的人物个个都有自己的羁绊，棱角分明，有血有肉，而非概念化、脸谱化的书写，这在个人英雄主义的叙事框架下显得尤为精彩和珍贵。

通俗地说，《脑控》是一个中国人拯救世界的故事。在好莱坞的科幻宇宙里，拯救世界的英雄几乎都是白人角色。2019年上映的科幻电影《流浪地球》打破了好莱坞式的英雄叙事，换句话说，"中国人"拯救了全人类。《脑控》亦是如此。主角陈辰是一名中国科学家，最后突破重重偏见和障碍，不但拯救了世界，也完成了作为一名科学家的自我救赎。这种设定的背后是一种深厚的文化自信和深沉的自我反思。《脑控》除了是一个地道的"中国故事"外，还有着更加丰富的属性和定位。从构思开始，作者就把悬疑、推理和科幻作为小说的关键词，这是从市场角度去考虑的结果。而且，这样的科幻题材在国内是稀缺的，在海外也是符合市场要求的。关键词的多元，也为作品的影视化改编提供了更大的创作弹性和空间。

除了具备深厚的商业化潜质，对于网络文学发展本身，《脑控》无疑做出了开先河式的贡献。脍炙人口的科幻小说如《三体》《流浪地球》和《银河帝国》等一开始就是面向纸媒发表，网络首发的专业性较强的科幻作品可以说凤毛麟角。《脑控》作为硬核的科幻作品，开拓了中国网络文学的题材类型，为中国的科幻类网络文学作品创作提供了一个不错的范式，也留下了很大的空间可供续写和超越。

夏烈：科技的精神根与国际疫情下的人性故事

郭羽和溢青的《脑控》成了我2020年阅读中关于国际疫情（灾难叙事）的一部即时应景而又别有惊喜的作品。当然，二位作者的创作准备理应在新冠肆虐之前，《脑控》因此是愈来愈热门、愈来愈聚焦的科幻小说潮（中国科幻新潮）的结果及其参与者之一——从社会派科幻的角度考察《脑控》，它依旧算是一部中规中矩、可圈可点的小说，服从社会科幻小说的基本法则，除了一定的脑科学和医学的专门知识外，将资本控制的社会结构和一系列来自书中诺菲制药的组织系统等构画出来，实际上也反映和反思了资本主义生产方式下的狂妄精神可以损毁人类理性和感性之天平暨其

底线操守，而这，往往假科学之名。

从《脑控》的文学特点说，这部小说放在当下世界的通俗小说、畅销书中，一点也不显寒碜，它的品相不错。了解作者之一的郭羽就知道，他和刘波曾经创造了一个现实题材的作品系列《网络英雄传》。在那儿，他们就展示出丰富的当代社会生活经验和一些前沿行业发展的知识体系。由此，他们的浪漫主义理想和人物传奇故事都拥有了比较完整的现实主义逻辑、时代气息甚至时代精神。而《网络英雄传》是以网络小说之名出现在大众视野、专业读者和文学谱系中的，它们的文学起点却与大量常见的网络小说拉开了距离。回到《脑控》来看，它仍然优于网络小说的平均文学素养，加之其篇幅简省的十六万余字，更像一部出版向的通俗小说和科幻小说，显得比较干净，也就是更像这次会议协办单位之一、未来本书出版方的浙江文艺出版社的出品。当然，我过去就说过，网络和网络文学从来不拒绝任何形式的文学创作，它是所有文学作品的崭新家园，是人类在赛博空间里的一次文艺“引渡”和生命分泌。

具体讲，《脑控》在文学上的一个成绩就是“人”“事”兼备。我们的网络小说多种多样，但主流的网络大长篇结构和作者的业余身份，使得小说最终主要靠情节拉动、事大于人，人的相貌情态在网络小说中都往往容易千篇一律地套路化，更何况打怪升级换地图的叙事模式和叙事结构。拥有一点经典文学训练的作者则会在这个问题上有所调和，虽然选择写作网络小说本身无法离开大众的基本爽感模式，但注重人、事兼备，为人物性格、心理、细节、行为逻辑做更多的盘桓，使得读者阅读后甚至多年后的记忆里依旧出现记忆深刻的人物形象及其细节，是让小说文学性和综合品相提升的一个关捩。《脑控》在这一方面是有留意的、是有习惯的。反派诺菲制药的总裁尤利西斯，男主陈辰、女二安琪拉都构成了一定的立体形象，尤其是女主夏楠和男二威尔的情爱关系细节，既有文学感的抵达，又能将身体反应与科幻小说的技术背景扣连解释起来，这是《脑控》的好处。

我的另一个重点在于，《脑控》以较为紧张、紧凑的节奏和情节叙述，也就是一场通俗小说和影视化的演绎，拉动了它所要表达的科技发展的精神根的问题。如果说，《脑控》其实在科幻的半径里再次讨论了科技主义和世界人文的边界与关系，展示了如果科学技术没有与合情合理的人文精神相匹配，那么欲望驱使下的所谓应用与发展就是一场阴谋、一场噩梦、一场人祸。与我们在当下遭遇的新冠疫情不同，《脑控》中的"超级流脑"来自于实验室、来自于控制技术走向的商业资本，他们不但劫持了政治，也迫害了人性，使之具有反人类的狂妄性。小说中时刻上演的疫情属于大众，在这芸芸的背景前，小说聚焦的是一撮在资本和科技场域结构里的精英权威的战争，实质上即一场精英为主的人性之战、人文之战。最后，当然如很多美式大片一样，正义战胜了邪恶。小说需要这样一个结局、读者需要这样一个结局、大众的社会生活也需要这样一个结局——所以，如果仅止于此，《脑控》只是还算精彩的同类作品中的N分之一罢了。

《脑控》得以凭空一跃的是在这种正邪交锋中，加入了另一种理性和人文，那就是我讲的"精神根"。作为小说，它露骨地议论人文精神和人文价值显然不合适，且通俗的、网络化的传播限制着这种硬插入。郭羽、溢清的做法是从人物的童年经历、成长经历和创伤经历介入，他们用精神分析法的理路给小说中的主要人物行为找到了既符合现代科学精神，又符合文学虚构叙事精神的逻辑线、生命线。我们因此看到，反派巨头尤利西斯狂悖的精英主义、种族主义来自于他少年时父母无私之牺牲的心理背反，夏楠和威尔的非理性熟稔和纠缠来自于曾经因为科学实验而成为牺牲品的创伤记忆，而陈辰的儒弱感和忍耐力来自于父亲童年以来的威权和严酷。所以，小说中的人物因此各有性格和命运，而最终在一部情节跌宕、不乏推理和传奇性的作品里都聚合地指向伟大科技创造力的控制者们的精神根，以及自我战胜。从这个特点看，我大致能猜想二位作者中至少有人是好好修学过心理学和精神分析学科学位的。

《脑控》的故事场域整个儿就放在了国际性科技和医学领域的灾难叙事中心，世界卫生组织、美国、中国等等，让当下读者油然而生一种熟悉的对应感。面对灾难，我曾经想到过人类发展模式的问题，想到过若干年前读过的未来学著作，凯文·凯利的巨作《失控》，那部书有一个副标题：全人类的最终命运和结局。凯文·凯利说："人造世界就像天然世界一样，很快就会具有自治力、适应力以及创造力，也随之失去我们的控制。但在我看来，这却是个最美妙的结局。"——而"失控"一词，也多次出现在《脑控》里。换言之，这种关于科技、人文、社会、未来的书写，实际上已经在预言失控的可能与控制的偶然性。如果尤利西斯们成功了，用脑控技术杀死了大量的平民，将社会构架成为精英资本和未来科技生物的新型结构，人类会怎样？这可能是值得郭羽、溢清写《脑控2》思考的故事和情节了。

周兴杰：悬疑小说科幻化，抑或科幻小说悬疑化

郭羽、溢青创作的这部《脑控》，当属精品。小说读罢，我有这样一些阅读体验。

首先，两位作者对叙事的调动、掌控能力要远远超出其他网络小说。网络小说的叙事是非常套路化的，它们一般只有一根叙事主线，整个叙事基本围绕主角的行动，按照时间顺序展开。

郭羽、溢青的作品则完全突破了这种套路。小说中有大量的倒叙、插叙，它们与叙事主线穿插交织，形成了跌宕起伏的叙事节奏。而且，小说的叙事也并非仅仅围绕主人公展开（如果这本小说有主人公的话），它给次要乃至反面人物留下了较大的叙事空间。

小说的中后段几乎是多线头并进的，尽管如此，整本小说读下来，流畅感却不受影响。能形成这样繁而不乱的叙事格局，不能不称赞两位作者的叙事调动、掌控能力。

这样的叙事产生了非常好的效果。一是通过多种叙事方式内含的时间进程的断与续，自然形成了悬疑，又给予了悬疑以答案。二是有利于塑造人物

群像，而不是像很多网络小说那样，只有主角比较丰满，次要人物很多都像电子游戏中的NPC。

其次，两位作者的语言表现能力也远超其他网络小说。这一点，在小说的一开始就体会到了。小说一开始那一段对陈辰演奏钢琴的描写，将心理描写、环境描写、动作描写很好地融合在一起，色彩丰富、内外结合、动静相宜，不是故事的高潮，却因出彩的描写而形成了"高潮"，可以说一开始就给小说奠定了一个很好的基调。小说中这样的地方还有很多，就不一一举例了。

好小说需要好故事，好小说也需要好文笔。两位作者的细腻文笔和精彩描写，大概只有少数几位网文大神级作家能做到。我们这些从纸媒阅读成长过来的人，总是对好文笔更加青睐。

再者，是作品传达的人文关怀。科学发展到今天，给人类带来了极大的福祉，也制造了严重的伦理冲突，从克隆羊到人工智能，人们愈加明显地感受到悬在头顶的这柄科学伦理的达摩克利斯之剑。

从《脑控》主创者自身的创作背景来看，他们是有意识地要探讨这样一个问题：被控制的进化和顺乎自然的发展，人类究竟该如何选择？或者如小说中所描述的那样，更优秀的人有权决定他人的命运吗？小说通过自己的故事展开给出了答案，一个让人欣慰的、充满了人道主义精神的答案。文艺精品应该有更高的思想定位和精神追求，郭羽、溢青的《脑控》做到了这一点。

当然，小说读罢，也有一些意犹未尽的地方。

第一，感觉科幻因素对叙事的推动还应该更强一些。很多优秀的科幻小说不仅是以科幻为题材，而且它所描述的前瞻性的科幻技术或者科学理论问题会成为推动叙事发展的重要因素。西方科幻小说创作有所谓"黄金时代三巨头"，克拉克、海因莱因和阿西莫夫，读他们的作品就有这种感觉。近年来，中国的科幻小说创作也取得了极大进步，像我们都知道的刘慈欣的《三体》，读他的小说也有这种感觉。《三体》不仅写出了宇宙文明间丛林法则的冷酷（伦理问题），更有许多关于空间维度理论的描述与探讨。正是这些理论描述的可能性，使作家描述的宇宙文明间的冲突得以发生。就是说，因为有这样的技术或理论阐述的规则，而且这种技术或规则是如此这般发挥作用的，小说描写的故事才会发生。

当然，这些内容会让小说读起来很"烧脑"（有读者感叹"完全看不懂"，但是又不得不升起一种"不明觉厉"之感），但是它们也奠定了科幻小说之为科幻小说的品质基础。我读《脑控》，感觉"烧脑"程度还不够，感觉悬疑因素要强于科幻因素，更像一部增加了科幻因素的悬疑小说。

第二，主要人物塑造还可以更丰满一些。前面说过，这本小说是多叙事线索展开的，因此，小说中的一些次要人物、反面人物都是有"历史"的，这有利于人物群像的塑造。但是，读完小说，我有这样的感觉，或者说疑惑：到底谁是主人公，或者说第一男主？好像应该是陈辰（也有可能不是，而是他的父亲陈天白）。除了小说一开始有高光表现之外，陈辰的"行动力"对整个故事的推动显得不够。小说一开始花很多笔墨来写他弹琴，指法高明。这里有伏笔的意味，引出他与他母亲的关联，这一方面我们看到了。原本我还以为，他指法高明是"脑控"的结果，在之后的行动中会发挥至关重要的作用，但这一点最后并没有看到。这个人物在心理、性格等方面的刻画个人认为还可以加强。

周冰：从幻想中来，到现实中去

非常荣幸能够参加郭羽、溢青老师最新作品《脑控》的研讨会。阅读了郭羽、溢青老师的《脑控》，学习了诸位老师的发言，很受启发，总让我想起布里安·阿尔迪斯关于科幻小说的界定："科学小说是一种文艺形式，其立足点仍然是现实社会，反映社会现实中的矛盾和问题。科学小说的目的并不是要传播科学知识或遇见未来，但它关于未来的想象和描写，可以启发人们活跃思想，给年轻一代带来勇气和信心。"想起达科·苏文对科幻小说特性的判断，说科幻是"一种文类，其充要条件是陌生化和认知的存在以及二者之间的互动，科幻的主要形式手段是一种想象的框架，用以替代作者的经验环境"。

这部小说立足于脑科学发展，借助于对大家相对陌生化的脑科学认知描述与想象性的叙事框架，试图反映技术进步、人工智能等可能带来的负面后果，从而反思技术、人性等。小说整体风格似梦似幻，在幻想与现实之间营构着一种张力。刚才各位老师的发言已从不同角度对这部作品做了解读，而且都比较深入，但我想，不管如何解读、批评，这种解读总要围绕"科幻小说"这四个字，在科学性、幻想性、小说性三个维度上展开，因此，这里我围绕这三个层面，就阅读体验向各位老师做一简要汇报。

首先，我们来看科学性。小说从当前的脑科学研究成果出发，进行真实性的脑科学知识呈现、还原，但又不拘泥于科学，而是延伸、推测，它的科学性至少在两个层面上体现出来：一是它提供了不少脑科学知识和一系列陌生名词，比如"超级流脑"、阿尔茨海默病、斯德哥尔摩综合征、血脑屏障、β淀粉样蛋白斑块及人脑构成中的海马区、杏仁核等，这样一些词语及知识，不少已经是既有的科学、心理学认知成果，科学性满满，作者的写作富有"知识考古"的意味。二是它对脑科学知识的相关推测显得合情合理，它是建立在现有科学认知基础上的合情合理的推测，让人信服。比如，脑控的描述，如何脑控，它不是简单地置入一个芯片就可以达到控制的目的，而是说将这种控制的技术与神经元、神经尘埃等相连接。小说中提出了神经尘埃、神经元接收装置、意识读取解码器等说法，基本上切合于大脑运作的情况，是合理性的科学推测。

其次，我们来看幻想性。科幻在科学的基础上总要讲幻想的元素，这也是众多科幻小说迷人的地方。我们所熟知的刘慈欣的《三体》《流浪地球》、郝景芳的《北京折叠》、威廉·吉布森的《神经漫游者》等，之所以能吸引人，核心的地方即在对幻想世界的呈现，及在未来科学技术高速发展之下，人的生存状态的展现。《脑控》以超现实技术建构现实世界未来图景，由熟悉的日常生活切入奇幻性的虚幻空间，以科学幻想的思维方式对日常生活进行陌生化处理，幻想比较富有特色。比如关于记忆存储、记忆提取、神经尘埃等；再比如疯狂性的"美丽新世界"，试图通过神经尘埃，将智商在100以下的人类进行灭绝；又比如关于新的种族卡特族的描写与呈现；等等。这些都是小说的一种畅想性因素，但是正因为这些畅想性因素，使得小说具有了迷人的阅读魅力。

最后，我们可以再说一下作品的文学性。科学与幻想是科幻小说互为作用又互为制约的两大美学要素，但它们都要从属于小说的审美与构造，脱离了这一点，科幻或将成为一堆科学名词或数字的堆积。那么《脑控》的文学性表现在哪些方面？我觉得不仅表现在语言表达、人物刻画、叙事技巧上，更表现在写作理念、价值反思上。《脑控》讲究写作的理念与叙事技巧，体现出一定的后人类思想，体现着一定的叙事媒介融合趋势。

在叙事技巧上，小说是一种悬疑性叙事，作者挖坑、填坑，再挖坑、再填坑，营造悬疑紧张的气氛。比如，小说开篇就讲夏楠失踪，但关于失踪原因却迟迟未揭露，从而引来陈辰的猜疑，闺蜜的不可靠叙述等等。而当我们知道她试图找艾伯特教授提取记忆时，艾伯特教授却被人谋杀，记忆芯片也丢失，那记忆芯片里到底是什么内容？艾伯特教授的大脑是被谁偷走的？再比如，陈天白最后去哪儿了，他是不是最大的BOSS与所有事件的策划者？这些，似乎都悬而未解。所以，从这样的角度看，《脑控》应该是一个系列性的作品，当前只是他的序篇或者第一部。

在悬疑叙事之外，小说也充分借鉴了影视的镜头叙事语法，以类似于分镜头拉长、走近、特写等方式展开叙述，并不时地打破叙事的当下性，进行倒叙、插叙、补叙等，从而试图营造一种立体的叙事网络，实现图像叙事的效果。比如，小说中经常在叙述时借助追溯、回忆、梦境等，将情节返回到二十一年前：二十一年前的实验、二十一年前的强奸、二十一年前的惨案，二十一年前的脑控等等，进而将过去统一凝结在当下，从而达成叙事的目的。以至于，我阅读时总感觉是在看一部电影，这部小说就是一部即待改编的剧本。

同时，小说也表现出较强的身体面向，强调阅读的爽感。比如对情与性的刻画，如威尔·戈斯与夏楠之间似乎因强奸而爱的叙述，感官欲望的描述；白芸出轨尤利西斯等。这样的描写，其实满足的是窥私欲，是一种身体的爽感叙事。再比如对身体的规训与惩罚，如艾伯特教授之死，贫民窟的实验，尤利西斯极端化的"新世界"设想等。

在写作理念上，该部小说从脑科学入手，探讨了我们今天流行的人工智能问题。《脑控》的故事大概不算蹭 AI 的热点，我宁愿将其理解为作者思考问题的基本方式。我们知道，由于科幻人文主义的缘故，当下很多的科幻作品在小说意识形态层面逐渐形成对于人工智能的恐惧，对于科技失控的忧虑，以及对不确定性的担心。在这种情况下，今天的科幻作品，总体的美学倾向是偏忧郁的，似乎只有妖魔化科学技术，对之进行黑暗化处理才能激发出关于现实的警醒与忧思。

《脑控》承袭了这样的价值理念，并没有脱离这一流行的套路，但其整体上呈现阳光之态，其试图运用脑科学、人工智能编织故事的情节单元，让自己的小说能够顺利地回答今天面临的问题。也就是说，将脑科学、人工智能的发展问题化，是该部小说隐藏的叙事动机。在这个意义上，作者的写作可以与后人类危机、赛博格主体等关联，体现出科技伦理反思：面对脑科学的发展、人工智能的普及，人如果被人工智所替代，未来的人又该如何生存？

因此，在某种程度上，《脑控》从脑科学的基本知识出发，延伸人工智能的幻想，进而将之与悬疑、推理、爽感等叙事元素相融合。它从幻想中来，到现实里去，试图传达作者对后人类时代人工智能、赛博格主体、人类生存等的思考。它有自己的核心写作理念，有自己的价值反思，是一部文笔、情节、设定俱佳的科幻向通俗作品，值得一读。

不过，小说仍有不足之处。比如，小说讲了一个中国故事，一定意义上可以说是中国人拯救世界的故事，这比较符合时下现实主义题材创作的需要，但从全文来看，作者对陈辰的塑造着墨并不太多，显得过于扁平、平庸，那么这种塑造是否能够承担起"拯救"的内涵是需要进一步商榷的。

吴长青：文学"智性"书写与技术虚拟的真实博弈

作为一部紧跟现代脑科学技术发展的科幻类型小说《脑控》，作品围绕全球脑神经科学领域的权威，也是世界上研究记忆的最顶尖的科学家之一艾伯特的被杀和大脑被盗，由此引发出谁是凶手以及背后到底是一场什么样的惊天阴谋追问。

陈辰的父亲陈天白、尤利西斯和艾伯特曾是斯坦福脑神经科学三剑客，陈辰作为年轻一代脑科学家积极参与诺菲神经科学大奖的角逐，但是在他逐步深入了解之后，揭开了尤利西斯所实施的阴谋——试图打造"新世界"的理念，即科技发展速度超越了人类自身的进化，人工智能正在成为人类最危险的敌人。为了拯救人类，他们必须通过人工干预的方式提升人类的智商，实现人类智商的大跃进。

其中在二十一年前的贫民窟事件中的两个被植入神经控制器的受害者威尔、夏楠，以及夏楠因遭威尔强奸生下的女儿安琪拉在作品中都集中地得到了呈现，而实施这项计划的竟然是陈辰的父亲陈天白。最后，陈辰在FBI前探员莫思杰的帮助下成功游说了美国总统马歇尔制止了尤利西斯的罪恶，并挽救了威尔和夏楠，陈辰的身世最终也真相大白。

整个故事跌宕起伏，悬念丛生。特别是情节的设置，将人物的"智性"与技术虚拟真实进行对弈，拓展了文学的想象空间，解蔽了科幻作品中的文学性。

首先，小说的"梗"——"记忆提取器"是裁定技术伦理的一条基准线。整个小说涉及的技术比较多，有诺菲医疗中心治疗"超级流脑""安他敏"的医学技术，有MTX迅猛提升人类智商的功能、控制意识的"神经尘埃

5.0"技术，还有记忆提取和记忆解码技术。如果没有"记忆提取器"这个"梗"，作品人物与科技的关系就难以区分善恶，因为科技是"中立"的。因为有了"梗"，故事出现了叙述线，其中有威尔与夏楠作为受害者的同情线，陈辰与母亲以及父亲陈天白的家庭线，艾伯特、尤利西斯、陈天白的斯坦福脑神经科学三剑客科研线，以及二十一年前贫民窟事件的阴谋线，尤利西斯的人类智商优化线。

这其中还有陈辰与威尔的误会，陈天白遥控夏楠杀害艾伯特的谋杀线，以及安琪拉与艾伯特的养父线，艾伯特开除威尔的遗憾线。多条线索交织成一张复杂的情节网络。所有的故事都与"记忆提取器"发生关联，这也是推动整个故事情节的动力。一旦恢复"记忆"，夏楠、威尔都将被激活追溯到原初，也就是说，原初的斯坦福脑神经科学三剑客是整个故事的内核。不过因为在陈天白与尤利西斯之间出现了二度分裂，故事由此出现了三个层面：一是艾伯特的技术理性主义，二是陈天白的古典主义以及尤利西斯的超现实主义（功利主义），陈辰和威尔的分歧在技术理性主义和超现实主义，而陈天白的古典主义显然是一种虚妄的存在，也是作者所极力淡化的。

在技术理性主义和超现实主义博弈的过程中，作者小心翼翼地选择了前者，也是一种对技术的温和主义姿态。这其中人物的"智性"成功超越了技术的真实，这种"智性"主要表现在对编码的设置上。"关于MTX，昨天深夜威尔和陈辰研究过，尤利西斯他们即使从夏楠那儿得到了化学分子式，也无法合成出MTX。因为，有一样催化剂陈辰和夏楠在书写的时候，故意用了一个 ^{13}C 作为指代，以防止有人盗窃，但实际上，这是一个非常复杂的催化剂。幸好那天没有细问化学分子式里的每一个元素。所以，对于尤利西斯从夏楠口中拿到的那个方程式，陈辰并不担心。"因此，人的"智性"书写是技术本身所无法颠覆的前提。这也是科幻类型文学首先对"人"作为主体的尊重与再现。

其次，技术的虚拟真实增强了故事的吸引力。类型小说同样遵循着通俗小说的基本伦理——满足读者的"快感"需求。人类对已知的事物早已经失去了兴趣和耐心，但是对于"时尚"和"新奇"的追求是人性先天的需求。而新技术恰恰符合了人类对于精神刺激的伦理机制。小说中的各种新技术所造成的原有秩序的混乱，人伦关系的颠覆，以及由此造成的精神的错乱，甚至暴力事件的发生都与此密切相关。

再次，作为科学研究的"实验"系统，是建构虚拟真实的"自我"的场域。艾伯特的实验室是一个神秘的场所，艾伯特淡出人们的视线好长一段时间，最终研制出自己的神经控制器，尤利西斯的"新世界"和诺菲实验室里有不可告人的秘密，陈辰的实验室泄漏成为对手打击的把柄等等，所有精彩的情节都是发生在这样的装置里。

因此，实验室所营造的一个虚拟真实的"自我"具有了常人所不具备的超人的能力，作为一个"虚构的自我"，在这其中所获得的快乐是远远大于现实世界的。因此，作品将用于科学研究的"实验室"系统写得非常传神，一个个人物理所当然地成为具备超凡能力的强手。而这些密闭系统之外的人对系统之内的人同样充满一种神圣的想象。

在这其中，人物身上所具备的"智性"则让位于虚拟技术所造就的"逼真"的自我空间。两者之间形成了某种张力，人的"智性"的退场，客体的虚拟技术反客为主，满足了人们对于新技术的渴望，进而成为一种阅读的内在推动力。

总之，在"智性"与虚拟技术的博弈中，形成相互观照的两种维度，此消彼长，这其中的人性难免会受到物性以及其他异质的抑制，在人性分阶的过程中形成了独立的文学性。这是作为通俗文学的类型文学的先天优势。

文说往事

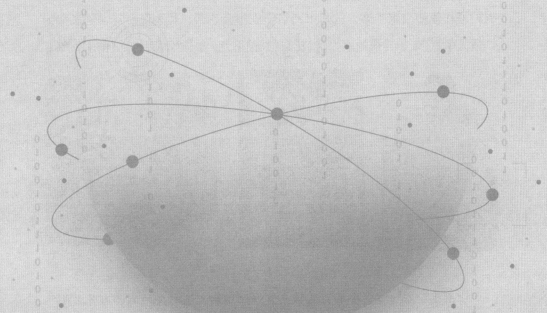

烽火戏诸侯访谈

采访者：史晧玮　张琳琳　周敏

作家介绍：烽火戏诸侯，1985年生，本名陈政华，浙江省杭州人。浙江省网络作家协会副主席，杭州市网络作家协会主席。代表作品有《陈二狗的妖孽人生》《老子是癞蛤蟆》《桃花》《天神下凡》《雪中悍刀行》《剑来》等。

您出生于浙江省淳安县，能够谈谈浙江这块土壤对您的写作有什么影响吗？如果有的话，它是怎么在您的作品中体现的（如小说人物、生活背景等）？您选择在杭州发展主要是出于什么考虑？

烽火戏诸侯：浙江对我的影响还是很大的，老话说一方水土养一方人，半点不假。在我看来，任何一个作者的文学作品，尤其是初期作品，都是一种对家乡对童年的追本溯源，最成熟的某部作品，大概也会是某种意义上的落叶归根。之所以选择在杭州市定居，一来距离淳安县老家近，二来大学是在浙江工商大学读的，三来杭州自古就是一个文气很重的灵秀之地，而且生活节奏又不至于太快，在这里写作，只要不懒，多看书常练笔，就容易出好作品。

地方文化与网文写作这个话题挺有意思的，其实浙江省有许许多多的网文作者，您认为怎么样才能在创作好作品的同时，又适当地融入浙江文化，寓浙江于网文，实现幻想与现实的联动？

烽火戏诸侯：我认为不管是玄幻作品还是现实作品，浙江都有取之不尽用之不竭的文学素材。在我看来，不管是什么小说题材，每部作品的精神内核、气质都是与现实生活相通的。就像我现在创作的那部古典仙侠作品《剑来》，就是参加浙江省作家协会的采风活动，亲眼见到铸剑打铁的场景，才突然迸发出的一个灵感，当时就特别想要写出一部与剑、与瓷器有关的小说。所以网文作者还是需要多走出书房，在这个信息撷取无比轻松的时代，除了读万卷书，不敢说一定要行万里路，但多走走，肯定是裨益写作的。所以我个人建议，每到一个地方，条件允许的话，最好购买几本地方县志。

真是个好建议！另外，据我们了解，您大学时期读的是公共管理专业，是因为什么开始了网文小说的写作？

烽火戏诸侯：可以说是个偶然。开始写作纯粹是个人的兴趣爱好，因为从小也喜欢看书，有买书癖，看多了，就想要自己写写看。没想到一写就是这么多年，写作也成了自己的一份热爱。

对于网友们来说，《雪中悍刀行》是让您破圈的作品，里面的名言名句，经典人物，至今都在广为流传。在您写下第一个字的时候，有想过这本书会爆火吗？回想这些年，在写作的心态上有什么改变？

烽火戏诸侯：其实我没想到成绩会那么好，一开始只是单纯想要写一本

"不一样"的作品，跟自己以往的作品不一样，也要跟所有其他作者的作品都不一样。说到写作上的心态，我觉得对待写作，除了将其看作是事业而非职业之外，还始终秉持着一个观点：但问耕耘，莫问收获。

您的写作心态是真的很好，这是不是可能跟您喜欢读书有关？大家都知道您喜欢阅读各种书籍，尤其是各种闲书、杂书，您认为哪些作家、作品对您的创作产生了较大影响？您如何看待阅读与写作之间的关系？

烽火戏诸侯：我自己是中国传统文学名著看得比较多，外国作品看得不多，比如最近就在系统阅读一些掌故类的作品，以及茅奖作品，想要看清楚，知道差距在哪里，以及差距有多大。谈到阅读与写作，我觉得作为网络作者，对待传统文学经典作品，可以尊敬，但是不必畏惧，尤其不能觉得遥不可及。没有心气的作者，就写不出有长久生命力的作品。

很多读者发现在《雪中悍刀行》中，不少人物都有历史原型，这应该就是受您热爱阅读的影响。这种在历史人物基础上"二设"的写法，有什么技巧经验方便和我们分享吗？

烽火戏诸侯：我觉得最重要的一点还是不能一味照搬，得化用，否则就是搬书工了，属于一种低劣的炫技。而且最上乘的，还是借鉴历史，然后创作出完全属于自己的"历史人物"。这些角色深入人心，被他人借鉴，角色就成了某种历史人物。

我们再来说说您的近作，也就是影响极大的作品《剑来》。这部作品叙事十分宏大，架构了一个奇幻的仙侠世界。在现实生活中，您心目中真正的生活是什么样子的呢？

烽火戏诸侯：我心目中真正的生活大概就是两个字：从容。很喜欢一个说法——"今日无事"。当然，还是要努力码字，尽量保证相对稳定地更新。可如果在文本质量和更新速度之间必须二选一，就选择前者。但是不更新的时候，还是要保证阅读量，不是看网文，而是实体书。用手机看书，跟翻阅实体书，是截然不同的两种阅读体验，后者看似效率比较低，其实转化率更高。码字是为了更好生活，而生活不是只有码字。

《雪中悍刀行》里面有一个人物叫剑神李淳罡，为情所困跌落境界，后面再入陆地神仙的两拨飞剑，遮天蔽日，还有那一句"剑来"让人印象深刻。此处的"剑来"和《剑来》小说有什么联系呢？

烽火戏诸侯：《剑来》的书名就是这么来的。首先是我觉得李淳罡那段"剑来"非常精彩，之后也想了很多书名，比如《小师叔》《国师》之类的，但是既然"雪中"有这个梗，那最后还是选择用《剑来》这个名字。

事实证明您的选择是用心的，"剑来"确实很好地把本书想要呈现的中心思想表达出来了。《剑来》中很多情节旁征博引，或是直接用了原著中的经典。不过，据我们了解，这一点网友却是褒贬不一，对此您怎么看？

烽火戏诸侯：对我个人来说，创作每一部作品，从来不是一种单纯的内容输出，而是一种循环，既写书又看书，必须保证自己不被掏空。之所以会直接使用原著经典，还被读者揪出来，说明化用得不够，写作功力不够，没能藏好那些小心机。

再说回到这本小说的内容吧。我们注意到，很多读者对于书中"竹子"这个意象很深刻，自古以来竹子就因为它体现出来的特性受到读书人的喜爱，比如它的挺拔、有节、厚积薄发。《剑来》中的陈平安对其特别喜爱，是想通过这些展现陈平安的个性特征吗？是否有意与王阳明先生的"格竹"精神关联，都在不断穷究事物之理？

烽火戏诸侯：是的，很有关系。我一直坚信文学创作，尤其是长篇小说，需要讲逻辑，需要思维缜密，所谓的浪漫主义色彩，不是长篇小说的真正底色。给读者讲好一个故事，与讲好一个道理，都很难，都需要循序渐进和厚积薄发。在我老家，从书房看出去，就正对着山上的一大片竹林，所以我从小就喜欢竹子，自然也就运用到了写作中。

我们知道您的创作非常丰富，《狗娘养的青春》《陈二狗的妖孽人生》《老子是癞蛤蟆》这些是您创作前期的著名作品，而《桃花》《雪中悍刀行》《剑来》是后期的作品。很明显可以看到，前后风格差异很大，请问这种风格的转变，是基于什么原因？

烽火戏诸侯：我认为一个作者写作风格转变，很大一部分原因要归结于当时写作的状态和作品呈现出来的精气神的不同，当然也和年纪、社会阅历、读书厚度广度深度，都有不同程度的关系。

综观您的作品，我们可以看见小人物的奋斗挣扎，也可以看见侠义、庙堂、江湖、人生等，完全可以说是一书一世界。那么在这些角色中，是否有以自己为原型的？

烽火戏诸侯：这个倒是没有的，其实我会一直刻意保持与作品的距离，偶尔才会将某些情绪全部砸入书中内容。

这个回答挺有意思的，这也说明您是个创造型作家，而不仅仅靠个人经验来写作，而且风格多变，永远在探索。不过我们也很好奇，您写作中有没有出现过困难，因为不管是哪类作家，在创作中一般都会遇到所谓的瓶颈期，这个时候您一般会做些什么？

烽火戏诸侯：创作的瓶颈期每个作家都会经历，我一般会允许自己休息一段时间，进行大量阅读。因为好像很多作者很会写书，但是不会"看书"。不是说不阅读，而是看书没有效率，或者干脆只看网文作品，所以我也很注意平时的阅读积累，这也帮助我更好地提高自身的写作能力。

现在网络大神级作家的作品被改编已经成为常态，我们注意到《雪中悍刀行》在2021年已经被搬上了屏幕，它的上线是不是表明《剑来》的影视化也指日可待了呢？《剑来》是一个大IP，影视改编进程如何？

烽火戏诸侯：《剑来》很早就进入影视剧改编环节了，不过听说编剧团队都换了好几拨。用我自己跟腾讯视频某个朋友的调侃来说，就是"《剑来》这么优秀的文学作品，改编难度大一点是很正常的事情"。

目前市场上对于大男主IP的剧本改编不够看好，您怎么看待这个问题呢？您认为是剧本的问题还是改编的水平不够呢？

烽火戏诸侯：我一直坚信编剧这个环节是决定如今网文IP成功与否的最大关键点，没有什么之一。许多网文作品大IP的影视化改编之所以成绩一般，可能不单单是编剧的文学素养高低问题，主编和整个编剧团队内心认不认可这部作品，也是需要资本方必须重视的一个重要因素。再就是从主编到编剧团队懂不懂网文的精髓，能否真正搞清楚一部网文作品的长短板所在，明白哪些是必须保留的，哪些是可以绕开的，又有哪些内容是可以在原先基础上进行优化的，以及知不知道年轻观众的审美取向，愿不愿意主动打破一些旧有套路化的改编模式等等，都会决定一部网文作品的影视化成功与否。

您之前说过"网络文学也是文学"，身为大神级作家，您是如何处理网络文学商业性和文学性之间的关系的？

烽火戏诸侯：我认为从商业性和文学性的关系来看，一部网络文学小说，它的文本质量距离传统文学的经典作品越近，它的商业化运作就会拥有更多的可能性。所以这不是一个所谓的"平衡"问题，之所以会出现类似文青作品叫好不叫座的情况，其实还是作品本身不够好，文学底子不够扎实，可能也确实缺少一些必需的写作技巧。

您现在是浙江省网络作家协会副主席、杭州市网络作家协会主席，您对杭州以及浙江的网络文学发展前景有没有什么具体的设想？您是如何处理日常的事务性工作和自己的网文创作的?

烽火戏诸侯: 我很看好我们浙江网络文学的发展前景, 由衷希望我们浙江的网络文学能够持续发展, 始终站在整个文学浪潮的潮头位置上, 更希望能够出现一批可以跟传统文学经典作品打擂台的优秀作品, 相信一定会有的。此外, 还希望浙江的网络文学评论力量可以强大起来。我只参加那些必须参加的社会性事务, 不去进行任何不必要的社会应酬和资本运营。

作者的立身之本, 肯定只有作品。不立任何人设, 尽量弱化作者的符号, 选择只用优质作品去跟整个社会对话, 长远来看, 可能才是一个更加省心省力的选择。

据我们了解, 阅文集团的昆仑、番茄、疯读等, 都在大力发展免费阅读, 您认为网文行业未来在免费与付费的道路上, 会何去何从?

烽火戏诸侯: 对我个人来说其实不是特别喜欢免费阅读, 但是如果这就是势不可当的某种潮流, 就争取让自己和自己的作品做个特例。

那么您对于免费与付费这个问题是如何看待的呢? 二者对作者的利弊有哪些呢?

烽火戏诸侯: 我觉得可能头部作者的头部作品对待免费和付费阅读其实都已经相对钝感了, 因为就一些IP作品而言, 其价值尺度已经脱离了网文最初的订阅模式。但是对于中层作者和刚入行的新作者来说, 免费阅读是一种巨大的损害, 因为作品质量会被推荐、流量这些资本层面的作者不可控因素所裹挟和覆盖。但这只是我的个人见解, 观点可能会很狭隘。

据我们了解, 湖南省网络作家协会前不久开始作者职称认定, 浙江省网络作家协会在这方面有什么安排吗?

烽火戏诸侯: 在浙江省作家协会的大力帮助下, 我和几个同行作者如今都已经是二级作家了。我们浙江省网络作家协会以及杭州市网络作家协会,最近几年其实都在努力推荐网络作家进入职称评定序列。

您从事网文行业多年，对于想入行或者正在行业内的人，有什么建议？

烽火戏诸侯：我建议最好有一个特别纯粹的出发点，比如真正热爱写作本身。再退一步说，如果说有一种类似"我靠作品挣钱，是通过挣钱反过来证明我的作品有价值"的观点，也是不错的。可如果只是觉得写网文收入高，一旦真正进入这个写作门槛确实不高，却竞争无比激烈的行业，很容易就会碰壁，写作状态难以持久，而且写作是一个特别讲究祖师爷赏饭吃的行当。

好莱坞电影、日本动漫、韩国电视剧、中国的网络文学，并称为"四大文化景观"，您对网络文学的未来发展有什么看法？

烽火戏诸侯：我个人的看法是，网络文学IP化比起前几年的热热闹闹，最近两年已经相对低迷，但是熬过五年，未来就一定会出现一部或者多部能够打通全产业链的作品。所以大体上，还是需要作家埋头写作，未来可期。

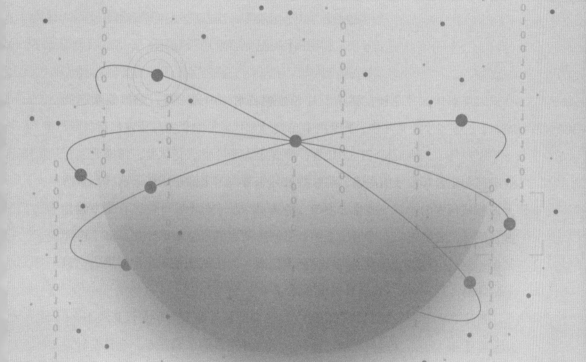

原创速递

《地煞七十二变》(节选)

祭酒

—1—

深夜幽林，月儿挂在树梢。月光盈盈若水，山风一过，好似能吹起涟漪。李长安盘坐在月华中，胸腹间有节奏地起伏，原是借着月华在修行。

片刻之后，他长长吐出一口气，睁开眼，草叶下、花丛里、树梢上、石缝中都响起窸窸窣窣的声音，都是些被月华吸引过来的小妖精。这些小东西大多都是草木山泽精气所化，没什么危害。李长安也不管他们，只是举起月盏，把月光收拢起来，然后饮下一口月酒，清凉的气息似乎让伤口都不再那么疼。他放下酒盏，却发现一个"胆大包天"的小妖精正躺在他的脚边，似乎刚才的"月光浴"太舒服，居然睡着了。

这小东西是只花精，乃是花的精气孕育，长得和人类小女孩儿差不多，却只有手指大小，身后收拢的"翅膀"是两片小小的茉莉花瓣。李长安看得好笑，折了根草茎戳了戳她的脸蛋，她用小手拨开草茎，翻个身用花瓣盖住了自己。李长安看得更想逗她了，于是又戳了一下。小花精刚抬起手来，却突然僵住。她轻轻抬起花瓣，脑袋探出来，正瞧见一张大脸笑眯眯地盯着她。

"呀！"她惊呼一声，一骨碌爬起来，手脚并用躲进草叶下面。可惜那草叶太小，遮住了脑袋，却露出了屁股蛋。李长安笑着敲了敲她的屁股，她便将屁股拱进了草叶下，却露出了脑袋。李长安还想再逗逗她，却突然发现，她小小的身子抖得厉害。是了，自己图一时开怀，这个小东西却被吓得够呛。

李长安不再逗她，只是用草茎沾了月酒递到她的小脑袋旁边。这小东西立马就闻到了月酒的味道，也顾不上害怕，麻利地从草叶下钻出来，尽管小脸上还带着些晶莹，却迫不及待地抱住草茎，把脸埋进了酒滴里，三两下就将酒滴吸了个精光，然后眼巴巴地望着李长安，似乎在说：请再来一滴。

这时，一个黑乎乎的大脑袋却突然冒了出来。

"啊呀！"小东西又是一声惊呼，这次倒是学到了教训，钻进了草丛。

大青驴打了个响鼻，咧着嘴迈着小碎步到了李长安身边，伸出舌头，往盏里还剩小半的月酒舔过去。李长安也不阻止它，只是拍拍它的脑袋："你个吝啬货，一个小家伙又喝得了多少？"

大青驴晃着脑袋，小小地舔了一口，竟露出酒鬼一般的陶醉神色。

这头驴不是什么妖怪仙兽，只是在马市购置的普通青驴，但偶然喝了月酒，居然开了几分灵智。李长安也乐见其成，毕竟常常孤身在荒郊野外，有头驴说说话也好。

忽地，大青驴支棱起耳朵。

"道士……"

一个清越的男声突兀响起，李长安神色一肃，却不慌不忙地将剑取来横在膝前，才转过头去。

前方的老树下，站着个峨冠博带的中年男子："要参加酒会吗？"

李长安虚眯着眼睛打量着男子，指节敲击着剑鞘。良久，他忽然笑道："好啊。"

李长安扶着剑跟在男子身后。在男子的引领下，黑夜里崎岖的山林似乎好走了许多，尽管月光被厚而密的树冠遮住，但林间飞出许多萤火虫，一路环绕跟随，倒是不必担心脚下看不清楚。

李长安默不作声，掏出一张冲龙玉神符。

大半夜在深山密林里还穿得如此整齐，这个男子自然不会是普通人。

李长安掐起法诀，黄符静静燃烧。他的脸上反倒露出疑惑的神情：这个男子身上什么味儿都没有！

李长安鼻子里只有泥的气味、水的气味、树的气味……没有妖的气味，更没有人的气味。自打学会冲龙玉神符以来，这还是第一次无功而返。

"先生怎么称呼？"

男子头也不回："唤我衡先生便是。"

衡先生？胡先生是狐妖，黄先生是黄鼠狼妖，当路君是狼妖，虞吏是虎妖，无肠公子是蟹妖，这衡先生又是哪路妖怪？李长安想再探一下虚实。

"原来是衡先生当面，贫道俗姓李，道号玄霄，不知是参加什么酒会？为何邀请贫道？"

衡先生依旧没回头："只要有好酒，自然都可以参加。"

原来是看上了自己碗中剩余的月酒，这月酒对妖怪的吸引力这么大吗？

"驴舔过的也可以吗？"

谁知，这句话却让衡先生停下脚步，转过身来，淡然说道："驴喝过的与人喝过的，并无不同。"

呃……好吧，只要你不嫌弃就成。李长安觉得，自从得到黄壳书上的神通后，自己本来就大的胆子好似变得更加肥了！就算比不上赵子龙，也与姜伯约差不多了。深山老林，居然敢和莫名其妙出现的妖怪参加莫名其妙的酒会！以后行事可得谨慎些啊，不过现在嘛……来都来了。

李长安坦然跟着这个衡先生走入一个林子，在林子中央有一片不小的空地。空地上有一块大青石，石头上被凿出一个小池子。

衡先生径直走到池子边，取出一个小葫芦，揭开塞子便飘出浓郁的酒香，香气温醇绵长，即便在李长安放大许多倍的嗅觉里，依然没有一丝杂味儿，当真是难得的好酒！这衡先生却丝毫不顾惜，将葫芦里的酒统统倒入了池中，然后就寻了个地方盘腿坐下，闭目养神起来。

李长安问了几声，不见回应，干脆也学着他的样子，将盏中残存的酒倒入池子，坐下将剑搁在膝前。不多时，忽地传来阵阵轰隆声。李长安循声望去，不由得将手搭在剑鞘上。

只见一个足有三层楼高的巨人扛着一只巨桶从林中走出，他自顾自打开酒桶，李长安鼻子动了动，里面装的也是好酒。

巨人将桶中酒一股脑倒入池中，那池子也有几分神异，这么多酒倒进去，居然只涨了小小一层。

巨人刚坐下，便飞来一只雀鸟，从鸟背上跳下个小东西，却是个穿着官服的老鼠，老鼠怀里抱着个小酒壶，也将酒倒入池子。

而后，形形色色的妖怪相继到来，有禽兽得道，也有草木成精，唯一共同点是，都带来了好酒。

他们混杂着坐在一起，即便是蛇与青蛙这类天敌之间也毫不顾忌，就连李长安身边也坐下了一只穿着短衫的大兔子。见此，他颇为纳闷：虽然兔子很可爱，但红烧兔头也很好吃呀！他很想转头问一声："兔妖，我可是道士啊，你不怕我把你降服之后，拿来下酒吗？"

转眼间，空地已经坐得满满当当，酒池也渐渐装满。忽然，衡先生睁开眼睛，开口说道："来了。"

"什么来了……"李长安不明所以，旁边坐着的兔子却用红眼睛瞪了他一眼，示意他噤声，指了指耳朵。

李长安有些蒙，这是自己人生第一次被兔子教训。但他还是安静下来，如言侧耳倾听。

山中寂静，只听到山风里隐约有玉碎一样的清脆声响，轻微而断续。继而，那声音逐渐密集，好似渐渐充斥着这片山林。忽然，李长安眼前一条垂下的树枝尖上冒出个小骨朵，紧接着，仿佛冰裂玉碎一样的声音，绽放出一朵小花，花成四瓣，却是半透明中带着微微的蓝色。

此时月色正好，月光映在半透明的花瓣上，渲染出一圈淡淡的光晕。还没等李长安看个通透，枝丫上已经绽开第二朵、第三朵……顷刻间，满树芳华。李长安若有所思，抬起头，山林已化作花海。半透明的花瓣在枝头轻轻颤动，好似一树树摇动的月辉。

此时此刻，花树下，不论是人是妖，是草木还是禽兽，都沉醉在这良宵美景当中。直到衡先生拍拍手，花海里便飞出一个个花精，和先前李长安遇到的那个小花精没什么差别，就是身形大上了好几圈，每一个手中都捧着一个巴掌大的木碗。她们云集在酒池边，又倏忽散开，木碗中已盛满酒液。她们将木碗分发给在座的每一个来客，无论身形大小，无论带来酒水多寡，通通一碗，一视同仁。身形小的，倚着碗如同挨着浴缸；身形大的，只用指尖小心放着。李长安看得有趣，忽地，一阵花香袭来，一个盛着清澈酒液的木碗已递到眼前。

"咦？"李长安接过来，有些小小的诧异。别的客人碗中只盛着八分满，他这只碗中却满得快要溢出来。他抬眼看去，扑扇着茉莉花瓣翅膀的花精冲他眨了眨眼睛，而后汇入花精群中，飞入花海不见。

"饮胜。"衡先生高举酒碗，李长安也应和着将碗小心举起，随场中客人一并饮下。

酒液入喉，仿佛有千百种滋味在胸腹间流转，俄而汇成一处，散出浓郁的生机，所过之处，四肢百骸无不温暖舒爽，就是周身多处发痒，他往瘙痒处搓了搓，搓下块血痂来。

李长安挽起衣袖，蛇头山恶战留下的伤口已然痊愈，且酒中孕育的生机只去了小半，更多地融入了身体。他有些惊异，这般神效，算作琼浆玉液也不为过吧！

忽地，大青驴噘着嘴把脑袋拱进了他怀里，伸长舌头向碗里舔过去。

这蠢驴，舔碗底都舔成习惯了！李长安拍了拍驴脑袋，任它舔去碗底的残余。不料大青驴舔了几口，忽地趔趄了几步，身子一僵，直直倒在地上。

李长安急急地看去，只见这蠢驴虽然倒在地上，但嘴里却打着呼噜，似乎只是醉倒了。李长安松了口气，可随即眼神一凝，这蠢驴嘴角的涎水里长出几朵雪割草，耳朵里慢慢钻出一束牵牛花，身体各处的皮毛下面好似都有绿芽在蠢蠢欲动。

"这……"李长安傻了眼：这蠢驴莫不是要成盆栽？

忽地，旁边的衡先生伸手在蠢驴头顶上一拍，花草绿芽便全都脱落下来，落在土中。蠢驴摇摇晃晃站起来，支棱着耳朵，似乎没搞清楚状况，反倒又哼哼唧唧将脑袋往酒碗里伸来，李长安赶紧一巴掌把它拍开。盆栽没当够，又想做花肥吗？蠢驴委屈叫上几声，没一阵，便摇着尾巴吃草去了。

而这时，场中的妖怪们已经离开原位，三三两两聚在一起赏花饮酒。李长安孤身一个，无妖搭理，忽然脑中浮出一个念头：自己没有头绪，找不着那蜘蛛妖怪，可现场有这么多妖精，能不能向他们打听一番呢？

尽管自己也觉得有些异想天开，但左右无事可做，李长安便厚着脸皮找了几个看着和善些的妖怪凑了上去。

"蜘蛛？"这妖怪只有半人高，身体大半已经化作人形，只是背着两片薄纱似的翅膀，应该是某种昆虫得道，"是不是那种八只腿，很多眼睛，靠陷阱捕猎的恶心家伙？"

昆虫妖怪面露嫌恶，李长安却心里一喜：貌似有戏啊。

"这种恶心家伙很多吧！山里山外还有凡人的地盘，到处都是！"

"呃……我是说成了妖的。"

"也不少啊！山里山外还有凡人的地盘，到处都是！"

李长安眨巴眨巴眼睛：有这么多？

"我问的是大蜘蛛……"李长安回想黄壳书上的蜘蛛图，上面所画的蜘蛛正在将一个活人裹成茧，而这个活人在蜘蛛身前不比小鸡崽大多少，于是，他左右看了看，最终指向盘坐的巨人，"像他这么大个的。"

"哦……"几只妖怪一起仰起头来，冲着一脸莫名其妙的巨人发出无意义的赞叹，"这么大个儿的蜘蛛啊！"

"你在哪儿看到的？！"昆虫妖怪急切问道，满脸都透着震惊与害怕。

李长安颇有些无语："我这不是问你们吗？"

"咦，我倒是有点印象……"旁边一只圆头圆脑，散发着草木清香的妖怪拍着脑门说道，"我前些日子听一只路过的黄雀说，岷州有一座山上来了一只大蜘蛛，凶残得很，把附近的小妖都吃光了！"

李长安眼睛一亮，赶紧问道："哪座山？"

妖怪的圆脑袋上一双圆眼睛瞪得溜圆："我也不知道啊！"

李长安正待细问，忽然，鼻尖落下一点清凉。他取下一看，是一片小小的花瓣。心有所感，他抬起头来，山风带着山泽的气息涌入林中，半透明的小花纷纷离了枝头，在月光下，好似一场纷纷细雨，月光洒了满地。须臾间，李长安肩头也已经积满了花瓣。

此时，大地颤动，一直盘坐着的巨人站了起来，向场中拱拱手，在轰隆的脚步声中，大步离去。

宴会散场了。

—2—

"兀那小辈。"

李长安为死者合上双眼，闻声转过身来。一个瓷瓶画出个抛物线坠入怀中，他接过一闻，熟悉的药香让他精神一振。

他没忙着吃下丹药，俗话说得好：天下没有免费的午餐。李长安抬头看去，老道士在法台上冲他嘿嘿直笑。

"听我这几个徒孙说……"罗玉卿胡乱点了几个正一道士，"你有御风的神通？"

"略懂。"

"你身手敏捷，剑法通神？"

"还成。"

"我还听说……"

"真人有话不妨直说。"李长安一点不客气地将其连篇废话打断。伤者还未救治，遗体还未收殓，死者还未超度，哪儿有闲心与他扯闲篇？

这老道倒是一反常态，也没发脾气，只搓着手问道："不知你可有胆量上云天与那魔神再斗上一遭？"

这倒是让李长安稍感讶异。方才神将与老道的对话，他在台下也听了个七八成，却没想到罗玉卿放着几个正一道士不用，偏偏挑上了他这个外人。

他扭头看着云天下厮杀不休的石犼与金龙，又回头迎着老道殷切的目光，按剑笑道："有何不敢？"

"授你神霄玉府伏魔剑，授你阴阳二气混元甲，授你追风摄电踏云靴……再拨你雷兵一万，风卒八千……"

罗玉卿拿着法剑连比带画，李长安倒也没多大的实感。老道法咒中的"伏魔剑""混元甲"等等并无实物，只有某些无形之物从天而降依附在身，厉不厉害不知道，反正是怪不自在的。但唯独言道"风卒"，李长安体内似乎有东西与其呼应。而后，他发觉周遭……不，应该说方圆不晓得多少里的每一缕风都好似尽在掌握。他感觉到，有风拂过残破的战旗，有风拂过死者的遗容，有风转动法台的幢幡，有风穿过树梢、穿过火海、穿过暴雨……

他尝试着抬起手来，顿时，方才还呼号的狂风骤然一停，只剩下暴雨簌簌直落。他再一握拳，狂风骤起，只吹得乱雨飘飞，旗帜招展，火焰腾空，凡东南西北任他操控。

罗玉卿目瞪口呆，手一抖，扯下根胡子，疼得龇牙咧嘴。可没等到他开口发问，李长安已然迫不及待地腾空而起，扶摇直上！

长风在身边呼啸，暴雨拉成一道道流光，高不可攀的雷云转瞬便触手可及。李长安半点不停，扎入云层，眼前立时便被云雾笼罩，一切都看不真切，只时不时有白光亮起，那是雷霆在云中乍现。

但也不过一两秒的时间，眼前的迷蒙忽然散去，一望无际的湛蓝涌入眼帘。此时此刻，头上是一览无余的苍穹，身边是无穷无尽的罡风，脚下是连绵的雷云。此情此景，不免让人打开胸膛，顿生畅快。古人云，"负青天，绝云气"，概莫如是！

李长安一声长啸，引得罡风呼啸，云层涌动，但却不再停留，径直投入云海。

云层依旧转瞬即过，而这次，迎接他的是熊熊的烈火、交织的风雨、暴起的雷霆。李长安拔剑出鞘。尸佛、龙君，就在眼前！

"真人且慢。"

"十万火急，慢不得！"

"且听晚辈一言。这尸佛虽藏身于石犼之中，但具体藏在何处却不得而知。若是放出神雷，击落了石犼，却没打中尸佛，不是白白浪费最后一道神雷？不如让晚辈探清其位置，再发神雷。"

罗玉卿一面惊讶于李长安对风灵的驾驭，居然玩出了千里传音的花样；一面也为其胆气感慨，游走于两个庞然大物的厮杀之中，可不是什么安全轻松的事。

"你有把握吗？"

"有。"李长安回答得半点不迟疑，而他所倚仗的不是其他，正是罗玉卿借给他的风灵。

风的特性是什么？是流动？是呼嚎？是翻江倒海？是追云逐雾？不，是无所不在、无孔不入。

随着对驾驭风灵一事渐渐熟悉，李长安发现自己居然可以分辨出风中蕴含的一些模糊的信息。

先前，便是借着风传回的信息，李长安才察觉了石犼的断头求生，更察觉到那一记"青宵神雷"虽未击落石犼，但也不是全然无功，其散逸的威力已然把石犼身体震出许多裂纹。虽很快被藤蔓缝补，但残留的缝隙足以让风潜入其间，为李长安探听尸佛真身所在。

差不多了。李长安轻飘飘地从龙爪与犼爪的空隙间挤出来。他已然探清尸佛大致的位置，但风传来的信息多少有些模糊，若想确保万无一失，最好……他盯着石犼庞大的身躯。那些色泽青硬的石头可不是寻常山岩，它们已被魔气浸润，坚如精铁，否则也不可能把金龙撕咬得皮开肉绽。

要破开这层"龟壳"可不容易。李长安忽而神色一动,道袍鼓动,竟然首次主动脱离了战场。金龙哪肯轻易放过他,腾身就上来扑咬,可被石犼一把抓在尾巴上,刮下大片血肉碎鳞,痛得它眼珠子发红,反身又与石犼厮杀。李长安半点不停留,驾起长风,直上青冥。

道家称:天极高处风为罡风,能销金断玉,最是锋锐。李长安脚踏云海,背负青天,紧闭双眼,静心凝神,摒弃一切杂思,努力将每一缕罡风都纳入掌控。渐渐地,他周遭的呼啸越来越盛,脚下的云海鼓噪不休。

接着,呼啸声越来越刺耳,隐隐有金铁之声,空气渐渐扭曲,居然现出了几条绕着他盘旋不休的白线。

再接着,那些"风线"越来越密、越来越多,终于在阳光的折射下,呈现出透明的细碎鳞片模样,均匀分布在身边缓缓转动。

李长安睁开双眼,俯身冲下云海。

罗玉卿还在恼火李长安为何迟迟不给准信,便见得他去而复返。

但见天穹上猛然破开一个大洞,李长安携裹着数不尽的鳞鳞罡风,呼啸而下。其周身的"风鳞"不断彼此碰撞、挤压、摩擦,溅出火星,煅得通红。再然后,以一种蛮横不讲理的态势切入战场。

上一秒,龙君措手不及,被刀片一样的罡风抛卷出去。

下一刻,李长安引着罡风,好似一把锥子,钻进了石犼体中。

无论是山石还是藤蔓,都在罡风之下搅成碎屑。

俄而,李长安眼前一空,竟是钻进了石犼体内一处空洞之中。他凝神打量,只瞧着大量的黏稠血浆汇聚成一个庞大的蛹,正好似心脏般缓缓跳动。而在血蛹之中,隐隐瞧见了一个三头六臂的狰狞巨影。

李长安咧嘴一笑:"找到你了!"

法台上,老道须发皆张,掷出令牌。

轰!白光伴随轰鸣贯穿天地,一股肉眼可见的冲击波扩散开来,荡开雷云,搅散风雨,按下火海。只眨眼间,风、雨、雷、火,还有倒扣天穹的重云都突然没了踪迹,好似方才那仿若九重地狱的骇人场景只是一场梦幻,唯余焦黑的爷山上腾起袅袅轻烟，轻烟之上，金龙盘桓于九天，而石犼……一个巨大空洞贯穿了它整个身体。

地上的人都屏住了鼻息，不是他们不想欢呼，只是害怕又是一场空欢喜而已。然而，只听得咔嚓的碎裂声渐渐入耳，渐渐密集，人们惊喜地发现，不断有乱石自石犼身上崩解，越来越多，越来越密，不消片刻，这石犼便彻底解体，仿若一场石头雨落在爷山之上，扑腾起阵阵烟尘。待到烟尘稍定，便见得一袭道袍悬于青天之上。

—3—

美酒入喉，说不出的温润香醇沉入胸腹，一股子醺醺醉意也趁机冲上头脑，教人眼晕脸热。一个恍惚，窑底的积水上竟然蒸腾起大量雾气，不消片刻便将李长安包围，仿佛置身云海。他心思一动，抬头看，头顶上那一圈狭小的月空已然不见踪影，取而代之的是宽阔无垠的朗朗青天。

得，又是幻术，这次又是为啥？李长安扭头看向身旁的酒神，酒神却没作声，只向下指去。李长安便俯身下探，顿见云层变薄，脚下原是一座依山傍水的小城，再熟悉不过，还是潇水城。

只不过，眼下的潇水没有幻境中那么精致，那么干净，那么繁荣，那么富足，更没有缠绕满城的紫藤萝，却是同样的安逸与平和。但这平静显然是短暂的、有瑕疵的，李长安的目光投向地图的边际，那里扬起道道烟尘，一支军队正在跨越群山而来。

"这又是什么？"

酒神的目光带着怀念，带着悲悯："这片土地的记忆。"

兵灾席卷之后，幸存的人们走出藏身的山林，留给他们的是满目疮痍与亲友的尸骸。田园被践踏，府库被搬空，工坊与房舍都被付之一炬。尸骸累累，填塞了沟渠与街巷。

刚开始，人们整理了田地，修缮了房屋，埋葬了亲友，试图在这片残破的土地上重新生活。可天下大乱，世道日日败坏，生活终究难以继续，人们只得含泪迁移，将这片故土留给茅草、禽兽与孤魂野鬼。

渐渐地，田地被野草侵占，房屋住进了麋鹿、豺狼与鸟雀，便连人们还在时年年都会修缮的酒神庙也终于垮塌。风雨倒灌，就如同潇水渐渐沉沦于荒草，酒神也渐渐沉没于水中。直到……

不知多少个日出与月落之后，一位年迈的女冠回到故土。她白发苍苍，身形佝偻，面颊上刻着深深的疲惫与沉沉的死气，眼中却燃着一股莫名的火焰。

云端之上，李长安皱眉："于枚？"

"不。"酒神却摇了摇头，"是俞梅。"

他用云气写出"俞梅"二字："闾山派上代掌教真人。"

闾山派是闽越一带玄门的中流砥柱，身为上代掌教真人，俞梅是李长安迄今所见的修为最为精深之人。

在酒神呈现的记忆幻象中，这位道家真人一路行来，有祥云景从，有神将护持，有群狙开道，一应妖邪鬼祟无不望风遁逃。可说来有些狂妄，在李长安眼里，抛却那些光环，他看到的却只是一个精疲力尽的老人，伤痕累累、行将就木，就像是荒野中撞见的那些老狼，远离族群，独自寻求着埋身之所。

就这样，时间飞逝，日月轮转。几年过去，在俞梅的苦心雕琢下，倒影中的潇水城渐渐成形，已有七八分潇水幻境如今的模样。可也在这短短几年间，俞梅竟也是衰弱得不成模样，甚至连双腿都不能行走。

李长安问过酒神，俞梅的岁数不过八十上下，照理说，以她的修为，不说青春常驻，也不该衰老至此。但回想起她对酒神炫耀时讲述她所捕捉的妖魔种种，说来轻飘飘的，实则又有多少险死还生呢？

俞梅的孩童时代正是王朝盛世，从此之后，世道便急转直下。潇水幻境的时间是王朝最兴盛的时间，恐怕也是俞梅一生最快乐的时光。所以在旧疾缠身，时日无多之际，她才会回到故乡，用妖怪与幻术，重温儿时的旧梦吧。而现在，舞台已经搭建好了，演员也已就位，深感岁月无多的俞梅便迫不及待地安排了最精彩的大戏，也是记忆中最欢乐的时光——酒神祭。

最开始，一如李长安所见过的：热闹的长街，如织的游人，繁盛的灯花与连满水道的画舫。可在最后一天，也就是酒神祭当日，当所有"人"汇聚在酒神庙前共襄盛典时，一切却都乱了套，许多"人"行为混乱，逻辑冲突，甚至挣脱幻术，露出了妖魔本相……总而言之，一地鸡毛。俞真人无奈又气急之下，调了猖兵镇压，一天之内，潇水就空了一小半。

这倒也不让李长安意外。莫说眼前的潇水幻境完备程度只有现在的七八分，便是现在的幻境，照样有许多不合逻辑的漏洞，只是被幻惑心智的法术遮掩了而已。

可让李长安诧异，也让俞真人无可奈何的是，酒神大爷拒不受祭。

酒神都不配合，还叫什么酒神祭？

"天下神祇皆以香火为食，我看阁下久未受祭，恐有殒身之危，当时有现成的香火，为何不享用呢？"

看似浪荡的酒神轻笑摇头："君子不饮盗泉之水。"

正神亦不受妖魔之祭。

记忆的成像里，面对俞梅怒火冲天的质问，酒神也是如此从容作答，而俞梅也终于忍无可忍，将他连神带石像扔回了破庙废窟。

好在幻境之于潇水，正如人同自己的影子，虽无力干涉，但酒神还是能看到幻境中发生的点点滴滴。

俞梅开始重新梳理幻境。这次她吸取了教训，将庞大的幻境精简了许多，削减了范围，只在城市周遭；削减了人数，没那么多恩怨纠葛；也缩短了时间，只在酒神祭前后的二十天来回往复；又加强了幻惑之法，使妖怪们沉湎于虚假的记忆，难以挣脱。最后，她为自己的潇水添上了最后一个人物——俞家邸店的小阿梅。

做完这一切，她衰弱得更厉害了，就像即将燃尽的灯芯，只剩些许的生命之光。更糟糕的是，就连往日乖巧的猲兵也渐渐恢复本性，变得桀骜不驯，难以驾驭，隐隐有噬主的迹象。于是，她干脆将猲兵们夺去神志，封进水月观的壁画中。

苦于身体不便，她又点化了两个刚刚启灵、尚未沾染血食的妖物帮她掌控幻境：一者，是院中紫藤萝，使其蔓延幻境中的潇水城，为她操纵监视幻境；二者，是院中大槐树，分其神通法术，为她处理偶尔脱出幻术的妖魔。可饶是弥留之际，俞真人仍是恶趣味不改。她把紫藤萝变化成自己的模样，取名于枚，安了个水月观观主的身份，因要借其掌控幻境，倒也没像其他妖怪，让她知道了一部分真相。而大槐树则是被化作自己青年时期的模样，取名虞眉，编了个镇抚司的身份，将剔除挣脱幻术妖魔的任务改成解决城中潜伏的妖怪，还安排于枚装作她的上官。

就这样，幻境渐渐稳定，俞梅的生命之光也在一次又一次的酒神祭往复里燃烧到了尽头。

按照俞梅的本意，她现在就该放出猲兵，杀死所有的妖怪，毁掉这场不该存在的幻梦。可到头来，她终究没下得去手，只把幻境和猲兵的控制权交托给于枚，嘱咐其在自己死后便毁去幻境，为自己陪葬。

而后，一代真人在儿时的旧梦里溘然长逝。

—4—

柜门悄然打开了一丝缝隙，李长安带着黄犬施施然钻了出来。

他站在熟睡的洪岱海跟前，仔细地打量这个红茅集团的老总。这个让刘卫东妻离子散，让袁啸川无可奈何，让地方因他繁荣兴盛，也可能随之凋零衰败，让綦水人爱戴、憎恨、畏惧的古怪混合体……却不过是个寻常的老人：皮肤松弛，有些脱发，睡觉还会打呼噜。

李长安随即了然。的确，洪岱海就是一普通人，又不是什么三头六臂的妖魔。可是，妖魔作祟何及人心险恶？

望着这张普普通通的脸，袁啸川的愤懑，刘卫东的无奈，活棺材中众人的凄惨，以及邹萍决绝的一跃，就仿佛历历在目。李长安的手不自觉地探向腰后，握住了木质的刀柄。可突然却袖口一紧，垂目下去，原是黄狗咬住了他的衣袖，冲李长安摇了摇头。

到最后，除了几十个G的文件，李长安什么也没带走。

一人一狗回到院中，本该就此诀别，李长安却就地盘腿坐下，盯着黄犬，问出了久久藏在胸中的问题："你是老刘？"

黄犬没有回应，只是伸了个懒腰，趴在了地上，好似一条普普通通的大狗，全然没有方才成了精的灵性模样。可这并没有让李长安的目光有丝毫动摇，因为他方才虽是疑问，实则已在心中笃定。

在刘卫东家里，那些血液涂抹不及的地方显露出的歪歪扭扭的血痕，分明就是用血液勾勒的符文。加上那几袋子狗肉，现场古怪的布置，以及失去灵性的神像。再联想到事前刘卫东的反常行事，事后黄狗的突然转性，以及方才那一幕幕，李长安已然确定，刘卫东定是以神像中数代积累的香火愿力为代价，在这末法之世强行完成了类似于"造畜"的法术，穿上狗皮化身为犬，潜伏在仇敌的身边。所以，老刘就是黄犬，黄犬就是老刘！然而，法子固然无懈可击，但"造畜"这类术法本身却有一个致命的缺陷，那就是披上畜生皮毛的人也会渐渐变作畜生，终究彻底同化，不复为人。

先前在采石场闻到的味道，人犬混杂，其中七分是狗三分是人。那时，李长安还以为是搏杀时犬与人的气味混在了一起。但现在看来，那就是披着犬皮的刘卫东本身的气味。而且，那气味是昨日的残余。但现在，就在眼前，李长安以冲龙玉细细辨认，却只闻到九分是狗一分是人。

"你这身狗皮再穿下去，恐怕彻底脱不下来了吧？"

黄犬打了个哈欠，拿后腿挠了挠脖子。

李长安叹了口气，继续说道："你也瞧见文件夹里的东西了，洪岱海能量再大也是压不住的。前些日子我认识了两个叫钟还素、向继真的，说是专门管理能人异士的有关部门的成员，要是把这些东西交给他们，说不定能直达中央，下来专案督察组……"

黄犬换了姿势，漫不经心地摇了摇尾巴，没有做出任何回应。可是没有回应，本身不就是最坚定的回应吗？

李长安终于停下了絮叨。他知道刘卫东继续留下来是为了什么，可是……

"值得吗？"

在明明已能将对方绳之以法的状况下，为了一腔意气，放弃重新为人的机会，永远变成一条狗，做一个畜生。

"真的值得吗？"

这一问，终于有了回应。黄犬站了起来，抬头定定地看着李长安。眸子里充斥的不再是犬类的纯真，而是人性的复杂。

黄犬伸出前爪，不！是刘卫东伸出手，歪歪斜斜在地上写下了三个字：恨难平！

《地煞七十二变》和一点小感悟①

刘西竹

过年时，我看完了《地煞七十二变》。

故事的篇幅如此之短，以至于我看完它很快，几乎是一眨眼。然而它留在我心中的感觉又如此之热烈，以至于我放不下它很久，整整一个星期。就像用拇指大小的玻璃盏倒下一口白酒，一入喉，火焰便点燃了整个食道。

也许，这些日子里我所思所想，不仅源于本书，更关乎我所阅读的，乃至我未曾读过的所有网络小说、玄幻小说。它不仅是一时、一书的读后感，更是十余年光阴、无数部作品在我心中积淀而成的某种"总的看法""根本观点"，虽略显模糊，却也日益清晰。

"地煞"好看吗？好看。

哪里好看？我想，大概一半是文字本身的美感。

故事的主要情节类似"无限流"：主角被祖父留下的一本古书召唤，来到一个未知的"古代世界"，每斩杀一个妖魔，便获得一项神通，以及一次

---

①原文首发于今日头条，参见https://www.toutiao.com/article/7064924394866754061/。

回到现实世界的机会。书中的异世界恰逢王朝末年，兵荒马乱，既有群雄割据，又不乏百鬼夜行。在这里，妖吃人，人也吃人。主角虽身怀绝技，能行侠仗义，却无法兼济天下，唯有朝不虑夕。令人从千佛寺苏醒的大山，到潇水城沉没的废墟，倘若主角经历的冒险只是这世界的一鳞半爪，那么作者讲述的语言才是那故事的点睛之笔：惊悚的地方，都惊悚得让人头皮发麻；热血的地方，也热血得让人血脉偾张。壮观起来，无不令人叹为观止；抒情起来，也使人意犹未尽。一位朋友曾说，江南的小说"自带电影镜头"，猫腻的小说"自带电视剧镜头"。我想，祭酒通过文字营造"镜头感"，继而将富有感染力、震撼力的画面转化为具有标志性、持久性的记忆的能力，比起这两位，或许也不遑多让。

网上传言，这部小说其实不是小说，而是作者的自传。话不能十分当真，却又颇有几分道理。为何？除了向来干脆利落、毫不拖泥带水的叙事节奏本身，那处处显露三分古意，却又隐隐透出十成功力的语言风格，也无疑是这读者皆知、宛如身临其境的强烈代入感、巨大吸引力得以产生所不可或缺的一环。反言之，十多年来，我阅读的网文不胜枚举，真正记住的片段却屈指可数。为何？恐怕不仅是由于故事情节的套路与拖沓，也同样缘于文字美感的稀缺与无力。通俗小说、畅销读物，情节当然是重中之重；但若要登堂入室、成为经典，文笔也同样必不可少。金庸写实，古龙写意，恰如国画工笔与泼墨，"淡妆浓抹总相宜"。若NGA①排名第一的《诡秘之主》在理念上与前者一脉相承，仅次于之的《地煞七十二变》便自然与后者心有灵犀。

"地煞"有硬伤吗？有。

什么硬伤？我想，恐怕大半是主角情感的缺席。

构成这部小说的每个"单元"都是完整的故事，其中不乏生动的情节、惊艳的场面、鲜活的角色。泰山府君与五爪金龙的登场震撼人心，琉璃狮子

---

①NGA：综合性游戏论坛艾泽拉斯国家地理（National Geographic Azeroth）的简称。

与螳螂游侠的谢幕令人唏嘘，蛊师与黄犬的绝望更是发人深省。只不过，哪怕经历了一次次险境、演出了一场场戏剧、见证了一幕幕结局，主角李长安的形象也依旧略显"扁平"，不甚"圆润"。我可以说，李长安是道士，也是侠客；他嬉笑怒骂，也杀伐果断；他帮助弱者，也得到强者的帮助。然而我说不出，在这些表面的性格、具体的行动、外界的反应之下，他内心的想法、抽象的动机、深层的逻辑究竟是什么。除了作为古书原主的祖父、引出红茅事件的同学两个工具人外，李长安的家人、朋友都仿佛子虚乌有，他的童年与少年更是无迹可寻。不论在古代还是在现代，他都只是"事了拂衣去，深藏功与名"。

唯有此时我才忽然意识到，疏于理解、刻画、表达更为复杂、细腻、幽微的情感，恐怕是国内男频网文最大的掣肘之一。现代西方戏剧理论受弗洛伊德心理学影响，将家庭关系与性关系视作一切性格与欲望的源泉与归宿。东浩纪说，从二十世纪九十年代金融泡沫破裂开始，日本的ACG文化逐渐由"宏大叙事"转向"非叙事"、由头顶的星空转向内心的法则。而这一转变的标志性作品，正是充满弗洛伊德主义色彩的EVA（《新世纪福音战士》）。而中国古代小说基于禅宗、心学，也不乏对心灵与情感的探索与描摹。《西游补》中的"青青世界"，将《金刚经》中"梦幻泡影"的概念转化为清晰可感的故事，进一步补完并发展了百回本《西游记》塑造的孙行者之人格。可祭酒笔下的潇水幻境，却终究只是其他人的梦，不是李长安的。

"地煞"坑吗？很坑。

为什么坑？我想，可能多少是作者已力松劲泄。

目前最新的章节里，李长安被大蛇掀起的洪水淹死，成了孤魂野鬼。一时间，NGA和贴吧都有人说，祭酒本人也做了鬼，没法继续降妖除魔了。我知道，这部小说不可能是作者亲身经历的真实写照，却也相信，它极有可能是作者内心执念的曲折反映。

早在读到红茅事件时，这个念头便在我脑际油然而生。抛开一切奇幻与灵异的色彩，这个有些敏感的"副本"本就是个无比现实又过于魔幻的故事：传统秩序与现代资本、个人意志与集体利益、物质满足与人性尊严、程序正义与法外制裁……这一切，统统交织在一个小镇、一家公司、一户人家、一位异人身上。随着一条条线索、一层层反转，祭酒抛出了一个个深刻的问题。然而，故事的发展却并未将全部问题都交予主角回答，而是让一个看似默默无闻、无关紧要的宠物店老板，以匪夷所思却又合情合理的方式为所有事件画上一个不甚完美的句号。篇幅虽短，情节却完美闭环；体量不大，格局仍以小见大。有些人在此嗅到了些许美剧的气味，而我则看到了几分《他的国》的影子。

在我看来，红茅篇既是全书立意的巅峰，也是作者笔力的极限。在这场发生在现代的冒险中，贯穿全书的一系列主题都得到了最为充足、翔实且深刻的体现、表现与呈现。然而另一方面，也正是在这一篇章，全书的一系列隐患都被赤裸裸地暴露、显露、揭露出来。同时如前文所述，我认为，倘若祭酒是个成熟的写作者，就应当懂得将叙事结构进行合理地二分：一面把"外向"的、关于社会与正义的深度思考放在"古代"，一面将"内向"的、主角自我的情感与人生留在现世。只不过，他完全没有这么做。为何？我想，恐怕别无他意，只因作者并非我预想的那般成熟。相反，现实中的他，或许正如自己笔下的道士，除了一腔除魔卫道的热血、一副仗义执言的纸笔，便了无牵挂，亦无所畏惧。

"狮子搏兔，亦用全力"。即使老成持重、炉火纯青如马丁，创作《冰与火之歌》时也无法时时驾轻就熟、如臂使指，唯有战战兢兢、殚精竭虑，因而断断续续，写写停停。那么，"地煞"之所以断更频频，是否也正因每个故事完结之际，祭酒本人都和李长安一同用尽、费尽、燃尽了自身全部的精力、脑力与心力？

"地煞"冷门吗？有点冷。
为什么冷门？我想，部分原因应该是时代已将其抛弃。

知乎上有人问："为什么网络小说越来越不像'故事'了？"有人答："因为大家只想'爽'那么几分钟。"短短几句话，看似平平无奇，寂静无声；实则暗藏玄机，雷霆万钧。波茨曼说，媒介形态决定内容形态，内容形态决定思考方式。从古至今，中国通俗小说的载体从话本到报刊、电脑到手机的转化，对应了生产方式从农业到工业、蒸汽到电气的变革。对改革开放之初、世纪交替之际出生的我们而言，哪怕除开历史记录的漫长岁月，只论亲身经历的短暂时光，都足以见证阅读工具影响阅读方式、阅读方式改变阅读内容的"暴力革命"一场场发生、一次次推进、一层层覆盖。我分不清，究竟是网络小说没有遵循我们对"故事"的既定印象，还是"故事"本身的传统定义不适用于网络小说。我无法确定，这究竟是进化还是退化、正常还是异常。

《诡秘之主》是最典型的网络小说，它有着分层式的背景设定、模式化的角色关系、精准性的节奏把控，以及受控制的情感表达。这样的小说，只能因网络环境而生，也注定借网络传播而兴，就像《纸牌屋》之于网飞。与之相比，"地煞"更像是一部传统通俗小说，它的背景是模糊的，人物是写意的，情节是松散的，气质是自由的。这样的小说，于如今的互联网有些不合时宜，与流行的大数据更是格格不入，一如鬼畜区之于B站。在我眼中，作者爱潜水的乌贼是个匠人，长年累月，精雕细刻；祭酒则像个诗人，灵光一闪，挥毫泼墨。理论上讲，诗人和匠人本无高下优劣之分，就像工笔画和写意画曾长期共存。然而后工业时代的创作、传播与盈利模式却注定偏好公式化、稳定性与安全感，无法衡量个性、风格与诗意。

于是，阅读"地煞"的我的真实体验，与其说是消磨当下的时光，不如说是回味过往的思念。

人与人之间有缘分，人与书之间也有。有时候，正因为不期而遇，所以才一见钟情；若并非情非得已，又怎能轰轰烈烈？我看过许多网文，有广告宣传的，也有网友推荐的；有论坛吹爆的，也有专家力赞。然而许多年来，似乎很少有网文能像《地煞七十二变》那样，从故事内容到阅读本身，都令我发自内心、从头到脚地感受到，书中的世界与我之间，存在某种不可抗力的相互作用，就像故事中的黄皮书之于李长安。

于是，我发自真心地感谢祭酒，哪怕就像这个仿佛永不完结的故事一般，我不知道也无法知道，这份感激与深爱将持续多久、多远。

作者单位：杭州师范大学国际网络文艺研究中心